REYKJAVÍK
0
500
1000 m
Viðeyjarsu
Hverfisgata
Laugavegur
Hallgrimskirche
Snorrabraut
NORDERMOOR
Suðurlandsbraut
Miklabraut
Hamrahlið
Miklabraut
Perlan

Indriðason Todesrosen

Aus dem Isländischen
von Coletta Bürling

Die Kriminalromane mit Kommissar Erlendur:

Menschensöhne – der 1. Fall
Todesrosen – der 2. Fall
Nordermoor – der 3. Fall
Todeshauch – der 4. Fall
Engelsstimme – der 5. Fall
Kältezone – der 6. Fall
Frostnacht – der 7. Fall

Weitere Titel des Autors:

Gletschergrab
Tödliche Intrige

Arnaldur Indriðason
Todesrosen

Island-Krimi

editionLübbe

Vorbemerkung:
In Island duzt heutzutage jeder jeden.
Man redet sich nur mit dem Vornamen an.
Dies wurde bei der Übersetzung beibehalten.

Dieses Buch erscheint auch als Lübbe Audio

editionLübbe
in der Verlagsgruppe Lübbe

Titel der isländischen Originalausgabe:
DAUÐARÓSIR

Für die Originalausgabe:

Originalverlag Vaka-Helgafell, Reykjavík
Aus dem Isländischen von Coletta Bürling

Für die deutschsprachige Ausgabe:

Satz: Dörlemann Satz, Lemförde
Gesetzt aus der DTL Documenta
Druck und Einband: Friedrich Pustet, Regensburg

Printed in Germany
ISBN 978-3-7857-1612-0

5 4 3 2 1

Sie finden uns im Internet unter: www.luebbe.de
Bitte beachten Sie auch: www.lesejury.de

Wo haben die Tage deines Lebens ihre Farbe verloren?
Und die Lieder, die von Traum zu Traum durchs Blut dir rasten,
wo fielen sie dem Wetter zum Opfer,
o Kind, wie du glaubtest,
geboren mit des Wundersamen
eigenem endlosen Brunnen in deiner Brust!
Wo . . .?

Eins

Sie fanden die Leiche auf dem Friedhof an der Suðurgata auf dem Grab von Jón Sigurðsson. Sie bemerkte sie zuerst, weil sie gerade oben auf ihm saß.

Sie hatten im Hotel Borg gegessen und getanzt und waren von dort aus Händchen haltend die Suðurgata hochgegangen. Er hatte seinen Arm um sie gelegt und sie geküsst, was sie zuerst sanft, dann leidenschaftlicher und schließlich ungestüm erwiderte. Gegen drei Uhr hatten sie das Lokal verlassen und sich ihren Weg durch die Menschenmenge in Reykjavíks Innenstadt gebahnt. Der längste Tag des Jahres lag nur ein paar Tage zurück, und das Wetter war herrlich.

Er hatte sie zum Abendessen eingeladen. Sie kannten sich nicht besonders gut, es war erst ihre dritte Verabredung. Sie war Teilhaberin eines Software-Unternehmens, in das er sich eingekauft hatte. Beide waren, seit sie zurückdenken konnten, fasziniert von Computern, und sie fanden sich auf Anhieb sympathisch. Nach ein paar Wochen trafen sie sich auf seine Initiative hin zum ersten Mal außerhalb der Arbeit, indem er sie zum Essen einlud. Das Spiel hatten sie danach noch zwei weitere Male wiederholt, aber bereits als sie sich an diesem Abend zu Tisch setzten, war klar, dass er anders ausklingen würde als die anderen, an denen er sie nur im Auto nach Hause gefahren und sich von ihr verabschiedet hatte. Sie waren beide ohne Auto gekommen, denn sie hatte am Telefon vorgeschlagen, dass sie anschließend zu Fuß zu ihr nach

Hause gehen und einen Kaffee trinken könnten. Kaffee!, dachte er im Stillen und musste grinsen.

Beim Tanzen war ihnen in der Menschenmenge sehr warm geworden. Sie hatte blonde, kurz geschnittene Haare und ein ovales Gesicht. Ihre schlanke Figur kam in dem beigefarbenen Kostüm und den farblich darauf abgestimmten Nylonstrümpfen gut zur Geltung. Er hatte sich einen Seidenschal um den Hals gelegt, was in ihren Augen ein Zeichen von Eitelkeit war, und trug einen Anzug von Armani, den er tagsüber bei einem Herrenausstatter erstanden hatte, um sie zu beeindrucken. Das war ihm gelungen.

Nachdem sie den Trubel in der Innenstadt hinter sich gelassen hatten, schlug sie überraschenderweise vor, über den Friedhof zu gehen, um den Weg zu ihr nach Hause abzukürzen. Es war ihm peinlich, dass er beim Küssen eine Erektion bekam, und er hatte Angst, dass sie es merken würde. Es entging ihr auch nicht. Es erinnerte sie an Schulbälle, als sie jünger war, und die Jungs die ganze Zeit, wenn sie mit ihnen tanzte, einen Ständer hatten. Wie wenig es bei ihnen braucht, hatte sie damals gedacht, und derselbe Gedanke beschlich sie jetzt auch wieder. Auf der Suðurgata war so gut wie kein Verkehr. Sie kletterten über das niedrige Tor an der Nordostecke des Friedhofs, wo der Thoroddsen-Clan tot und begraben lag, und schlängelten sich zwischen Büschen und Grabsteinen durch, wobei er die ganze Zeit Angst um seinen neuen Anzug hatte.

Auf dem Friedhof ruhten die Angehörigen der ärmeren Schichten Seite an Seite mit respektablen Bürgern, Dichtern, Beamten, Kaufleuten, die alte dänische Familiennamen trugen, sowie Politikern und Ganoven. Sie empfand den Friedhof als eine grüne Oase mitten im Stadtgetümmel, besonders jetzt im Sommer, wenn die Bäume in vollem Laub standen. Sie hatte nichts weiter im Sinn gehabt, als den Weg abzukürzen, doch nun schien ihr plötzlich etwas anderes ganz besonders naheliegend. Die Nacht war warm und hell, sie war beschwipst und er ganz offensichtlich bereit. Sie schlug vor, sich hinzusetzen und sich etwas auszuruhen. Er fiel sichtlich aus allen Wolken. Ihr war nicht deswegen die Idee gekommen, weil sie auf dem Friedhof waren, so war sie nicht. Himmel, sie war doch nicht nekrophil! Aber sie hatte oft Lust verspürt, es irgendwann einmal in einer Sommernacht draußen in der Natur unter freiem Himmel zu machen, erklärte sie später dem unangenehmen Kriminalbeamten mit dem Hut, diesem Erlendur. Dort herrschte einfach Frieden, hatte sie ihm erklärt, und ein Friedhof sei ja schließlich auch Natur.

Der Mann überlegte nicht lange, obwohl ihm für einen kurzen Augenblick wieder der neue, teure Anzug einfiel. Sie legten sich im Schutz eines hochgewachsenen Baums ins Gras, aber zogen sich nicht aus. Sie öffnete den Reißverschluss an seiner Hose, zog sich den Schlüpfer aus und setzte sich auf ihn. Mein Gott, wie komisch, es zwischen all diesen Leichen zu treiben, dachte er. Mein über alles geliebter Mann, las sie auf einem bemoosten Grabstein ihr direkt gegenüber. Ruhe in Frieden.

Sie sah die Leiche nicht sofort. Nach kurzer Zeit, kaum mehr als ein, zwei Minuten, kam es ihr so vor, als höre sie seitlich in einiger Entfernung ein Geräusch, und sie warf einen raschen Blick in die Richtung. Sie legte dem Mann die Hand auf den Mund, um sein Stöhnen zu unterdrücken, saß bewegungslos auf ihm und lauschte. Sie starrte angestrengt in die Richtung, aus der das Geräusch gekommen war, und glaubte, jemanden zum Friedhofstor wegrennen zu sehen. Von der Friedhofsmauer glitt ihr Blick nach rechts über die Gräber und blieb an etwas Weißem hängen, einem weißen Fleck, der sich von der Umgebung abhob und der halb verdeckt zu sein schien.

Sie rollte sich von ihm herunter und schlüpfte wieder in ihren Slip. Er zog den Reißverschluss hoch und stand auf.

»Was ist los?«, fragte er flüsternd.

»Da ist jemand«, sagte sie leise. Sie klang ängstlich. »Lass uns gehen.«

Während sie über den Friedhof hasteten, behielt sie das Weiße im Auge und machte den Mann darauf aufmerksam. Sie überlegten, um was es sich wohl handeln könnte und ob sie hingehen und sich das näher ansehen oder einfach wie geplant zu ihr nach Hause gehen sollten.

»Lass uns das machen«, sagte er.

»Was? Uns das ansehen?«

»Nein, lass uns zu dir nach Hause gehen.«

»Kann es sein, dass da …? Liegt da vielleicht ein Mensch? Kann das sein?«

»Ich kann nichts erkennen.«

Ihre Neugier war jedoch geweckt. Später wünschte sie, sie hätte sich da herausgehalten, doch sie konnte nicht anders, sie musste einfach nachsehen, was da lag. Vielleicht war da ja jemand, der Hilfe brauchte. Sie ging auf das Weiße zu, und er folgte ihr. Beim Näherkommen nahm es deutlichere Konturen an, und ihr stockte der Atem, als sie sah, um was es sich handelte.

»Das ist ein Mädchen«, sagte sie wie zu sich selber. »Ein nacktes junges Mädchen.«

Sie traten näher heran und standen nun ganz dicht vor der Leiche.

»Ist sie tot?«, fragte er. »Hallo«, rief er, »hallo! Fräulein, hallo!«

Für sie klang es so, als würde er nach einer Kellnerin rufen. Das hatte er an diesem Abend auch im Restaurant schon einige Male gemacht. Ihr war das unangenehm gewesen, weil es sich in ihren Augen um nichts weiter als um Imponierge-

habe handelte. Sie hatte es aber geflissentlich überhört, doch jetzt störte es sie total.
Das Mädchen war ganz offensichtlich tot, das sah und spürte sie. Sie trat ganz dicht heran, bückte sich und blickte der Toten ins Gesicht. Dick aufgetragener, dunkelblauer Lidschatten unter schwarzen Augenbrauen, sehr viel Rouge auf den Wangen, flammend roter Lippenstift. Das Mädchen war vielleicht knapp über zwanzig. Die Augen waren geschlossen.
Alles an ihr wirkte tot. Der schmale, kreidebleiche Körper lag leicht gekrümmt halb auf der Seite, mit dem Rücken ihnen zugewandt. Die Arme, zart wie Blumenstängel, lagen neben dem Kopf. Man hätte ihre Rippenknochen unter der gedehnten Haut zählen können. Das schwarze, schulterlange Haar war wirr und schmutzig. Sie hatte lange, dünne Beine, und auf einer Pobacke befand sich etwas Rotes, eine Tätowierung, die wie der Buchstabe J aussah.
Sie standen eine Weile wortlos neben der Leiche. Das arme Mädchen, dachte sie. Aus dem Kaffee wird heute Abend also nichts, dachte er.
»Weißt du, wer das ist?«
»Ich? Wieso denn? Ich kenn die doch überhaupt nicht!«, antwortete er verwundert. »Wie kommst du auf die Idee?«
»Ich meine nicht das Mädchen, sondern ihn«, sagte sie und deutete auf die Grabstele. »Jón Sigurðsson. Islands Ehre, Schwert und Schild. Präsident Jón.«
Das Mädchen lag auf dem Grab des isländischen Freiheitskämpfers und Wegbereiters der Unabhängigkeit. Die Grabstätte war umzäunt mit einem niedrigen kleinen Gitter, und das Grabmal bestand aus einer drei Meter hohen Stele aus bräunlichem Marmor. Mitten darauf war eine kupferne runde Platte mit Jón Sigurðsson im Profil. Ihr kam es so vor, als schiele er verächtlich zu ihnen herunter. Die Friedhofsver-

waltung war für die Grabpflege und die Blumenbepflanzung zuständig, und so kurz nach dem Nationalfeiertag war der große Kranz, den der isländische Staatspräsident jedes Jahr am 17. Juni dort niederlegte, noch nicht entfernt worden. Das Mädchen lag nackt und weiß in einem Blumenmeer, das zu welken begonnen hatte. Ein leichter Geruch von Moder lag in der Luft.

»Hast du dein Handy dabei?«, fragte sie.

»Nein, ich hab es heute Abend gar nicht mitgenommen«, entgegnete er.

»Ich glaube, ich hab meins dabei.« Sie fischte ein zierliches Handy aus ihrem schicken Handtäschchen und schaltete es ein.

»Scheiße, unter welcher Nummer erreicht man noch mal die Polizei? Die soll sich doch schon wieder geändert haben. Ist es noch die 11166, oder muss man schon die neue wählen, die 112?«

»Keine Ahnung«, sagte er.

Was für ein Armleuchter ist das eigentlich?, dachte sie, der ist völlig von der Rolle.

»Ich versuch's mal mit der 112«, sagte sie laut und tippte die Nummer ein.

»Notruf«, war die Antwort.

Plötzlich kamen ihr Bedenken, denn ihr fiel ein, dass die Nummern von eingehenden Anrufen bestimmt registriert würden. Sogar die simpelsten Handys konnten mindestens ein Dutzend, wenn nicht mehr, Rufnummern speichern. So ein System gab es bestimmt auch bei der Notrufzentrale. Sie war sich aber keineswegs sicher, ob sie in diesen Leichenfund verwickelt werden wollte, nicht noch mehr, als es bereits der Fall war.

»Notruf«, hieß es wieder.

»Äh, hier auf dem Friedhof in der Suðurgata liegt eine Leiche auf dem Grab von Jón Sigurðsson«, sagte sie und brach das Gespräch abrupt ab.

Aber damit war die Sache nicht ausgestanden, das wusste sie nur zu gut. Der Mann, den sie zum Friedhofstor hatte hinaushuschen sehen, ging ihr nicht aus dem Kopf. Das Tor befand sich ganz in der Nähe von Jón Sigurðssons Grab. Sie war Zeugin, und das war ihr gar nicht recht. Trotzdem drückte sie auf Wahlwiederholung.

»Notruf«, hieß es ein weiteres Mal.

Zwei

Das Telefon schrillte vor sich hin.

Erlendur Sveinsson war geschieden und lebte allein, ein Mann um die fünfzig, der es zutiefst hasste, mitten in der Nacht geweckt zu werden, vor allem, wenn er – wie in dieser Nacht – Probleme mit dem Einschlafen gehabt hatte. Die verdammte Mitternachtssonne ließ ihn keinen Schlaf finden, und gegen sie schien es kein Mittel zu geben. Erlendur hatte es mit schweren Vorhängen im Schlafzimmer versucht, um die nächtliche Helligkeit draußen zu halten, aber sie schaffte es trotzdem, sich hineinzuschmuggeln. Sein neuester Versuch, sich der Helligkeit zu entziehen, war eine mehr als peinliche Aktion gewesen. Ihm waren diese Augenklappen eingefallen, die vornehme alte Damen in Hollywoodfilmen immer im Bett trugen, aber er hatte keine Ahnung, wo es so was zu kaufen gab. Er erkundigte sich bei seiner Kollegin Elínborg.

»Eine Augenklappe?«, fragte sie erstaunt.

»Ja, für beide Augen«, antwortete Erlendur mit gedämpfter Stimme.

»Meinst du die Dinger, die diese reichen alten Schachteln in den Schwarz-Weiß-Filmen tragen?«, fragte sie und weidete sich sichtlich daran, dass Erlendur das so peinlich fand.

»Wegen der verdammten Mitternachtssonne«, sagte er.

Sie konnte der Versuchung nicht widerstehen und schickte ihn in ein Geschäft für Trikotagen und Dessous auf dem Laugavegur. Die Verkäuferin, eine ältere, streng aussehende

Dame, war so unverschämt zu fragen, was er mit so einer Augenklappe wolle. Und außerdem führten sie Augenklappen gar nicht.

»Was meinst du eigentlich mit Augenklappe?«, fragte sie so laut, dass es im ganzen Geschäft zu hören war. »So was, was diese alten Schachteln in Kinofilmen tragen?«

Als er wieder ins Büro kam, war Elínborg bereits weg, hatte ihm aber einen Zettel hinterlassen, unter dem eine spitzenumsäumte Schlafmaske aus weichem, zartrosa Satin lag.

Das verdammte Teil war aber schlimmer als jegliche Mitternachtssonne. Nachdem Erlendur die Vorhänge zugezogen hatte, legte er sich ins Bett und setzte sich das Ding auf. Das Gummiband war viel zu eng für Erlendurs dicken Schädel und schnitt ein. Er setzte sie zuerst verkehrt herum auf, aber auch nachdem er sie umgedreht hatte, ließ der Steg über der Nase das Sonnenlicht durch. Er plagte sich eine ganze Weile damit herum, bevor er endlich, von Müdigkeit übermannt, in den Schlaf fiel.

Es kam ihm so vor, als hätte er nur für ein paar Sekunden geschlafen, als das Telefon klingelte. Sigurður Óli war am Apparat.

»Auf dem Friedhof an der Suðurgata ist eine Leiche gefunden worden«, sagte Sigurður Óli, der wahrscheinlich auch gerade erst aus dem Schlaf gerissen worden war. Er gehörte zu Erlendurs engsten Mitarbeitern bei der Kriminalpolizei. Die meisten anderen Kollegen im Dezernat trauten sich nicht, Erlendur mitten in der Nacht anzurufen.

»Wo würdest du denn lieber eine Leiche finden?«, entgegnete Erlendur übellaunig. Er begriff nicht, wieso er nichts sehen konnte, obwohl er doch ganz bestimmt die Augen geöffnet hatte. Er fasste sich an die Augen, fühlte die Maske und riss sie herunter. Ein Blick auf die Uhr zeigte, dass es ihm gelungen war, eine Stunde zu schlafen.

»Es handelt sich nicht um eine verbuddelte Leiche, sondern um ein junges Mädchen, verstehst du? Willst du wissen, wo sie liegt?«, fragte Sigurður Óli.
»Hast du nicht gerade gesagt, sie läge auf dem Friedhof?«
»Auf dem Grab von Jón Sigurðsson. Du weißt schon, Islands Ehre, Schwert und so weiter.«
»Auf dem Grab von Jón Sigurðsson?«
»Wenn ich es richtig verstanden habe, ist sie dort hingelegt worden. Sie ist nackt, und die Frau, die sie fand, glaubt, gesehen zu haben, wie ein Mann zum Friedhofstor hinaushuschte, kurz bevor sie die Leiche fand.«
»Wieso Jón Sigurðsson?«
»Gute Frage!
»Heißt sie womöglich Ingibjörg?«
»Wer? Die Zeugin?«
»Das Mädchen.«
»Wir wissen noch nicht, um wen es sich handelt. Wieso Ingibjörg?«
»Warum weißt du nie etwas, was von Belang ist?«, sagte Erlendur boshaft. »Jón Sigurðssons Frau hieß Ingibjörg. Bist du schon auf dem Friedhof?«
»Nein. Soll ich bei dir vorbeikommen?«
»Gib mir fünf Minuten.«
»Wie hat die Schlafmaske gewirkt?«
»Schnauze!«

Erlendur lebte seit seiner Scheidung vor vielen Jahren in einer nicht sehr großen Wohnung im ältesten Teil des Breiðholt-Viertels. Seine Kinder besuchten ihn dort manchmal, wenn sie eine Zuflucht brauchten. Beide waren bereits über zwanzig, seine Tochter war rauschgiftsüchtig und sein Sohn Alkoholiker. Erlendur bemühte sich zwar nach besten Kräften, ihnen beizustehen, hatte aber nach zahllosen Versuchen die

Erfahrung machen müssen, dass es wohl ein hoffnungsloser Kampf war. Deswegen hielt er sich jetzt an die einfache Philosophie, dass das Leben einfach seinen Gang geht. Die beiden hatten im Laufe der Zeit herausgefunden, dass ihre Mutter nicht bei der Wahrheit blieb, wenn sie über ihren Vater herzog und kein gutes Haar an ihm ließ. Seit der Scheidung war er ihr schlimmster Feind, und gleichzeitig der schlimmste Feind ihrer Kinder. Sie machte ein Scheusal aus ihm.

Als Erlendur und Sigurður Óli beim Friedhof eintrafen, hatte die Polizei das Gelände bereits mit einem gelben Absperrband umgeben und die Suðurgata für den gesamten Verkehr gesperrt. Spürhunde schnüffelten am Friedhofstor herum. Etliche Schaulustige, der Bodensatz des Reykjavíker Nachtlebens, standen bei den Absperrbändern und verfolgten neugierig alles, was sie auf die Entfernung erkennen konnten. Die Leute von der Spurensicherung machten sich am Grab von Jón Sigurðsson zu schaffen, einer fotografierte die Leiche aus unterschiedlichen Perpektiven. Zeitungsreporter hatten sich auch bereits eingefunden und richteten ihre Kameras auf die Szenerie, die sich ihnen darbot, aber der Zutritt zum Friedhof war ihnen verwehrt. Es war kurz nach vier Uhr morgens, und die Sonne stand bereits hoch am Himmel. Polizei- und Krankenwagen mit eingeschaltetem Blaulicht parkten in einer langen Reihe auf der Suðurgata. Weil die Nacht so strahlend hell war, fielen die zuckenden Blitze jedoch kaum auf.

Erlendur und Sigurður Óli gingen zu der Grabstätte, wo ihnen ein schwacher Modergeruch von dem verwelkenden Nationalfeiertagskranz entgegenschlug. Der weiße, knochige Körper des jungen Mädchens wurde von Sonnenstrahlen umspielt. Sie lag noch genauso da, wie sie aufgefunden worden war. Elínborg und Þorkell, ein weiterer Mitarbeiter der Kriminalpolizei, standen neben der Leiche.

»Ein richtiges Stillleben«, sagte Erlendur, ohne zu grüßen. »Weiß man schon etwas?«

»Wir haben noch keinen Namen, aber der Arzt hat sie sich angeschaut und erste Schlüsse gezogen«, meldete sich Elínborg zu Wort. »Es scheint sich um einen Mord zu handeln.«

Ein Mann in Erlendurs Alter stand über die Leiche gebeugt und richtete sich jetzt auf. Er hatte einen Rauschebart und trug eine dicke Hornbrille. Erlendur kannte ihn recht gut und wusste, dass er immer noch sehr unter dem Tod seiner Frau litt, die vor zwei Jahren an Krebs gestorben war. Sie arbeiteten schon lange zusammen und kamen gut miteinander aus, sprachen aber nie über Privates. Erlendur vermied es möglichst, sich in die Privatangelegenheiten anderer einzumischen, er fand, dass er genug mit seinen eigenen Problemen und denen seiner Kinder zu kämpfen hatte.

»Ich muss sie mir natürlich noch genauer anschauen, aber ich tippe auf Tod durch Ersticken. Sie ist misshandelt, möglicherweise auch vergewaltigt worden. Ich glaube, dass da Sperma an der Scheide ist, aber ansonsten gibt es keine Anzeichen von Gewalt da unten.«

»Da unten«, schnaubte Elínborg.

»Sie ist ein Junkie«, fuhr der Arzt fort, »und zwar vermutlich schon seit geraumer Zeit. Das kann man deutlich an den Armen sehen, und auch an anderen Stellen des Körpers gibt es Einstiche. Wir werden mit Sicherheit Rückstände von Drogen in ihrem Körper finden, ich nehme an, Heroin. Die Leiche ist noch nicht völlig ausgekühlt, ich vermute deswegen, dass der Tod vor ein bis anderthalb Stunden eingetreten ist. Länger ist es auf keinen Fall her.«

»Bestimmt ein Mädchen von der Straße«, warf Elínborg ein. »Sie ist mit Sicherheit auf den Strich gegangen.«

»Gibt es irgendwelche Vermisstenmeldungen über ein Mädchen in ihrem Alter?«, fragte Erlendur.

»Bei uns liegt nichts vor«, antwortete Elínborg. »Aber wenn es sich um die übliche traurige Geschichte handelt, dann ist sie vor ein paar Jahren von zu Hause abgehauen, stammt entweder aus gutem Hause oder schlechten Verhältnissen, lebt seitdem auf der Straße und hat ihren Körper verkauft. Vielleicht war sie ab und zu in einer dieser Auffangstellen und musste sich dort einer Entziehungskur unterziehen. Dann geht das Ganze wieder von vorne los, sie landete gleich wieder auf der Straße und auf dem Strich, um an Stoff heranzukommen. Wir kennen solche Fälle zur Genüge. Möglicherweise hat sie auch was mit Einbruchsdiebstählen und sonstigen kleineren Delikten zu tun gehabt. Und ihr Kundenkreis bestand bestimmt aus fiesen, alten Kerlen. Ich vermute, dass es bei uns im Computer eine ziemlich große Datei über sie gibt. Sie müsste eigentlich problemlos zu identifizieren sein.«

Sie standen zu viert zusammen und beobachteten den Arzt, der sich wieder über die Leiche beugte. Außer Erlendur hatte niemand viel Erfahrung mit Mordfällen, doch sie versuchten, sich nichts anmerken zu lassen. Die wenigen Morde, die in Reykjavík geschahen, wurden meist im Alkoholrausch verübt und waren schnell aufgeklärt. Der Unglücksmensch wurde dann verhaftet und ins Gefängnis nach Litla-Hraun geschafft. Ganz selten einmal kam es vor, dass man den Mörder erst nach einigen Tagen fand. Normalerweise stellten sie sich selber oder konnten nach kurzer Ermittlung aufgespürt werden. Gefunden wurden sie immer. Es gab so gut wie keine Morde, die kaltblütig geplant und ausgeführt wurden oder bei denen die Täter versucht hatten, die Spuren zu verwischen.

Ganz anders verhielt es sich bei Vermisstenfällen, die kamen häufiger vor und konnten nur selten aufgeklärt werden.

»Islands Ehre und Schild, unser Jón Sigurðsson wird wohl kaum sehr erfreut darüber gewesen sein«, sagte Erlendur, der zu Jón Sigurðssons Grünspanprofil an der Stele aufblickte.

»Ob das wohl etwas mit ihm zu tun hat?«, fragte Elínborg.

»Ich bezweifle stark, dass das arme Ding aus purem Zufall hier liegt«, erklärte Erlendur.

»Vielleicht heißt sie ja tatsächlich Ingibjörg, wie du gesagt hast«, bemerkte Sigurður Óli.

»Wieso Ingibjörg?«, fragte Þorkell.

»Jón Sigurðssons Frau hieß Ingibjörg«, antwortete Sigurður Óli herablassend.

»Hieß die nicht Áslaug?«

»Áslaug?«, schnappte Erlendur. »Nicht zu fassen! Wie kommst du denn darauf?«

»Okay, dann hieß sie eben Ingibjörg«, lenkte Þorkell schnell ein.

»Du liebe Güte«, stöhnte Erlendur.

»Was ist das da auf ihrem Po?«, fragte Sigurður Óli und bückte sich. »Sie hatte womöglich einen Liebhaber, dessen Name mit J anfing«, beantwortete er selbst seine Frage. »Wo kann man sich eigentlich so eine Tätowierung machen lassen? Es gibt doch bestimmt nicht viele in der Stadt, die so etwas können.«

»Vielleicht beginnt ihr eigener Name ja mit J«, gab Þorkell zu bedenken.

»Wenn man sich deinen genialen Schlussfolgerungen anschließt, stammt sie also aus Reykjavík und ist nie aus der Stadt herausgekommen, ganz zu schweigen davon, dass sie jemals im Ausland gewesen sein könnte«, entgegnete Erlendur sarkastisch.

»Ich wünschte, die Leute würden damit aufhören, sich nachts umzubringen, dann bräuchte ich dich nicht zu wecken, Maske!«, sagte Sigurður Óli und warf Elínborg einen vielsagenden Blick zu.

»Es liegt eigentlich auf der Hand, dass sie hierhin gebracht worden ist«, sagte Elínborg. »Es gibt keinerlei Anzeichen für einen Kampf, und von ihren Klamotten gibt's auch keine Spur. Es hat fast den Anschein, als hätte jemand sie hier mit Absicht zur Schau gestellt.«

»Vielleicht hat unser alter Jón sie beschützen sollen«, sagte Sigurður Óli. »Vielleicht sollte er sie wieder zum Leben erwecken.«

»Wo ist die Frau, die sie gefunden hat?«, fragte Erlendur.

»Wir haben sie nach Hause bringen lassen«, antwortete Elínborg. »Ich dachte, das sei in Ordnung. Sie erwartet dich.«

»War sie allein?«

»Das hat sie ausgesagt, und sie will außerdem einen Mann beobachtet haben, der aus dem Friedhofstor hinaus auf die Straße lief.«

»Kümmert euch darum, ob irgendjemand in den umliegenden Häusern zufällig diese Gestalt gesehen hat«, sagte Erlendur, drehte sich um und ging zum Friedhofstor. Sigurður Óli folgte ihm.

»Hast du gewusst, dass die Suðurgata früher einmal Liebesstieg genannt wurde?«, fragte Erlendur, als er in der gleißenden Morgensonne auf die Straße hinaustrat. Zwischen den beiden kam es manchmal zu einem geradezu kindischen Gerangel darum, wer mehr wusste. Erlendur litt unter Minderwertigkeitskomplexen, weil er nur einen Mittelschulabschluss hatte, während Sigurður Óli sich einiges auf sein Universitätsstudium und sein amerikanisches Diplom einbildete. Das kehrte er immer wieder selbstgefällig heraus. Er konnte einem damit den letzten Nerv töten.

»Genau«, antwortete er auf Erlendurs Frage, obwohl es ihm vollkommen neu war. »Hast du gewusst, dass die Suðurgata früher auch manchmal Leichenstieg genannt wurde?«

»Ja, natürlich«, versicherte Erlendur, obwohl er das ebenfalls zum ersten Mal hörte.

Drei

Ihr Name war Bergþóra. Sie hatte sich etwas Bequemeres angezogen, als Erlendur und Sigurður Óli bei ihr vorsprachen. Der Armleuchter hatte sich aus dem Staub gemacht, kurz nachdem sie die Polizei angerufen hatte, mit der Begründung, er habe nicht die geringste Lust, in diese Sache verwickelt zu werden – auf gewisse Weise verstand sie ihn sogar. Aber was für ein Kavalier, der einen einfach in der Scheiße sitzen ließ! Er hatte ihr noch geraten, sich, so gut es ging, aus der Sache rauszuhalten. Dazu war sie fest entschlossen. Durch den Leichenfund war sie wieder stocknüchtern geworden, und jetzt hatte sie den Moralischen. Sie konnte sich nicht vorstellen, jemandem diese Nummer vom Friedhof zu erzählen, weder der Polizei noch irgendeinem anderen. Am liebsten hätte sie die letzte Stunde aus ihrem Leben einfach getilgt. Hoffentlich würde der Typ bloß bei der Arbeit die Klappe halten. Was für ein Albtraum! Was hatte sie sich eigentlich dabei gedacht? Auf dem Friedhof! War sie total übergeschnappt?

Bergþóra wohnte in einem hellen Appartment am Aflagrandi. Sie hatte es geschmackvoll mit Möbeln aus Antiquitätenläden eingerichtet, und kleine Perserteppiche lagen hier und da auf dem Buchenparkett. An den Wänden hingen Nachdrucke, darunter Marilyn Monroe von Andy Warhol. Da sie Erlendur nicht gestattete, in ihrer Wohnung zu rauchen, musste er die Schachtel wieder einstecken. Genau die Traumwohnung für aufstrebende, karrieregeile junge Leute …, dachte er, und für einen kurzen Augenblick sah er sein eigenes Zuhause vor sich, wo alle Gegenstände und Möbelstücke bunt zusammengewürfelt waren, ohne Rücksicht auf Stil und Geschmack.

Zuerst versuchte sie es mit Lügen, sie hatte aber nicht genug Zeit gehabt, sich vorzubereiten und sie einzuüben.

»Viel gibt's da eigentlich nicht zu erzählen«, begann sie, als Erlendur und Sigurður Óli sich gesetzt hatten, und versuchte, ihren Bericht so normal wie möglich klingen zu lassen.

»Selbstverständlich nicht, in diesem Stadtteil ist es sicher gang und gäbe, dass man auf Leichen stößt«, sagte Erlendur.

»Ich meine ja nur, dass ich euch da nicht groß weiterhelfen kann«, erwiderte sie. »Ich hab in der Innenstadt gefeiert, und so gegen drei kam ich die Suðurgata entlang, also auf dem Weg nach Hause, und da sah ich, wie der Mann aus dem Friedhof herausgerannt kam, die Straße überquerte und um die nächste Ecke rannte. Als ich näher kam, habe ich über die Friedhofsmauer geguckt und das Mädchen da auf dem Grab von Jón Sigurðsson gesehen. Ich hab sofort die Polizei angerufen.«

»Du hast zweimal angerufen. Wieso eigentlich?«, fragte Sigurður Óli.

»Ich war so durcheinander. Gestresst. Meine erste Reaktion war, die Polizei zu holen, aber ich wollte nicht in die Sache reingezogen werden. Ich wollte nicht als Zeugin auftreten. Dann hab ich es mir aber anders überlegt.«

»Wie sah der Mann aus, der da wegrannte?«, fragte Erlendur.

»Den habe ich nur ganz undeutlich gesehen und kann ihn absolut nicht beschreiben. Er war aber dunkel gekleidet.«

»Dunkel gekleidet? Hast du nichts anderes bemerkt? Wo genau warst du auf der Suðurgata, als du ihn gesehen hast?«

»Verhältnismäßig weit unten«, sagte Bergþóra und sah Erlendur in die Augen. Sie war keine geübte Lügnerin, deswegen klappte es auch jetzt nicht. Sie war müde, und ihr lag vor allem daran, die Sache so schnell wie möglich hinter sich zu bringen, um endlich ins Bett gehen zu können. Sie war angestrengt darum bemüht, das zu verschweigen, was nicht ans Licht kommen sollte. Ihr entging nicht, dass Erlendur das spürte.

»Du hast ihn also nicht sehr gut sehen können?«, fragte Sigurður Óli, der sich jedoch keineswegs den Kopf über irgendwelche Details zerbrach, die den Fall betrafen, sondern einzig darum bemüht war, vor den Augen dieser schönen jungen Frau Eindruck zu schinden. Sie sieht verdammt gut aus, dachte er, der sich selber auch durchaus für attraktiv hielt. Ein vulgärer Ausdruck, den er erst kürzlich bei einem sich mit Frauengeschichten brüstenden Bekannten aufgeschnappt hatte, fiel ihm ein. Stechen.

»Ich habe ihn nicht gut gesehen, und er rannte ziemlich schnell weg, er war eigentlich im nächsten Augenblick schon um die Ecke gebogen. Ich habe aber auch nicht besonders auf ihn geachtet, denn da wusste ich ja noch nichts von der Leiche.«

»Du bist sicher, dass es sich um einen Mann gehandelt hat?«, fragte Erlendur.

»Ja, absolut.«

»Du nimmst das Ganze erstaunlich gelassen hin. Warst du denn nicht entsetzt, als du mitten in der Nacht, ganz allein, die Leiche entdeckt hast?«, fragte Erlendur, vorsichtig nachhakend. »Außerdem heißt es doch, dass es auf dem alten Friedhof spukt.«

»Ich glaube nicht an Gespenster, und um diese Jahreszeit kann man ja wohl kaum von Nacht reden«, erklärte sie mit einem Lächeln. »Natürlich war ich geschockt, und eigentlich habe ich mich auch davon überhaupt noch nicht erholt. Ich habe noch nie in meinem Leben eine Leiche gesehen, und es ist schrecklich, wenn ein so junges Mädchen stirbt und einfach von irgendwem irgendwo hingeworfen wird. Wisst ihr denn eigentlich schon, woran sie gestorben ist?«

»Zum gegenwärtigen Zeitpunkt möchten wir so wenig wie möglich dazu verlauten lassen«, antwortete Sigurður Óli.

»Sie wurde doch ermordet, oder nicht?«

»Hast du dieses Kostüm angehabt, das da auf dem Stuhl liegt, als du sie gefunden hast?«, fragte Erlendur, ohne auf ihre Frage einzugehen. Seine Blicke waren auf den Esszimmerstuhl gefallen, wo sie die Sachen nach dem Umziehen in aller Eile abgelegt hatte. Sie war nicht dazu gekommen, sie wegzuhängen. »Bist du hingefallen? Ich glaube, da sind Flecken.«

»Ja, ich bin hingefallen.«

»Du hast dich dabei hoffentlich nicht verletzt?«

»Nein.«

»Sind das nicht Grasflecken? Bist du auf dem Austurvöllur hingefallen?«

»Nein, das sind … Also gut«, seufzte sie. »Er hat mich gebeten, ihn da rauszuhalten, aber eigentlich ist es mir scheißegal, was er will. Er hat mich einfach alleine da zurückgelassen! Wir waren zu zweit auf dem Friedhof. Er und ich besitzen zusammen mit einigen anderen eine Firma. Er hat mich ins Hotel Borg eingeladen, und wir waren auf dem Weg nach Hause, als mir plötzlich einfiel, dass wir eine Abkürzung über den Friedhof nehmen könnten. Wir sind dann aber stehengeblieben, haben uns ins Gras gelegt und ein bisschen rumgemacht, aber dann hörte ich ein Geräusch, und wir haben aufgehört.«

»Macht's dir Spaß, auf Friedhöfen … rumzumachen?«, fragte Erlendur.

»Macht's dir Spaß, danach zu fragen?«, entgegnete sie.

»Wir versuchen, uns ein Bild …«

»Was soll ich darauf antworten? Dass ich es geil finde, es auf dem Friedhof zu machen? Okay. Ich find's geil, draußen in der Natur zu vögeln, und ein Friedhof ist ja auch so etwas wie Natur. War es nicht das, was ihr hören wolltet? Damit hat sich's aber auch. Es hat nichts mit Leichen zu tun, verstanden? Ich möchte, dass das klar ist.«

»Und der Don Juan ist einfach abgehauen, als ihr die Leiche gefunden habt?« Erlendur ließ nicht locker. Er hatte eine Tochter, die ihm wesentlich schlimmere Geschichten aus der Gosse erzählte als dieses hübsche kleine Friedhofsabenteuer der Yuppie-Dame.

Hat er es ihr etwa auf dem Friedhof besorgt?, dachte Sigurður Óli, der nicht umhinkonnte, sich diese Szene auszumalen, und deswegen für einen Augenblick mit seinen Gedanken ganz woanders war. Er war unverheiratet, und es war bereits geraume Zeit her, seit er das letzte Mal mit einer Frau im Bett war.

»Mein Don Juan hat überhaupt nicht mitgekriegt, dass da einer aus dem Tor herausgelaufen ist«, sagte sie und stand auf. Sie fand es unangenehm, diesen beiden Männern gegenüberzusitzen und ihnen zu sagen, was sie gemacht hatte. Der Ältere wandte seine Blicke nicht von ihr ab, und der Jüngere machte im Augenblick den Eindruck, als sei er komplett weggetreten. Attraktiv ist er ja, dachte sie, aber momentan guckt er schafsdumm aus der Wäsche.

»Du warst also ein ganzes Stück entfernt, mitten auf dem Friedhof, und hast wahrscheinlich etwas Dunkles zum Tor rausrennen sehen, bevor du die Leiche bemerkt hast. Kannst du versuchen, dich genauer daran zu erinnern? Hast du irgendetwas bemerkt, was uns weiterhelfen könnte? Alter? Haarfarbe? Kleidung? Du hast auf keinen Fall sehen können, dass er in den Skothúsvegur einbog, wie du vorhin gesagt hast, oder ob er nicht doch mit einem Auto da war. Ist doch sehr unwahrscheinlich, dass er sie nackt über eine längere Strecke bis hin zum Friedhof getragen hat, um sie dort abzulegen. Du hättest eigentlich ein Auto sehen müssen. Eine Lüge will gut vorbereitet sein, verstehst du?«

»Ich habe nicht gesehen, wohin er lief, nachdem er den Friedhof verlassen hatte. Das mit dem Skothúsvegur war ein Fehler. Aber ich habe weder ein Auto gesehen noch gehört. Als wir die Suðurgata entlanggingen, war fast überhaupt kein Verkehr mehr.«

»Nur noch eins zum Schluss«, sagte Erlendur lächelnd. »Du bist uns sehr behilflich gewesen. Alles, was du uns mitgeteilt hast, wird vertraulich behandelt und bleibt unter uns, da kannst du unbesorgt sein. Wir haben nicht das geringste Interesse an deinem Privatleben. Hast du eine Ahnung, ob er dich gesehen hat?«

»Wer?«

»Der Typ, der da vom Friedhof weggerannt ist.«

»Großer Gott, hältst du das für möglich?«

Vier

Gegen Mittag war es ihnen immer noch nicht gelungen, das Mädchen zu identifizieren. Ebenso wenig hatten sich Anwohner an der Suðurgata oder am Skothúsvegur gefunden, denen irgendwelche Personen auf dem Friedhof aufgefallen waren, denn sie hatten alle in dieser Nacht den Schlaf der Gerechten geschlafen. In den Rundfunknachrichten am nächsten Morgen wurde ständig über den Leichenfund berichtet. Der Sommer war wie immer Sauregurkenzeit für die Medien, und die Leiche auf dem Grab von Jón Sigurðsson schlug in allen Nachrichtenredaktionen wie eine Bombe ein. In einer Nachrichtensendung hatte man der Toten bereits einen überaus feinsinnigen Namen gegeben, sie wurde die Präsidentenleiche genannt, und in einer anderen wurde vom Jón-Sigurðsson-Mord gesprochen, was sich so anhörte, als sei Jón Sigurðsson selber das Opfer gewesen.

Kein einziger Freund oder Bekannter hatte sich gemeldet, der ein junges, dunkelhaariges Mädchen mit einem kleinen Tattoo auf dem Po vermisste. Keine Mutter, die sich Sorgen um ihre Tochter machte, kein Vater, der nach seinem kleinen Mädchen suchte. Keine Geschwister, die ihre Schwester vermissten. Vielleicht war es auch noch zu früh für derartige Anfragen von Angehörigen. Vielleicht vermisste sie ja auch niemand. Die Leiche war ins Leichenschauhaus am Barónsstígur gebracht worden, wo sie nun auf einem kalten Stahltisch lag. Und der obduzierende Arzt sie in Arbeit hatte, wie es hieß. Ein vorläufiger Bericht war schon bald zu erwarten.

Die Mitarbeiter der Kriminalpolizei stellten sich am nächsten Mittag übernächtigt und übel gelaunt in ihrem Gebäude mit den Alkalischäden ein, das sich in einem Gewerbegebiet in Kópavogur befand. Erlendur war der Meinung, dass das Haus kurz vor dem Einsturz stand. »Ein winziges Erdbeben, und das Ganze zerbröselt zu Staub und Asche«, hatte er einmal in einer Kaffeepause behauptet und hoffnungsvoll geklungen.

Es war Sonntag, und die meisten Mitarbeiter der Kripo waren extra in den Dienst beordert worden. Auf dem Friedhof an der Suðurgata waren die Leute von der Spurensicherung immer noch mit dem Grab von Jón Sigurðsson und der näheren Umgebung beschäftigt, hatten aber noch nicht den geringsten Hinweis darauf gefunden, um wen es sich bei dem Mädchen handelte oder wie ihr Schicksal besiegelt worden war. Im Lauf des Morgens hatte man die Suðurgata wieder für den Verkehr freigegeben, und viele Schaulustige machten einen Schlenker und fuhren am Friedhof entlang ins Stadtzentrum. Fahrer und Beifahrer reckten die Hälse, um einen Blick über die Friedhofsmauer zu erhaschen und die Polizei und die Techniker bei der Arbeit zu sehen.

»Was kann ein Mann, der die Leiche eines jungen Mädchens auf das Grab von Jón Sigurðsson legt, möglicherweise damit ausdrücken wollen?«, fragte Erlendur nachdenklich hinter seinem Schreibtisch. Sigurður Óli saß ihm gegenüber. Das Büro war holzvertäfelt, und an den Wänden befanden sich Regale voller Ordner mit vergilbten Protokollen von gelösten und ungelösten, längst in Vergessenheit geratenen Fällen. In einer Ecke des Büros stand ein grauer Stahlschrank, in dem weitere alte Fälle alphabetisch geordnet aufbewahrt wurden. Auf dem Boden lag ein Teppich, der ursprünglich wohl grün gewesen sein musste, inzwischen aber abgewetzt, grau und verblichen war. Erlendur hatte keinerlei persönliche Gegenstände in seinem Büro, keine Familienbilder oder Fotos von sich auf dem Golfplatz, mit Bridgefreunden oder vom Urlaub in Spanien. Ein persönliches Foto von Erlendur hätte allerdings nur zu Hause aufgenommen werden können, wo er die Abende und die Wochenenden im verdunkelten Zimmer mit Lesen verbrachte, es hätte ihn im Sessel gezeigt mit einem Buch in der Hand oder eingeschlafen vor dem flimmernden Fernseher. Er lebte ein einsames, wenig abwechslungsreiches Leben. Seit Jahren schon hatte er keinen Urlaub mehr genommen. Er hatte wenig Freunde und pflegte kaum andere Kontakte als die zu seinen Kollegen bei der Kriminalpolizei. Er vermisste jedoch nichts, für Freunde verspürte er keinen Bedarf.

»Was fällt einem zuerst ein, wenn man den Namen Jón Sigurðsson hört?«, überlegte Sigurður Óli laut.

»Der Unabhängigkeitsheld«, sagte Erlendur, auf seine Kenntnisse aus der Mittelschule vertrauend. »Der isländische Freiheitskämpfer. Sozusagen eine heilige Figur, ein integrer Charakter durch und durch. Es ist bislang nicht gelungen, ihn mit Dreck zu bewerfen. Er war genauso, wie er redete und handelte. Hat den Isländern geholfen, hat ihre Anliegen in Kopenhagen vertreten. Unser Nationalfeiertag ist an seinem Geburtstag. Es ist wohl kaum anzunehmen, dass das Ganze etwas mit der Politik der Unabhängigkeitsbewegung im neunzehnten Jahrhundert zu tun hat.«

»Und was ist mit seinem Privatleben?«, fragte Sigurður Óli.

»Jón stammte aus den Westfjorden, er wurde in Hrafnseyri am Arnarfjörður geboren.«

»Am bekanntesten ist die Geschichte von ihm und seiner Frau Ingibjörg«, sagte Erlendur. »Sie war mit ihm verlobt und hat zwölf Jahre hier in Island auf ihn gewartet, während er in Kopenhagen herumgeschäkert hat. Die hatte mehr Ausdauer als die meisten Frauen heutzutage, die würden sich so etwas nicht bieten lassen. Daher stammt wohl auch das Gerücht, dass Jón einen ziemlich lockeren Lebenswandel führte.«

»Falls das Mädchen eine Nutte war, könnte es doch sein, dass das die Verbindung ist. Hat sich Jón nicht angeblich in Kopenhagen mit Freudenmädchen herumgetrieben?«

»Viel zu weit hergeholt. Ich plädiere eher für die Politik. Jón war doch in erster Linie Politiker. Wer auch immer das Mädchen auf seine Grabstätte gelegt hat, will damit etwas Politisches signalisieren. Da steckt irgendeine augenfällige Bedeutung dahinter, eine Botschaft. Wir sollten uns vielleicht mal mit einem Historiker unterhalten.«

»Ein patriotischer Mörder.«

»Ein patriotischer Mörder ist vielleicht gar nicht mal so abwegig. Ein romantischer Patriot. Vielleicht mag er die Änderungen nicht, die Island in den vergangenen zwanzig, dreißig Jahren durchlaufen hat, und das Mädchen ist irgendwie ein Symbol dafür. Ich habe auch was gegen diese Veränderungen, genau wie viele andere aus meiner Generation, auch wenn du und die anderen Yuppies alles mit offenen Armen aufnehmt, was von den Amis kommt. Island entwickelt sich langsam, aber sicher zu einer Art Klein-Amerika.«

»Fang doch nicht schon wieder mit dieser Leier an«, stöhnte Sigurður Óli, der Erlendurs Ansichten zu allem, was amerikanisch war, nur zur Genüge kannte. Sigurður Óli hatte seine Ausbildung in Amerika absolviert, fühlte sich nirgends wohler als dort und konnte stundenlang darüber reden, wie er in Atlanta bei sich zu Hause auf dem Sofa gelegen und sich Baseball angesehen hatte. Er erklärte jedem, der es wissen wollte, aber auch denen, die es nicht wissen wollten, dass er Baseball und amerikanischen Football und Eishockey und die unzähligen Fernsehstationen vermisste. »Du hast eine Phobie vor der Außenwelt«, sagte Sigurður Óli. »Du willst dich abschotten, das Licht ausmachen und dir eine Schlafmaske aufsetzen. Du hast dir sogar schon so ein Ding zugelegt.«

»Im letzten Winter habe ich eine Anzeige gesehen«, entgegnete Erlendur, der sich inzwischen mit den spöttischen Bemerkungen über seine Schlafmaske abgefunden hatte. »Eins von den gehobenen Restaurants hat das traditionelle Þorrablót-Büfett inseriert, mit allem, was dazugehört, sauren Widderhoden, Walspeck, gesäuerter Grützwurst, gesengten Schafsköpfen und so weiter. Die Angestellten des Lokals hatten sich hinter diesem köstlich aussehenden patriotischen Büfett mit traditionellem isländischem Essen aufgestellt und trugen samt und sonders rotkarierte Hemden, Jeans und einen weißen Cowboyhut auf dem Kopf.« Erlendur beugte sich über den Schreibtisch und sagte mit grimmiger Miene zu Sigurður Óli: »Was hat der Wilde Westen mit einem isländischen Winterfest zu tun?, habe ich nur gedacht. Was soll denn so eine Geschmacklosigkeit? Und dann habe ich es auf einmal kapiert. Saure Hammelhoden und Schafsköpfe erhalten erst dann einen Wert, wenn man sie mit Amerika in Verbindung bringt. Auf Island ist alles erst dann ›cool‹ oder ›smart‹, wenn es auf irgendeine Weise amerikanisiert ist. Düsenjets und Computer sind die bedeutendsten Erfindungen des zwanzigsten Jahrhunderts, aber nicht weniger toll sind die Wörter, die dafür im Isländischen geprägt wurden, *þota* und *tölva*. Leider interessiert sich aber niemand mehr dafür, isländische Denkweise und Sprachkultur zu bewahren, das geht alles den Bach runter.«

»Ich glaube nicht, dass es irgendwas speziell mit Amerika zu tun hat, es liegt wahrscheinlich einfach daran, dass die Welt kleiner geworden ist«, sagte Sigurður Óli, der genau wusste, dass Erlendur niemals einen McDonalds betreten würde. »Die Amis sind bloß meist den anderen meilenweit voraus, wenn es um Lifestyle geht. Die anderen äffen es dann immer nur nach. Und was soll denn eigentlich diese Forderung nach Bewahren von isländischer Denkweise und Sprachkultur, die du immer stellst? Die Franzosen sind enorme Patrioten, aber guck dir doch an, wie überheblich und stinklangweilig sie sind. Du möchtest vielleicht, dass wir so werden wie die Franzosen? Meiner Meinung nach hat so eine Politik der Isolierung keinerlei Zukunft. Die Isländer werden es nie lernen, Geschmack und Stil zu entwickeln, was sich nicht zuletzt an einem so schauerlichen Fraß wie gesäuerten Hammelhoden und abgesengten Schafsköpfen zeigt. Wer kriegt denn so ein Zeugs runter? Und ich bin mir auch nicht sicher, ob die jungen Leute heutzutage Jón Sigurðsson überhaupt noch kennen oder der Meinung sind, dass er irgendeine Bedeutung für sie hat.«

»Alle kennen Jón Sigurðsson. So dämlich sind die Isländer doch wohl noch nicht.«

»In Reykjavík gibt es fünf Stellen, wo man sich tätowieren lassen kann«, sagte Elínborg, die in diesem Augenblick Erlendurs Büro betrat. Die Tür stand wie gewöhnlich offen, nur wenn Erlendur jemanden in seinem Zimmer vernahm, schloss er sie. Elínborgs Alter war schwer einzuschätzen, wahrscheinlich irgendwo zwischen vierzig und fünfzig. Sie war etwas mollig, aber nicht dick, kleidete sich geschmackvoller als alle anderen weiblichen Mitarbeiter und war für ihre Kochkünste bekannt. Ihre Rezepte waren sehr gefragt, und sie rückte sie auch bereitwillig heraus, obwohl sie ansonsten manchmal etwas schwierig im Umgang war. Hühnchen waren ihre Spezialität, sie kannte wer weiß wie viele Zubereitungsarten. Ihre drei Kinder wussten das zu schätzen, und auch bei ihrem Ehemann, der eine kleine Autowerkstatt besaß, ging die Liebe zunächst einmal durch den Magen.

»Die klapperst du zusammen mit Þorkell ab. Beschreibe diesen Leuten das Mädchen, und finde heraus, ob sie irgendwer kennt«, sagte Erlendur. »Die von der Spurensicherung haben bestimmt ein Foto von ihrem Hintern gemacht, besorg dir einen Abzug, und stell fest, ob einer dieser Typen seine künstlerische Handschrift wiedererkennt. Hat inzwischen jemand nach ihr gefragt?«

»Noch nicht«, entgegnete Elínborg und war schon fast wieder aus der Tür. »Ob die wohl auch sonntags tätowieren?«

»Keine Ahnung«, sagte Erlendur.

»Ich mach mich lieber allein auf den Weg. Þorkell ist dieser Tage ziemlich unerträglich.«

»Wieso?«, fragte Sigurður Óli.

»Probleme mit den Frauen. Seine Blondine, diese Zahnärztin, hat ihm den Laufpass gegeben. Sie hat auf einer Tagung in London über Implantologie jemanden kennengelernt, und im gleichen Augenblick war Þorkell weg vom Fenster. Er hat's mir gestern Abend gesagt. Ich hatte ein Tandoori-Hühnchen im Backofen, das hat er ruiniert, weil er sich unbedingt bei mir ausheulen musste. Ich habe keine Lust, mir noch mehr Gejammer von ihm anzuhören«, erklärte sie und verschwand auf dem Flur.

»Zartfühlend wie immer, unsere Elínborg«, sagte Erlendur.

»Meinst du, dass wir jemanden vor Bergþóras Haus postieren sollten, da sie ja nun einmal eine Zeugin ist?«, fragte Sigurður Óli. Er hatte den ganzen Morgen an sie und ihre Geschichte vom Friedhof denken müssen. »Wenn du willst, kann ich noch mal hingehen und mich mit ihr unterhalten. Falls der Mörder weiß, dass es eine Zeugin gibt, ist sie womöglich in Gefahr, oder?«

»Ich begreife nicht, warum dieser Ort gewählt wurde«, sagte Erlendur, ohne auf Sigurður Ólis Frage einzugehen. »Das Mädchen wird irgendwo unter freiem Himmel abgelegt, und zwar an einer sehr auffälligen Stelle, die wahrscheinlich etwas für sie oder den Mann, der sie dort hinlegte, zu bedeuten hat. Es wird nicht versucht, sie zu verstecken, sondern ganz im Gegenteil, sie soll gefunden werden. Sie wurde uns geradezu auf dem Präsentierteller serviert.«

»Vielleicht war das die erstbeste Gelegenheit, sich ihrer zu entledigen«, entgegnete Sigurður Óli.

»Würde ein normaler Mörder nicht versuchen, die Tat zu verschleiern? Dieser nicht, dieser hat nichts zu verbergen. Er will gar nichts verschleiern. Man könnte fast den Eindruck haben, dass er Kontakt zu uns aufnehmen will, statt einen weiten Bogen um uns zu machen. Wenn Leute eine Leiche zu entsorgen haben, lassen sie sie normalerweise verschwinden.«

»Weshalb hat er sich denn nicht gestellt?«

»Das weiß ich nicht. Ich denke bloß laut. Glaubst du vielleicht, dass ich auf alles gleich eine Antwort parat habe? Das Mädchen ist nackt, es gibt Spermareste, und das Gesicht ist stark geschminkt. Vielleicht hat Elínborg ja recht, und sie ging auf den Strich. Sie kann einem üblen Kunden begegnet sein, der zu weit gegangen ist. Vielleicht hatte sie einen Freund, der nicht davon angetan war, dass sie als Prostituierte arbeitete, und sie deswegen umgebracht hat. Andererseits könnte ihr Freund genauso gut auch ihr Zuhälter gewesen sein. Meine Tochter erzählt mir manchmal etwas aus dieser Szene, du weißt, was mit ihr los ist.«

Sigurður Óli nickte.

»Prostitution in Reykjavík ist nur in ganz geringem Maße organisiert, und die Zuhälter kennen einander kaum«, fuhr Erlendur fort. »Wir wissen, dass die Mädchen auf der Straße sind, weil sie Geld für Drogen brauchen. Deren Kundenkreis reicht von zwielichtigen Typen bis hin zum reinsten Abschaum. Sie können auf Brutalos treffen, von denen man sich kaum vorstellen kann, dass es sie gibt. Jón Sigurðssons Mädchen könnte zu denen gehört haben. Wir müssen andere von diesen Mädchen aufspüren und herausfinden, ob sie sie kennen.«

»Soll ich mich nochmal mit Bergþóra unterhalten und sie beobachten lassen? Sicherheitshalber. Es muss ja niemand etwas davon wissen. Ich könnte das selber machen.«

»Dann tu das.«

Am späten Nachmittag traf der vorläufige Bericht des Gerichtsmediziners ein, den er in aller Eile zu Papier gebracht hatte. Das Mädchen war etwa eine Stunde vor dem Eintreffen der Polizei gestorben. Sie musste also kurz nach ihrem Tod auf den Friedhof gebracht worden sein. Er muss ein Auto gehabt haben, dachte Erlendur bei sich, während er den Bericht las, er ist bestimmt nicht mit einem nackten Leichnam auf den Schultern von weit her gekommen. Die Spürhunde, die in der Nacht eingesetzt worden waren, waren auf der Suðurgata stehen geblieben und hatten die Spur verloren. Es würde sicherlich nützlich sein, den Hergang zu rekonstruieren, um die zeitliche Abfolge festzulegen. Vom Friedhofstor aus waren es nur etwa zehn Meter bis zur Grabstätte von Jón Sigurðsson, und das Tor befand sich direkt an der Suðurgata. Vor dem Tor zu halten, die Leiche aus dem Auto zu heben, zum Grab zu tragen und wieder zurückzulaufen hätte ihn kaum mehr als eine Minute gekostet.

Der Arzt hatte viel Heroin im Blut und auch einige Promille festgestellt. Das Mädchen war so unterernährt, dass er sie als Anorexie-Fall einstufte. Und es war Gewalt angewendet worden. Neben den Anzeichen für einen Erstickungstod fanden sich am ganzen Körper zahlreiche Quetschungen und blaue Flecken, außerdem war sie mit der Faust ins Gesicht geschlagen worden. Kurz vor ihrem Tod hatte sie Geschlechtsverkehr gehabt, und in Anbetracht ihres Zustands hatte es sich höchstwahrscheinlich um eine Vergewaltigung gehandelt.

Fünf

Sigurður Óli und Þorkell gelang es an diesem Sonntag, ein paar von den Mädchen aufzutreiben, die bei der Polizei als Prostituierte registriert waren. Alle waren irgendwann einmal wegen Prostitution und Einbruchsdiebstählen mit der Polizei in Berührung gekommen. Sie waren nicht schwer aufzutreiben. Sie unterließen es jedoch, Eva Lind Erlendardóttir, die Tochter ihres Kollegen, mit ins Dezernat zu nehmen. Erlendur machte sich selber auf den Weg und fand heraus, wo sie sich aufhielt. Den Namen der Tochter hatte die Mutter bestimmt, weil sie ihn hübsch fand. Sein Sohn hieß Sindri Snær.

Erlendur wusste, dass Eva Lind seit einiger Zeit mit einem dubiosen Typen zusammen war, der auf großem Fuß lebte. Aufgrund irgendwelcher Leasing-Verträge konnte er sich allen möglichen Luxus leisten. Die beiden lebten in einem Reihenhaus, das er einem älteren Ehepaar abgeluchst hatte, das sich eine kleinere Wohnung zulegen wollte. Er hatte ein begnadetes Verkaufstalent und stellte sich den alten Leuten gepflegt in einem eleganten Anzug vor, den er noch nicht bezahlt hatte. Irgendwie brachte er sie dazu, aus dem Haus auszuziehen, und er zog ein, ohne auch nur eine müde Krone auf den Tisch gelegt zu haben. Er hatte als erste Zahlung eine große Summe in Aussicht gestellt und eine weitere zwei Monate später, und das, was er ihnen für das Haus bot, überstieg den Preis, auf den es geschätzt worden war. Die Eheleute hatten Vertrauen zu diesem sympathischen jungen Mann, der behauptete, Arzt zu sein; sie lagerten Mobiliar und Hausrat provisorisch ein und zogen zu ihrer einzigen Tochter, während der elegante junge Mann sich gemütlich mit Möbeln einrichtete, die er in einem Möbelgeschäft leaste.

So kam es, dass Eva Lind zurzeit in einigem Luxus lebte, der in krassem Gegensatz zu den Umständen stand, unter denen sie noch vor einigen Monaten gehaust hatte, wie Erlendur wusste. Bevor sie diesen Mr. Business kennenlernte. Damals hatte sie sich bei einem Junkie in einer Bruchbude in Reykjavíks altem Stadtteil Skuggahverfi einquartiert. In den vier oder fünf Jahren, die sie dazu benötigte, sich einen festen Platz in der Gosse zu sichern, hatten Erlendurs Reaktionen auf den Zustand seiner Tochter die ganze Skala von Ablehnung über Wut und Entsetzen und rigorose Aktionen bis hin zu Gleichgültigkeit durchlaufen. Er begriff nicht, weshalb sie es nicht schaffte, von den Drogen loszukommen, aber er hatte aufgehört, sich darüber den Kopf zu zerbrechen. Er nahm sie, wie sie war, und versuchte nur, ihr das Leben zu erleichtern, wenn sich ihm die Möglichkeit dazu bot. Früher hatte er sie manchmal von irgendeinem Polizeirevier abgeholt und mit zu sich nach Hause genommen, wenn sie mal wieder völlig zugedröhnt aufgegabelt worden war, hatte dafür gesorgt, dass sie keinen Nachschub bekam, und auf sie aufgepasst. Über kurz oder lang war sie aber immer wieder im gleichen Sumpf gelandet. Beim nächsten Mal war dann ihr Zustand meist doppelt so schlimm wie vorher. Oft genug litt er Höllenqualen wegen seiner Tochter.

»Es könnte sein, dass ein Mädchen, das wir heute Nacht ermordet auf dem Friedhof gefunden haben, auf den Strich gegangen ist«, erklärte er, als er auf dem Sofa im Wohnzimmer Platz genommen hatte. Dem neuen Mann in Evas Leben, den er noch nicht kannte, stand er genauso skeptisch gegenüber

wie all ihren anderen Männern. Er war nicht zu Hause, hatte sie gesagt, er sei los, um einen Fernseher zu kaufen.
»Aber es ist doch Sonntag, wo ist denn da offen?«, fragte Erlendur.
»Bist du wirklich so blöd, dass du glaubst, er würde das Ding im Geschäft kaufen?«, rief Eva Lind entgeistert und ließ sich in ein funkelnagelneues Chesterfield-Sofa fallen. Erlendur stellte fest, dass die Wände völlig kahl waren. In dem geräumigen Wohnzimmer befand sich nichts außer sündhaft teuren Möbeln, die zum größten Teil noch in der Plastikhülle steckten.
Eva Lind sah man die ausschweifende Lebensweise an, sie sah verlebt aus und hatte Ringe unter den Augen, die sie wegzuschminken versuchte. Sie war bis auf die Knochen abgemagert. Vielleicht war sie auf einem Trip, dachte Erlendur, der nur ganz selten seine wahre Tochter zu Gesicht bekam. Ihre Augen waren irgendwie verschleiert.
»Hab ich im Radio gehört«, sagte Eva Lind. »Klar war sie eine Nutte. Normale Mädchen werden nicht total nackt auf dem Friedhof abgelegt.«
»Ich hab nicht behauptet, dass sie eine Nutte war, ich hab nur das Gefühl, dass wir da einen Ansatzpunkt hätten. Sie wurde bei Jón Sigurðsson gefunden.«
»Wieso? War sie denn nicht auf dem Friedhof?«
»Doch, bei Jón Sigurðsson.«
»Hat es einen Skandal gegeben? Hat dieser Jón sie da gevögelt, oder was? Moment mal, von was für einem Jón redest du eigentlich?«
Erlendur zuckte die Achseln. Wo haben die Tage deines Lebens ihre Farbe verloren?, fiel ihm plötzlich ein. Diese Verszeile kam ihm manchmal unwillkürlich in den Sinn.
»Das Mädchen war dir gar nicht unähnlich, ein bisschen jünger vielleicht. Sah aus, als litte sie an Anorexie, dünn und lei-

chenblass. Hat wohl gefixt. Wir wissen nicht, wie sie heißt, und wir suchen nach Leuten, die sie gekannt haben könnten. Wenn sie auf den Strich gegangen ist, müsstest du sie doch eigentlich kennen. Das Einzige, was wir mit Sicherheit wissen, ist, dass sie eine Tätöwierung auf dem Po hatte.«

»Ich hab auch eine, aber nicht auf dem Arsch«, erwiderte Eva Lind und warf ihrem Vater einen merkwürdigen Blick zu. »Das ist total angesagt, tut aber bestialisch weh. Wer so was macht, ist sadistisch veranlagt. Ich habe es ...«

»Sagt dir diese Beschreibung etwas?«, schnitt Erlendur ihr das Wort ab und drehte seinen Hut in den Händen. Er trug aus alter Gewohnheit einen Hut und wollte nicht von ihm lassen, auch wenn das sonst kein Mensch mehr tat. Der graue Battersby, an dem er jetzt herumfingerte, war einer seiner Lieblingshüte.

»Wenn sie auf Heroin war, ist es bestimmt ganz einfach. Drücken tun nur wenige, und da ist auch viel schwerer dranzukommen als an Ecstasy oder Speed. Dazu braucht man gute Connections. Hast du ein Bild von ihr?«

»Nein. Wenn wir nicht bald herausfinden, wer sie ist, werden wir das Gesicht der Leiche fotografieren und an die Medien weiterleiten müssen, aber das tun wir erst, wenn wirklich alle anderen Möglichkeiten erschöpft sind. Vielleicht könntest du ja mit mir zum Leichenschauhaus fahren.«

»Pliiis! Nicht jetzt. Ich telefonier ein bisschen rum und meld mich dann bei dir, versprochen. Schlepp mich bitte nicht ins Leichenschauhaus. Das ist ja total widerlich.«

»Ich muss wissen, was hier auf dem Strich in Reykjavík abläuft«, sagte Erlendur, dem es davor graute, in diesem Fall auf die Hilfe seiner Tochter angewiesen zu sein. »Wer sind die Kunden? Wie kommen sie an die Mädchen heran? Hat ein Mädchen immer dieselben Kunden? Wie läuft das ab?«

Es war entsetzlich für ihn, sie nach diesen Details auszufra-

gen, die ihr Leben auf der Straße betrafen. Das hatte er bislang tunlichst vermieden. Er wusste nur das, was sie ihm von sich aus gesagt hatte. Er hielt sich wohlweislich darin zurück, seinen Kindern Moralpredigten zu halten, aber bewirkt hatte dieser Vorsatz bislang noch nichts. Er hätte auch andere Mädchen nach diesen Dingen fragen können, doch seiner Tochter konnte er vertrauen, so viel stand zumindest fest. Seines Wissens hatte sie ihm bislang jedenfalls immer die Wahrheit gesagt. Aber er kannte auch die gelegentlich ordinäre Ausdrucksweise seiner Tochter nur zu gut.
»Mensch, was für ein Haufen Fragen, Erlendur«, entgegnete Eva Lind. Sie sagte nie Papa zu ihm. »Wer sich Nutten besorgen will, kriegt schnell raus, wie. Die Kerle rücken an, reden mit ihnen und schleppen sie ab. Manchmal kommen sie im Auto, dann ist die Sache geritzt. Manchmal genügt es ihnen, wenn man ihnen einen abwichst. Es reicht nicht, nur dazusitzen und zu quasseln, so ist das bloß im Kino. Abwichsen ist am billigsten. Die meisten wollen aber, dass man ihnen einen ablutscht, das ist eine fiese Arbeit, und einige wollen natürlich auch ficken. Treppenaufgänge, leer stehende Häuser, im Stadtzentrum gibt's jede Menge Orte. Die Mädchen leben in irgendwelchen miesen Buden und fahren auch häufig mit ihren Freiern dahin. So was habe ich aber nie gemacht«, sagte Eva Lind, als sie sah, wie ihr Vater die Farbe wechselte. »Reg dich ab!«
Erlendur klammerte sich halbherzig an diese Lüge.
»Was für Kerle sind das?«
»Meistens irgendwelche alten Knacker. Die bringen ihre Rente mit so was durch. Aber auch alle möglichen anderen Männer, die zu Hause nicht rankommen. Seeleute, die in der Stadt sind und nicht wissen, was sie mit sich anfangen sollen. Die lassen sich eine Woche volllaufen und verschwinden dann wieder. Alle möglichen Typen, die Gesellschaft suchen. Die Mädchen

sind vergleichsweise billig gegenüber dem, was Edelnutten verlangen. Dieselben Kunden haben immer dieselben Mädchen, dann gibt's keinen Ärger. Das ist am besten so, und am sichersten. Sie haben vielleicht fünf oder auch zehn Stammkunden, und die Kerle reißen sich um sie.«

»Ist das nicht gefährlich für die Mädchen?«

»Einige führen sich wie Sadisten auf, mickrige Typen, die zeigen wollen, was in ihnen steckt. Die geilen sich daran auf, sich ein Mädchen zu kaufen und sie zu vermöbeln, weil sie sich nicht trauen, ihr eigenes Hausmuttchen zu prügeln. Manchmal sind aber auch vornehme Typen mit Schlips darunter, die lassen sie durch jemanden holen, der sie irgendwohin bringt, wo's echt nobel ausschaut. Unter denen können natürlich auch Scheißkerle sein. Das sag ich dir, die Mädchen machen das nicht zum Vergnügen. Manchmal wird im Sommer von irgendeiner dieser noblen Anglerhütten aus angerufen, wenn die Kerle spitz sind und Weiber wollen. Ein Tag kostet fünfunddreißigtausend Piepen, und alles ist erlaubt.«

»Kannst du mir irgendwelche Namen nennen?«

»Namen hört man nie.«

»Und wo wird da angerufen?«

»Irgendwo. In den Striplokalen. Oder bei den Zuhältern.«

»Hast du kürzlich von jemandem gehört, dem es Spaß macht, diese Mädchen übel zuzurichten?«

»Man hört doch dauernd Geschichten. Ich versprech dir, dass ich mich umhöre.«

»In Ordnung. Und wie geht es dir eigentlich sonst? Mit wem bist du jetzt zusammen? Gehört ihm dieses Haus?«

»Mir geht's super. Er ist ein irrer Typ. Alles hier drin gehört ihm, aber er hat keine schlappe Krone dafür bezahlt.«

»Hast du Verbindung zu deiner Mutter?«, fragte Erlendur, der nicht allzu viel über die Liebhaber seiner Tochter wissen wollte. Es grenzte an ein Wunder, wenn sie es einmal länger als einen Monat bei ihnen aushielt.

»Nicht die geringste. Ich lass die Alte in Ruhe. Ich bin wie du.«

»Weißt du was über Sindri?«

»Dem geht's auch super. Er rief mich neulich an, hat jetzt wohl irgendeinen Job, aber ich kann mich nicht mehr erinnern, was es war. Bei irgend so einem Hoch- und Tiefbauunternehmen, glaube ich.«

In diesem Augenblick trat der geschniegelte und gestriegelte Leasing-Spezialist in teurem Anzug und Schlips zur Tür herein. Er schleppte sich an einem riesigen Fernsehgerät ab. Da er Erlendur nie zuvor gesehen hatte, hielt er ihn zunächst für den Mitarbeiter einer Firma, mit der er Leasing-Verträge abgeschlossen hatte, und wollte sich gerade gegenüber Erlendur in Szene setzen, als Eva ihm sagte, wer er war.

»Bist du der Bulle?«, fragte er und blickte abwechselnd auf Erlendur und den mordsschweren Fernseher, der ihm zu schaffen machte.

»Pass auf, dass der Apparat dir nicht die Zehen zerquetscht«, sagte Erlendur und drückte sich an ihm vorbei hinaus an die frische Luft.

Als Erlendur wieder ins Dezernat kam, teilte Sigurður Óli ihm mit, dass nichts bei der Befragung der Mädchen herausgekommen war. Elínborg hatte es bei einigen Läden versucht, die Tätowierungen machten, aber noch nichts erreicht. Da sie zum Abendessen Gäste erwartete, hatte sie ziemlich früh Feierabend gemacht. Der Tag hatte nichts ergeben, was der Polizei weiterhalf, um den Namen des Mädchens herauszufinden. Sigurður Óli hatte sich mit Bergþóras Begleiter unterhalten, mit diesem Armleuchter, der angeblich von nichts wusste. Zuerst stritt er ab, mit Bergþóra auf dem Friedhof gewesen zu sein. Als Sigurður Óli ihm zusetzte, gab er es schließlich zu, erklärte aber, er habe niemanden aus dem Friedhofstor rennen sehen. Er hatte auch kein Auto bemerkt. Und ihm war immer noch nicht klar, wer Jón Sigurðsson war.

Aus Breiðholt war ein Autodiebstahl gemeldet worden, der vermutlich in der gleichen Nacht stattgefunden hatte, in der das Mädchen gefunden worden war. Eine Beschreibung des Fahrzeugs war an die Polizeidienststellen im ganzen Land gegangen, und gegen Abend meldete die Polizei in Keflavík, dass das gesuchte Fahrzeug, ein blauer Saab, auf dem Parkplatz vor dem internationalen Leifur-Eiríksson-Flughafen gefunden worden war. Erlendur beorderte Þorkell dorthin, um den Transport des Wagens zum Hauptdezernat zu überwachen, wo er am frühen Abend eintraf. Die Techniker von der Spurensicherung begannen unverzüglich, nach Fingerabdrücken, Sekreten und Haaren zu suchen. Sie arbeiteten die ganze Nacht durch und konnten am Montagvormittag bestätigen, dass das Mädchen in dem Wagen gewesen war. Die angeforderten Listen über Flugpassagiere, die früh am Sonntagmorgen das Land verlassen hatten, gingen bei der Kriminalpolizei ein. Der Besitzer des Autos wurde vernommen, aber er schwor hoch und heilig, dass ihm das Auto gestohlen worden war.

Erlendur wollte gerade das Büro verlassen, als das Telefon klingelte.

»Leitest du die Ermittlung im Fall des Friedhofmädchens?«, fragte eine leise, zögerliche Stimme.

»Ja«, sagte Erlendur und setzte den Hut auf.

»Ich war mit ihr befreundet«, sagte der Mann am Telefon so leise, dass Erlendur ihn kaum verstehen konnte.

»Wer ist da am Apparat?«, fragte er und versuchte, nicht scharf zu klingen.

»Sie war da bei ihm in seinem Ferienhaus ...«
Was darauf folgte, verstand Erlendur nicht.
»Wer? Was für ein Ferienhaus?«
»Das verdammte Schwein«, sagte die Stimme. »Diese elenden, verfluchten Schweine. Sie haben sie kaputt gemacht ...«
Dann brach die Verbindung ab.

Sechs

Am Sonntagabend stattete Sigurður Óli der Zeugin Bergþóra einen Besuch in ihrer Wohnung am Aflagrandi ab. Er redete sich ein, dass er einem offziellen Auftrag nachging und nicht seinem privaten Interesse. Er hatte sich auf Anhieb zu Bergþóra hingezogen gefühlt. Da war etwas an ihr, etwas in ihrem Gesicht, das ihn anrührte, etwas in ihren Bewegungen, das ihn nicht gleichgültig ließ. Etwas in ihrer Stimme, das ihn zum Zuhören zwang. Er redete sich ein, dass es nichts mit ihrer ungewöhnlichen und unangenehmen Geschichte auf dem Friedhof zu tun hatte.

Sigurður Óli hatte allein gelebt, seit er vor vier Jahren aus den Vereinigten Staaten nach Island zurückgekehrt war, und immer nur kurze Beziehungen ohne Zukunft gehabt. In der letzten Zeit dachte er aber immer häufiger darüber nach, ob er sich nicht auf etwas Ernstes einlassen sollte. Fast alle seine Freunde waren verheiratet oder in festen Händen, es war daher nicht einfach, irgendjemanden am Wochenende dazu zu bewegen, mal eine Nacht durchzufeiern. Er fand es öde, allein in Bars und Clubs herumzulungern, und selbst wenn er etliche Bekannte traf, aus den Zeiten, als er noch in Reykjavík Politikwissenschaft studierte, oder ihn einer seiner Kollegen ansprach, war es auf die Dauer langweilig, weil sich die Gespräche immer wieder um die gleichen Themen drehten. Manchmal wurde er auch von Leuten belästigt, mit denen er sich von Berufs wegen hatte befassen müssen.

Und dann war es so eine Sache, mit Frauen Bekanntschaft zu schließen. Stets und immer wieder dasselbe Vorspiel. Mit einem Satz war Sigurður Óli lange erfolgreich gewesen: »Sag mal, kennen wir uns nicht vom Jurastudium?« In letzter Zeit hatte er bei diesem Satz das Jurastudium durch Informatikstudium ersetzt, was genauso wirkungsvoll war. Die gleichen Überlegungen, ob man gemeinsame Freunde oder Bekannte hatte: »Ach, war die mit deinem Bruder zusammen? Ich kann mich aber eigentlich nicht so richtig an sie erinnern.« Sowohl die Frauen als auch Sigurður Óli wurden älter, und bevor er sich versah, hatte er die dreißig überschritten, und nun waren etliche nach einer Scheidung wieder auf dem freien Markt. Es konnte sogar passieren, dass Exehemänner draußen an der Tür eines Hauses herumhämmerten, in dem er gelandet war, und auf Teufel komm raus in Erfahrung bringen wollten, wer mit der Exfrau im Bett lag. Wenn er mit dem Arm unter dem Kopf einer Frau aufwachte, die er nie zuvor gesehen hatte, hätte er sich manchmal den Arm am liebsten abgehackt. Und dann die Taxis am nächsten Morgen. In aller Herrgottsfrühe aus einem unbekannten Bett kriechen und im Rückspiegel eines Taxifahrers festgeklemmt zu sein, der ganz genau wusste, was abgelaufen war.

Am meisten fiel aber wohl ins Gewicht, dass Sigurður Óli in seinem einsamen Singledasein angefangen hatte, ziemlich viel zu trinken. Äußerlich merkte man ihm nichts an, denn er sah immer gepflegt aus, achtete sehr auf seine Kleidung und ging regelmäßig ins Fitnesscenter und ins Sonnenstudio. Es fiel ihm nicht schwer, Kontakte zu knüpfen, nicht zuletzt zum weiblichen Geschlecht. Er war groß und schlank, gut aussehend und gesprächig. Ein Mann, der geradlinig war und hundertprozentige Arbeit leistete, wenn er einmal etwas in Angriff nahm. Er war ambitioniert und legte großen Wert darauf, bei der Kriminalpolizei Karriere zu machen, hatte aber etwas Überhebliches an sich, und nicht wenige fanden, dass er sehr von sich eingenommen war. In letzter Zeit kam es immer häufiger vor, dass er innerhalb kürzester Zeit sturzbesoffen war und sich hinterher an nichts mehr erinnern konnte. Der schlimmste Vorfall war vor sechs Monaten gewesen, und seitdem hatte er versucht, seinen Alkoholkonsum zu drosseln, denn er hatte es mit der Angst bekommen. Glücklicherweise war er in seinem eigenen Bett aufgewacht und konnte sich nur dumpf und dunkel daran erinnern, sturzbetrunken in der Innenstadt auf dem Laugavegur herumgewankt zu sein. Als er aufwachte, lag er auf dem Rücken und war nicht imstande, sich zu rühren, weil ihm sämtliche Knochen weh taten, am meisten aber das Steißbein und die rechte Hüfte. Wenn er versuchte, sich zu bewegen, durchzuckte ihn der Schmerz bis in die Wirbelsäule hinauf. Er hatte nicht die geringste Ahnung, wie er nach Hause gekommen war, und wusste nur, dass er nackt auf seinem eigenen Bett lag. Auf dem Nachttisch fand er einen Zettel, auf dem stand: Es war verdammt schwierig, dich nach Hause zu schleppen, unterschrieben mit: zwei »Superamis«. Es fehlte nicht viel, und er hätte angefangen zu heulen.

Bergþóra öffnete die Tür und ließ ihn herein. Er hatte sich telefonisch für neun Uhr angemeldet, und Punkt neun war er zur Stelle.

»Es geht nur um ein paar Details«, log er, während er sich auf demselben Sessel niederließ, in dem er auch in der Nacht zuvor, als er zusammen mit Erlendur bei Bergþóra war, gesessen hatte. Die Abendsonne zwängte sich durch die Jalousien herein und dekorierte die Wohnung mit rötlichen Streifen. Das Muster erinnerte ihn an eine fette, rot getigerte Katze. Bergþóra nahm ihm gegenüber Platz.

»Ich habe mir zwar den ganzen Tag den Kopf über diesen

Mann und das tote Mädchen zerbrochen, aber ich fürchte, dass ich nichts Neues beisteuern kann.«

»Er muss im Auto gekommen sein, und wir untersuchen im Augenblick ein Auto, das möglicherweise in Verbindung mit diesem Fall steht. Es könnte ja sein, dass er, vom Stadtzentrum kommend, zum Friedhof gefahren ist und du das Auto gesehen hast.«

»Ich habe kein Auto vor dem Tor halten sehen«, entgegnete Bergþóra.

»Wir haben dich heute Morgen danach gefragt, ob du glaubst, dass dieser Mann dich gesehen hat, und du hast gesagt, du wüsstest es nicht.«

»Mir ist nicht ganz wohl bei der ganzen Sache. Ich habe mir die Nachrichten im Fernsehen angesehen, und da hieß es, die Polizei habe eine Zeugin, die auf die Leiche gestoßen sei, und diese Zeugin habe einen Mann gesehen, der den Friedhof verließ, kurz bevor die Leiche gefunden wurde, und dass diese Zeugin im Westend wohnt. Falls es sich um einen Triebtäter handelt, der es auf Frauen abgesehen hat, würde der sich nicht diese Zeugin krallen wollen?«

»Darauf deutet im Augenblick nichts hin«, sagte Sigurður Óli äußerst erfreut darüber, dass das Gespräch die Richtung nahm, die er sich gewünscht hatte. »Die Palette von Mördern hier in Island ist ziemlich armselig. Aber wenn du möchtest, kann ich veranlassen, dass du in irgendeiner Form Polizeischutz erhältst, da gibt es verschiedene Möglichkeiten. Wir könnten dir ein kleines Sendegerät überlassen, das du immer bei dir trägst und bei Bedarf benutzt. Wir können auch dafür sorgen, dass eine Polizeistreife hier in der Nähe eine bestimmte Runde abfährt. Oder ich könnte ab und zu bei dir nach dem Rechten sehen«, fügte er ganz zum Schluss hinzu.

»Eigentlich passt mir eine solche Überwachung überhaupt

nicht«, erklärte Bergþóra. »Sendegeräte und Streifenwagen und dergleichen. Kann ich nicht einfach mit dir in Verbindung bleiben?«
»Absolut«, erwiderte Sigurður Óli prompt und versuchte, nicht zu überschwänglich zu klingen, aber das gelang ihm nicht besonders gut. Er war hingerissen von dieser Frau, und das schien sie zu spüren.
»Du darfst nicht glauben, dass dieses Zwischenspiel da auf dem Friedhof typisch für mich ist«, sagte sie und sah ihn direkt an. »Ich hab keinen an der Waffel, was das angeht. Das war eine momentane Ausfallserscheinung.«
Sigurður Óli strahlte in der Abendsonne.

Sieben

Drinnen war es schummrig, und eine unangenehme Geruchsmischung aus Rauch, Alkohol und Schweiß schlug ihm entgegen, als er zum Tresen ging. Das Lokal hieß »Boulevard«, wurde aber nur »die Bulle« genannt. Es war eines der wenigen Striplokale in der Stadt. Die Stripperinnen wurden aus Kanada, den skandinavischen Ländern und seit neuestem auch aus dem Baltikum eingeflogen. Ihre Aufenthaltsgenehmigung war auf einen Monat beschränkt, und sie nutzten jede Minute.

Als Erlendur das Lokal betrat, wiegte sich eine Frau über dreißig zum Takt der Musik und drehte sich dabei um eine Stange auf einer erhöhten Bühne. Über ihrem Kopf hing eine Diskokugel, die farbige Lichtblitze durch den Saal warf. Die Frau hatte sich bereits ihres BHs entledigt, jetzt ging es nur noch um den Tanga. Es war schauerlich deutlich zu sehen, dass sie jenseits des idealen Striptease-Alters war. Drei Männer saßen dicht nebeneinander vor der Tanzfläche, zwei starrten zu ihr hoch, während der Kopf des dritten auf das Podest vor ihm gesunken war. Er schien tief und fest zu schlafen. Außer ihnen befanden sich noch einige andere Männer in dem Raum, auf diverse Tische verteilt. Ein Mann um die sechzig war von ein paar dürftig bekleideten Mädchen umgeben. Ein anderer hatte eine Flasche Champagner spendiert und seinen Arm um die Schultern eines Mädchens gelegt, er paffte großkotzig eine Zigarre.

Als die Musik aufhörte, sammelte die Frau auf der Tanzfläche ihre Sachen zusammen und ging völlig nackt an Erlendur vorbei aus dem Saal, ohne ihn eines Blickes zu würdigen.

»Do you like girls?«, fragte ein blondes Mädchen um die zwanzig, das urplötzlich aus dem Dunkel an Erlendurs Seite vor dem Tresen aufgetaucht war. Sie trug nur einen BH, einen winzigen Slip und dazu einen durchsichtigen Schal um die Schultern. Er war unschlüssig, wie er darauf antworten sollte. Falls er ja sagte, würde er sie nicht wieder loswerden, und falls er nein sagte, könnte es missverständlich sein. Außerdem war sein Englisch alles andere als gut.

»I am a police«, erklärte er. Das Mädchen maß ihn mit großen Augen von Kopf bis Fuß, ging dann ein paar Schritte rückwärts und verschwand genauso plötzlich, wie es gekommen war.

»Was darf es für dich sein?«, erkundigte sich der Barkeeper, der plötzlich von irgendwoher auftauchte. Er hatte rote Haare, die sich aber oben bereits zu lichten begannen. Die strähnigen Überreste im Nacken reichten gerade zu einem jämmerlichen Zopf. Er trug ein buntes Hawaiihemd und ein Goldkettchen um den Hals und nickte ständig mit dem Kopf.

»Bist du der Besitzer dieses Lokals?«

»Nein. Wieso? Stimmt was nicht?«

»Wo ist der Besitzer?«

»Macht Urlaub im Westen.«

»In den Westfjorden?«

»Nein, im Westen jenseits des großen Teichs. Was ist los?«

»Ich suche nach einem Mädchen.«

»Davon gibt's hier genug. Such dir einfach eine aus. Willst du Champagner? Wir haben erstklassigen Champagner.«

»Das Mädchen, nach dem ich suche, ist tot.«

»Ups, danebengetippt.«

»Genau, total daneben. Sie ist aber vielleicht hier gewesen, hat womöglich auch getanzt, das weiß ich nicht. Sie war sehr mager und hatte eine besonders helle Haut und schwarze Haare, die etwas mehr als schulterlang waren. Braune Augen, hohe Stirn und kleiner Mund.«

»Ey, hör mal, wer bist du eigentlich? Weshalb erzählst du mir das alles?«

»Ich bin von der Kriminalpolizei.«

»Hohoho«, sagte der Barkeeper und klang wie der Weihnachtsmann. Er trat einen Schritt vom Tresen zurück und nickte mehrfach. »Wieso fragst du mich nach einem toten Mädchen? Ich hab doch nichts getan. Glaubst du vielleicht, ich hätte sie umgebracht?«

Die Musik setzte wieder ein, und das blonde Mädchen, das Erlendur auf Englisch angesprochen hatte, stand jetzt bei der Stange und begann, sich im Takt zu wiegen. Erlendur sah zu ihr hinüber und wandte sich dann wieder dem »Hohoho« zu.

»Ich versuche nur herauszufinden, ob sie hier bei euch jemand kennt. Erinnerst du dich an eine junge Frau, auf die diese Beschreibung zutreffen könnte?«

»War sie Isländerin?«

»Vermutlich.«

»Wir haben nur ausländische Mädchen hier. Mit den isländischen gibt es nur Ärger. Moment, geht es um das Mädchen aus dem Heimatzoo?«

»Zoo?«

»Ja, diesem Zoo mit den einheimischen Tieren.«

»Sie wurde auf dem Friedhof gefunden.«

»Ach so. Mit hat jemand gesagt, sie wäre im Heimatzoo gefunden worden.«

»Ich habe ein Bild von ihr dabei«, sagte Erlendur. Er zog das Foto aus der Tasche, das man gegen Abend im Leichenhaus vom Kopf der Toten gemacht hatte. Make-up, Lidschatten, Lippenstift und Rouge waren entfernt worden. Das Gesicht war bläulich weiß. Der Mund bestand aus einem dunklen Strich unter der Nase, und die schwarzen Augenbrauen wirkten wie kleine Pinselstriche über den Augen.

»Dieses Mädchen kenne ich nicht«, sagte der Barkeeper. »Die ist nie hier gewesen, das würde ich sonst wissen. War sie eine Nutte?«

»Könnte sein.«

»Hier kommen keine Nutten rein, wegen der geschäftlichen Interessen, verstehst du.«

»Die könnten ja den Tänzerinnen die Kunden abspenstig machen.«

»Genau. Das heißt aber nicht, dass das hier ein mieser Puff ist. Weit davon entfernt, das hier ist knallhartes Business.«

Das Mädchen auf der Tanzbühne versuchte gerade, sich ihres Büstenhalters zu entledigen, schien aber Probleme damit zu haben. Der Mann, der halb auf der Bühne gelegen hatte, kam wieder zu sich, aber als er aufzustehen versuchte, gaben die Beine nach, und er ging zusammen mit dem Barhocker zu Boden. Seine beiden Nachbarn bemerkten es noch nicht einmal.

»Bietet ihr solche Dienste den Kunden auch zu Hause an?«, fragte Erlendur und beobachtete, wie der Mann wieder auf die Beine zu kommen versuchte, während die Blondine endlich ihren Büstenhalter frei bekam.

»Dienste zu Hause?«

»Falls ich gern ein Mädchen hätte, könnte ich dann bei euch anrufen, und ihr würdet mir eins besorgen?«

Der Barkeeper schwieg.

»Mich interessiert nicht, was ihr hier tut und treibt«, erklärte Erlendur. »Ihr könnt von mir aus Nutten anbieten, so viel ihr möchtet.«

»Ich kapier nicht, worauf du hinauswillst. Meinst du vielleicht Homeservice?«
»Wenn ich beispielsweise allein zu Hause bin, oder im Ferienhaus. Oder wenn ich mit meinen Kumpels auf Angeltour bin. Würdet ihr mir da Mädchen besorgen können?«
»Ich denke schon, dass theoretisch alles machbar ist, auch Homeservice.«
»Gibt es da irgendwelche bestimmten Ferienhäuser, die ihr bedient?«
Jetzt erklang wieder das Hohoho, und der Mann trat einen Schritt zurück. »Auch wenn du mich einbuchtest und auf den elektrischen Stuhl bringst, von Sommerhäusern weiß ich nichts.«
»Auf den elektrischen Stuhl?«, fragte Erlendur.
»Ja, *whatever*. Unsere Mädchen sind Tänzerinnen, und es kann vorkommen, dass der eine oder andere Kunde ein Mußestündchen mit den Künstlerinnen verbringen möchte, und das ist weder illegal noch unmoralisch, denn was die Mädchen außerhalb der Arbeitszeit machen, geht mich nichts an. Diese *location* ist total legal, und ich will hier keine negativen *vibes*, weder von dir noch von anderen.«

Erlendur besuchte am gleichen Abend zwei weitere Striplokale, und als er am späten Abend im Bett lag, allein wie gewöhnlich, wusste er einiges mehr über den Homeservice von Tanzkünstlerinnen. Wie gewöhnlich konnte er nicht einschlafen. Da war etwas, was ihn noch mehr störte als die nächtliche Helle, und er brauchte lange, bis er herausfand, was es war.
Als es ihm wieder eingefallen war, konnte er endlich einschlafen.
Do you like girls?

Acht

Elínborg zog das Foto von der Tätowierung des Mädchens, das die Spurensicherung bereitgestellt hatte, aus ihrer Handtasche und zeigte es dem jungen Mann. Die Tätowierung war vergrößert worden und füllte das Bild ganz aus. Es war früh am Montagmorgen, und Elínborg und Þorkell klapperten weitere Tattoo-Studios in Reykjavík ab. In diesem Fall waren sie einfach den Geräuschen nachgegangen. Der Mann, der nun vor ihnen stand, arbeitete in der Garage seines Vaters und war kaum älter als zwanzig. Die Wände in der Garage waren zugepflastert mit Plakaten von Heavy Metal Bands, und aus überdimensionalen Boxen dröhnte ohrenbetäubender Lärm. Zwei, drei Motorradanzüge aus Leder lagen herum, und jede Menge leere Bier- und Schnapsflaschen. Vor der Garage stand ein großes Motorrad, doch weder Elínborg noch Þorkell hätten sagen können, ob es sich dabei um eine schnelle und angesagte oder um eine lahme Maschine handelte. Die armen Eltern hatten den Jungen offenbar wie störendes Gerümpel in die Garage ausquartiert, überlegte Elínborg, die einen Sohn im gleichen Alter hatte. Ich kann es ihnen nicht verdenken, dachte sie. Ihr Sohn schlief im Zimmer neben ihnen und hörte in voller Lautstärke den ganzen Tag Roger Whittaker.

»Das Tattoo da kenn ich nicht«, erklärte der Junge, nachdem es ihnen endlich gelungen war, ihn auf sich aufmerksam zu machen. Er war recht stämmig, hatte dichtes, schwarzes

Haar, das wie eine Mähne den Rücken hinunterhing, und jedes sichtbare Fleckchen Haut war mit aufwendigen Tätowierungen bedeckt.
»Nein, das kenne ich nicht. Das ist eine ganz miese Arbeit, primitiv, hässlich und ohne jegliches Finish. Keinen Sinn für künstlerische Feinheiten. Das war ein absoluter Nichtskönner, der das gemacht hat. Was soll das eigentlich darstellen? Hat ja überhaupt keine Form, kompletter Mist. Das hat ein totaler Stümper gemacht.«
»Das soll der Buchstabe J ...«, setzte Þorkell an, aber der Junge unterbrach ihn.
»Hey, ich bin kein Analphabet! Bloß weil ich Motorrad fahre, bin ich doch nicht unterbelichtet. Ewig diese Vorurteile bei euch Autofahrern!«
»Ganz ruhig«, sagte Elínborg. »Also, du weißt nicht, wer das gemacht hat?«
»In diesem Job pfuschen jede Menge Dilettanten herum. Die haben nicht das richtige Equipment. Man braucht schon so was hier«, sagte er und wies auf die zahlreichen Geräte und Farbdosen, die überall herumstanden. Elínborg und Þorkell hatten nicht die geringste Ahnung, wozu das alles gut war.
»Du bist also der Meinung, dass es nicht von einem Fachmann wie dir stammen kann?«, fragte Þorkell, der darum bemüht war, dass der Junge nicht in eine Abwehrhaltung verfiel.
»In unserem Beruf gibt es jede Menge Pfuscher«, war jedoch die einzige Antwort, die er darauf erhielt.
Elínborg und Þorkell machten sich auf den Weg zum nächsten Künstler in der Tätowiererzunft und sahen freudlos einem tristen Tag entgegen.

»Irgendjemand versucht, sich mit uns in Verbindung zu setzen«, sagte Erlendur zu Sigurður Óli. Die beiden saßen in Erlendurs Büro, tranken Kaffee und sprachen über den Anruf vom Abend zuvor.

»Was hat es mit diesem Ferienhaus auf sich?«, entgegnete Sigurður Óli.

»Er hat gesagt, dass sie bei ihm im Ferienhaus gewesen sei, ›bei diesem verdammten Schwein‹, wie er sich ausdrückte. Und dass ›die‹ sie kaputt gemacht haben. Erst ›er‹ und dann ›die‹. Was meint er damit?«

»Ist dir etwas an seiner Stimme aufgefallen? Hatte er einen Akzent?«

»Nichts dergleichen. Klang aber eher jung. Vielleicht war er mit dem Mädchen befreundet. Er wirkte auf mich, als wisse er etwas, wolle aber noch nicht damit rausrücken. Weshalb zögert er?«

»Der meldet sich bestimmt wieder.«

»Wir werden sehen«, sagte Erlendur. Er hatte nach dem Anruf eine Fangschaltung installieren lassen, damit jedes Gespräch aufgezeichnet und die Nummer des Anrufers zurückverfolgt werden konnte.

»Ich habe gestern Abend sozusagen privat ein bisschen recherchiert«, sagte Erlendur, »und dabei herausgefunden, dass es keineswegs ungewöhnlich ist, dass die Mädchen in solchen Striplokalen hier in Reykjavík zu Kunden außerhalb des Etablissements geschickt werden, sogar aufs Land. In Ferienhäuser und in diese aufgemotzten Anglerhütten.«

»Hat jemand in diesen Läden unser Mädchen gekannt?«, fragte Sigurður Óli.

»Nein, niemand.«

Am Montagmittag war immer noch keine einzige Nachfrage nach dem Mädchen eingegangen. Niemand hatte sie als vermisst gemeldet. Das überraschte Erlendur nicht sonderlich, sondern unterstützte eher seine Theorie, dass dieses Mädchen von zu Hause ausgerissen war und sich bereits seit geraumer Zeit auf den Straßen von Reykjavík herumtrieb. Bei den offiziellen Therapieeinrichtungen für junge Leute, den Auffangstellen des Jugendamts und den Wohngemeinschaften wurde niemand vermisst, kein junges Mädchen, dessen Name möglicherweise mit dem Buchstaben J begann. Bis jetzt war noch nicht genug Zeit gewesen, um die Liste derjenigen zu überprüfen, die das Land verlassen hatten, nachdem der Saab gestohlen und auf dem Parkplatz beim Flughafen abgestellt worden war. Es handelte sich um ein paar hundert Leute, Männer, Frauen und Kinder, und würde, gemessen an der Mannschaft, die der Kriminalpolizei zur Verfügung stand, ziemlich zeitaufwendig sein.

»Hast du übrigens bei unserer Zeugin noch etwas erreicht?«, fragte Erlendur.

»Nein, dabei ist nichts Neues herausgekommen, aber sie will sich mit mir in Verbindung setzen, falls ihr noch etwas einfällt.«

»Ihr scheint euch ja bestens zu verstehen. Mir ist nicht entgangen, dass du da gestern Morgen bei ihr zu Hause vollkommen weggetreten warst. War es wegen der Friedhofsgeschichte?«

Erlendur machte sich manchmal Gedanken über Sigurður Ólis Privatleben und mischte sich ein, aber ausnahmslos mit bissigen Bemerkungen, sehr zum Leidwesen seines Kollegen. Erlendur, der sich vor vielen Jahren selber in einer hoffnungslosen Ehe herumgequält hatte, äußerte sich Sigurður Óli gegenüber oft missbilligend darüber, dass der sich noch keine Familie zugelegt hatte, was sehr paradox klang. Erlendur hatte selber versucht, eine Familie zu gründen, aber er wusste auch, wie es war, allein zu leben.

»Wieso weggetreten? Was für ein Quatsch!«

»Findest du nicht, dass sie eine kleine Macke haben muss? Frauen, die ihre Liebhaber auf den Friedhof locken, um sich abzukühlen. Sind die nicht etwas dubios?«

»Sich abkühlen! Das ist es wohl, was ihr da in den Ostfjorden macht«, konterte Sigurður Óli spöttisch. Erlendur war in Eskifjörður geboren, aber bereits in jungen Jahren mit seinen Eltern nach Reykjavík gezogen, wo er seitdem sein Leben verbracht hatte. Die seltenen Male, wenn die Rede auf diesen Fjord kam, diente er als Anlass, um sich über Erlendur lustig zu machen, meistens in seiner Abwesenheit. »Kühlt ihr euch ab?«, fuhr Sigurður Óli fort. »Komm her, mein Schatz, ich will mich abkühlen. Jetzt ist Samstag, brauchen wir nicht etwas Abkühlung? Und überhaupt, meines Wissens hattest du ihr versprochen, dass dieser Vorfall nie wieder erwähnt würde, dass wir praktisch gar nicht gehört haben, was sie uns da erzählt hat.«

»Hab ich dir da vielleicht was vermasselt?«

»Und eins noch. In den Nachrichtensendungen wird ziemlich ausführlich auf unsere Zeugin eingegangen. Soweit mir bekannt, sollten die Informationen unsererseits auf ein Minimum reduziert bleiben. Sie befürchtet, dass sich viel zu viel Aufmerksamkeit auf sie richtet und dass derjenige, der da am Werke war ...«

In diesem Augenblick klingelte das Telefon. Als Erlendur das Gespräch entgegennahm, lief er für einen Augenblick blutrot an. Er starrte wie paralysiert vor sich hin und bedeutete schließlich Sigurður Óli mit unmissverständlichen Gesten, ihn allein zu lassen. Sigurður Óli hatte nicht die geringste Ahnung, was los war, stand aber auf, schloss die Tür hinter sich und verschwand auf dem Korridor.

Am Telefon war Erlendurs geschiedene Frau. Es waren bald zwanzig Jahre her, seit er sie zuletzt gesehen oder gesprochen hatte. Sie hatten keinerlei Kontakt gehabt, seit er sich abgesetzt und sie mit zwei kleinen Kindern allein zurückgelassen hatte. Als er später über das Gespräch nachdachte, überraschte es ihn nicht, dass er ihre Stimme trotzdem sofort erkannt hatte, so als wäre es erst gestern gewesen, dass sie zuletzt miteinander gesprochen hatten. Erlendur wusste, dass sie ihn erbittert hasste. Längst verschüttete Erinnerungen kamen wieder hoch und gingen ihm durch den Kopf.

»Entschuldige, dass ich dich belästige«, sagte sie hörbar bemüht, ihre Worte so verächtlich wie möglich klingen zu lassen, »aber dein Sohn, der dank dir ein totaler Versager ist, liegt hier bei mir auf dem Fußboden, hat alles vollgekotzt und kurz und klein geschlagen. Als ich von der Arbeit nach Hause kam, war er hier eingebrochen, denn einen Schlüssel hat er von mir nicht gekriegt, und hatte sämtlichen Alkohol ausgetrunken, der in der Wohnung zu finden war. Er war nicht mal imstande, ins Klo zu pinkeln, sondern hat sich einfach in die Hose gemacht. Und dann ist er wohl ausgerastet, und meine Wohnung ist ein Schlachtfeld. Mir reichts jetzt endgültig. Ich habe mich lange genug für diese missratenen Kinder abgerackert, ich habe jetzt die Schnauze voll!«

Ihre Stimme war immer lauter geworden, zum Schluss hatte sie angefangen zu schreien.

»Hol ihn bloß hier weg, du verdammtes Schwein, bevor ich ihn umbringe! Du hast unsere Kinder kaputt gemacht und mein Leben zerstört, du Scheusal«, kreischte sie.

Dann knallte sie den Hörer auf.

Erlendur verharrte noch eine ganze Weile mit dem Hörer am Ohr. Zwanzig Jahre hatten ihren Hass auf ihn nicht gemildert, sie würde ihm immer und ewig die Schuld daran geben, was aus den Kindern geworden war, das hatten auch Eva Lind und Sindri Snær ihm bestätigt. Das Tuten des Telefons hallte in Erlendurs Kopf wider, wie um alles auszulöschen, was er gehört hatte. Endlich legte er den Hörer auf die Gabel und stand ganz langsam auf, zog sich das Jackett an und setzte sich wie in Hypnose den Hut auf. Er war schon zur Tür heraus, als ihm auf einmal einfiel, dass er die Adresse gar nicht kannte. Er schlug im Telefonbuch nach und fand heraus, wo Halldóra Guðmundsdóttir wohnte. Wieder ging er hinaus, kehrte aber noch einmal zurück, um ein kurzes Telefongespräch mit dem Leiter der Entzugsklinik in Vogar zu führen, den er von Berufs wegen gut kannte. Erlendur konnte seinen Sohn jederzeit dort einliefern.

Er fuhr den kürzesten Weg von Kópavogur ins Hlíðar-Viertel. Halldóras kleine Wohnung befand sich in einem Mehrfamilienhaus, sie war aber nicht zu Hause, als Erlendur eintraf. Sie hatte zwar das lange Schweigen mit einem Anruf unterbrochen, sie wollte ihm aber offenbar auf keinen Fall von Angesicht zu Angesicht gegenüberstehen.

Einmal waren sie so etwas wie befreundet gewesen. Sie hatten sich in einem Tanzlokal kennengelernt, ein paar Mal miteinander getanzt und sich zueinander hingezogen gefühlt. Er hatte damals gerade bei der Polizei angefangen, was sie spannend fand. Sie hatten sich dann einige Male verabredet, ohne tanzen zu gehen, sie hatte ihn zu ihren Eltern eingeladen, und im Handumdrehen waren sie auch schon ein Ehepaar, und sie erwartete ein Kind. Beide veränderten sich, nachdem sie zusammenlebten und der Alltag seinen Einzug hielt. Sie hatte eine Art, ihn herumzukommandieren, die er nicht ertrug, und er tat nie das, was sie ihm auftrug. Eva Lind war zwei Jahre alt und Halldóra war hochschwanger mit Sindri Snær, als er zu dem Schluss kam, dass er es nicht mit dieser Frau aushalten konnte, und wahrscheinlich auch nicht mit irgendeiner anderen. Er hatte einen Fehler gemacht, er hätte nie so weit gehen dürfen. Er redete sich ein, er sei kein Familienvater. Wenn er versuchte, mit Halldóra darüber zu sprechen, brach sie jedes Mal in einen nicht enden wollenden Tränenstrom aus. In ihrer anständigen Familie hatte sich noch nie jemand scheiden lassen, und was sollte aus ihr werden? Was würden ihre Angehörigen denken? Schwierigkeiten gäbe es doch oft, alle anderen würden damit fertig. »Gib uns doch Zeit, lass uns abwarten«, bat sie wieder und wieder. Aber er blieb hart, und mitten in einem heftigen Streit nach der Taufe des Jungen verließ Erlendur die Wohnung und kehrte nie wieder zurück. Er zahlte monatlich, aber Halldóra fühlte sich zutiefst gekränkt und nährte einen unerbittlichen Hass auf Erlendur, weil er die Familie im Stich gelassen hatte. Sie zog die Kinder in dem Glauben auf, dass ihr Vater ein durch und durch schlechter Mensch sei, einer, der seine Frau und seine Kinder im Säuglingsalter einfach verlassen hatte. Was natürlich haargenau stimmte. Erlendur dagegen war zutiefst davon überzeugt, dass es besser war, reinen Tisch zu machen, statt zu versuchen, eine zum Scheitern verurteilte Ehe zu flicken, gleichgültig, was die Folgen sein würden.

Sie verzieh ihm nie, dass er gegangen war. Sie verweigerte ihm rundheraus das Recht auf Umgang mit Eva Lind und Sindri Snær, und in all den Jahren, die sie unter ihrem Dach lebten, bekam er seine Kinder nie zu sehen. Er hätte vor Gericht gehen und sein Recht einklagen können, aber er ließ Halldóra schalten und walten. Seine Kinder waren Fremde für ihn, bis sie von sich aus den Kontakt zu ihm suchten, zunächst aus reiner Neugier, doch später auch, um Zuflucht bei ihm zu suchen. Weder er noch Halldóra waren wieder eine Ehe eingegangen.

Er hatte sich oft den Kopf darüber zerbrochen, weshalb beide Kinder auf die schiefe Bahn geraten waren, und gab sich selber die größte Schuld daran. Wenn er nicht so starrköpfig gewesen wäre und nicht nur an sich selbst, sondern auch an andere gedacht hätte, hätte er die Ehe aufrechterhalten und sich um seine Familie kümmern können. Wenn er sich mit seinem Schicksal hätte abfinden können. Mit der Scheidung wäre Zeit gewesen, bis die Kinder groß waren. Aber Erlendur wollte sich nicht auf diese Weise opfern, er sah keinen Sinn darin, sich in einer hoffnungslosen Ehe herumzuquälen, deswegen ging er. Im Nachhinein war ihm allerdings klar geworden, dass Halldóra der Aufgabe, sich um die Kinder zu kümmern und gleichzeitig einer Arbeit nachzugehen, nicht gewachsen gewesen war. Sie hatte ein schwieriges Leben gehabt, und der Hass, den sie in sich schürte, zuerst nur auf Erlendur und dann auf das Leben, übertrug sie auf ihre Kinder. Die waren sich selbst überlassen gewesen und hatten während der schwierigen Pubertätsjahre keinerlei Halt gehabt. Vielleicht war es auch genetisch bedingt. Es gab genügend Beispiele für charakterschwache Alkoholiker in beiden Familien. Vielleicht war es ... Vielleicht war es ... Vielleicht war es ...

Als er zu Halldóras Haus kam, stand die Haustür offen, und im ersten Stock war die Tür nur angelehnt. Er betrat die Wohnung, in der ein wüstes Chaos herrschte. Erlendur ging davon aus, dass Halldóra zu einem der Nachbarn gegangen war, solange er sich um den Sohn kümmerte. Sie hatte nicht übertrieben, Sindri hatte wirklich wie ein Berserker gewütet. Jetzt lag er bäuchlings auf dem Boden im Wohnzimmer, wo er das Sofa umgeworfen und eine kostbare gläserne Anrichte voll Porzellan und Gläsern zertrümmert hatte. Überall lagen zerbrochene Gegenstände, und ein ekliger Gestank von Erbrochenem stieg von Sindri Snær auf.

Erlendur versuchte, seinen Sohn aufzuwecken, aber das war hoffnungslos. Er hob ihn hoch, warf ihn sich über die Schulter, trug ihn auf diese Weise aus dem Haus und legte ihn auf den Rücksitz seines Autos. Erlendur war kräftig gebaut, und sein Sohn war eine leichte Last für ihn. Als er sich wieder aufrichtete, wanderte sein Blick an den Fenstern des Hauses entlang, und auf der Etage über Halldóras Wohnung glaubte er für einen kurzen Augenblick ihr Gesicht zu sehen, zumindest kam es ihm so vor. Er hatte sie bald zwanzig Jahre nicht getroffen, und es brauchte einige Zeit, bis ihm klar wurde, dass das Gesicht am Fenster zwar das gleiche war, das er vor all diesen Jahren gekannt hatte, aber trotzdem so ganz anders. Es konnte zwar auf Einbildung beruhen, aber wahrscheinlich stimmte es: Er sah nur kalten Hass, der durch das Fenster zu ihm herunterstarrte.

Erlendur lieferte seinen Sohn in der Suchtklinik ab. Sindri Snær war dort bestens bekannt. Man ging davon aus, dass es sich um eine normale Alkoholvergiftung handelte, und versicherte Erlendur, dass der Junge bei ihnen in guter Obhut war. Ihm wurde gesagt, er könne in ein paar Tagen nach dem Jungen sehen. Man beabsichtigte nicht, ihn anschließend zu einer Entziehungskur auf dem Land zu schicken, das hatte man bereits zweimal versucht, ohne nennenswerten Erfolg. So eine Therapie koste viel Geld, hieß es, und der Junge habe absolut keine Anzeichen von Besserungswillen gezeigt.

Der fünfte Tätowierer, den Elínborg und Þorkell an diesem Tag besuchten, konnte sich an das Mädchen erinnern. Der Tag war bereits fortgeschritten, und sie fühlten sich beide müde und waren es leid, sich mit Tätowierern zu befassen, die eine große Klappe hatten und keinerlei Interesse zeigten, der Kriminalpolizei in einem Mordfall behilflich zu sein. Trotzdem gaben sie nicht auf.

Der fünfte arbeitete in dem Gewerbegebiet unweit der Ártúnsbrekka, und bei ihm sah es ebenso dunkel und schmutzig wie in einer Autowerkstatt aus. Elínborgs Interesse richtete sich zunächst vor allem auf die Wände mit äußerst freizügigen Fotos von nackten Mädchen, angesichts deren sich Þorkell offenbar für einen Augenblick vergaß. Elínborg musste ihn anstupsen, damit er wieder zu sich kam.

»Geht's um das Mädel, das abgekratzt ist?«, fragte der Tätowierer, ein massiver Mann um die dreißig mit nackten Oberarmen. Er trug eine Jeansweste und Lederhosen, das helle, lange Haar hatte er im Nacken zusammengebunden, und am Kinn baumelte ein Ziegenbart in derselben Farbe. Er hatte ein Gebiss im Mund, das aussah, als habe er es irgendwem geklaut, denn es war offensichtlich zu groß und klapperte. Auch an ihm war jedes Fleckchen sichtbarer Haut tätowiert. Genauso stellt man sich das Mitglied einer Motorradgang vor, dachte Elínborg. Weshalb dürfen diese Kerle ewig Kinder bleiben? Und was für eine Ausdrucksweise war das eigentlich: Geht's um das Mädel, das abgekratzt ist? Wer redete so?

»Hast du diese Tätowierung gemacht?«, fragte sie und nahm das Foto wieder entgegen.

Der Hells-Angels-Typ erkannte seine Handschrift sofort wieder und grübelte lange, wer ihn um dieses J gebeten hatte. Endlich konnte er sich an den kleinen, hübschen Hintern erinnern.

»*Piece of cake*, der Buchstabe!«, klapperte das Gebiss. »Sie kam vor ungefähr einem Jahr her und wollte so'n Tattoo mit diesem Buchstaben von mir verpasst bekommen. War das null in Ordnung?«

»*Nicht* in Ordnung«, korrigierte Elínborg.

»Die kam nich aus der City, sondern vom Land. Pflanzte sich da hin und war komplett *stoned*.«

»Weißt du, was dieses J zu bedeuten hatte?«, fragte Þorkell.

»Bin ich Hellchecker? Die hat sich da hingehauen und geraunzt, ich soll ihr das J machen.«

»Hellseher«, warf Elínborg ein, die sich nicht zurückhalten konnte.

»Weißt du, wie sie hieß?«, fragte Þorkell.

»Hat die nich gesagt. Und ich hab die nich gekannt. Hab die nie davor gesehen, und auch nich danach. Wenn ich zu Hause wär, könnt sie vorbeikommen, wann sie wollte, hab ich ihr gesagt, um sie zu verarschen. Hab ich aber nie wiedergesehen. Die war voll ausgeklinkt.«

»Inwiefern?«

»Einfach zu, das sieht man doch gleich.«

»War jemand bei ihr?«, fragte Elínborg.

»Nein, aber ich meine, die hätte mir da was von 'nem Typen vorgequasselt. Aber viel hat die nich gesagt. Eigentlich wars immer wieder dasselbe, denn die war voll zu, und dann redeste eben nur Stuss.«

»Was hat sie gesagt?«, fragte Elínborg, die es aufgegeben hatte, ihn zu korrigieren.

»Bloß irgendso'n Quatsch. Die war völlig aus der Welt. Es ist ja auch so lange her. Manchmal weiß ich auch nich, wie ich heiß.«

»Das glaube ich gern«, sagte Elínborg.

»Weißt du, was für ein Typ das war, über den sie geredet hat?«, warf Þorkell ein.

»Nee«, erklärte der Tätowierer.

»Hast du sie danach nochmal wiedergetroffen? Weißt du, wo sie gewohnt hat?«

»Nee.«

Neun

Der Historiker knibbelte an einer kleinen Warze an seinem Kinn. Erlendur und Sigurður Óli saßen in seinem mit Büchern, Zeitschriften und Ordnern vollgestopften Büro. Die Luft war zum Schneiden, was vor allem daran lag, dass der Historiker, der Ingjaldur hieß, Pfeifenraucher war und unablässig paffte. Er war von jeder Menge Pfeifen umgeben, rote Tabakpackungen und Streichholzschachteln waren über das ganze Zimmer verstreut. »Leider klemmt das Fenster, man kann es nicht aufmachen«, erklärte er. Erlendur als Raucher störte das nicht im Geringsten, und er zündete sich eine Zigarette an, um ihm Gesellschaft zu leisten. Sigurður Óli als militanter Nichtraucher verfluchte die beiden im Stillen. Der Historiker, der wenig Wert auf sein Äußeres zu legen schien, war schlank und trug trotz des warmen Sommerwetters einen Wollpullover. Beim Nachdenken fummelte er immer an seiner Warze herum.

»Da ihr ja nicht sonderlich viele Mordfälle auf den Tisch bekommt, muss euch doch so einer wie dieser hier in gewissem Sinne sogar ein bisschen Spaß machen«, konstatierte er, während er dicken Qualm aus seinen strapazierten Lungen blies.

»Ein Mord ist kein Spaß«, entgegnete Sigurður Óli.

»Ich weiß nicht, soweit ich sehen kann, stellen Morde doch eine ganz hervorragende Unterhaltung dar. Es gibt ja kaum ein Buch oder einen Film, in dem es nicht um Mord und Totschlag geht.«

»Unsere Arbeit hat nichts mit dem zu tun, was Krimiautoren sich aus den Fingern saugen«, entgegnete Sigurður Óli. »Wir sind nicht für Unterhaltung zuständig.«

»Ihr seid auch so ein Paar, nicht wahr?«

»Wir verbringen nicht die Wochenenden zusammen im Hótel Örk, falls du das meinst«, sagte Erlendur.

»Ich meine so ein Ermittlerpaar.«

»Wir arbeiten zusammen.«

»Habt ihr schon mal darüber nachgedacht, warum es überhaupt keine isländische Kriminalliteratur gibt? Sämtliche anderen Literaturgenres sind hier vertreten. Ich glaube, das liegt an euch. Ihr seid von der Kriminalpolizei, du bist Erlendur Sveinsson und du, wie war noch dein Name?«

»Sigurður Óli.«

»Genau. Schon allein die Namen wären undenkbar in einem Kriminalroman, findet ihr das nicht auch? Und die kriminelle Szene, die könnte hierzulande ja unspannender nicht sein.«

Erlendur und Sigurður Óli blickten einander an. Sigurður Óli setzte zu einem Kommentar an, aber Erlendur schnitt ihm das Wort ab.

»Es stimmt, dass kaltblütige und vorsätzliche Morde in Island selten sind, und das ist wohl gut so«, sagte er. »Mord ist kein isländisches Verbrechen. Deswegen verfügen wir vielleicht nicht über die Erfahrung, die andere Nationen damit haben, aber darauf kann ich auch sehr gut verzichten.«

»Wir sind hier, weil wir wissen möchten, was für eine Bedeutung dahinterstecken könnte, dass das Mädchen auf das Grab von Jón Sigurðsson gelegt wurde«, ergriff Sigurður Óli wieder das Wort. »Gab es im Leben von Jón Sigurðsson etwas, was das erklären könnte? Oder handelt es sich vielleicht um ein allgemeines Statement, womöglich ein politisches? Falls derjenige, der sie dort hingelegt hat, das aus einem wohlüberlegten Grund tat, lässt sich vielleicht der Schluss daraus ziehen, dass er nicht ungebildet ist und etwas über Jón weiß, wovon wir nichts wissen. Suchen wir also womöglich nach einem Mörder mit akademischem Hintergrund?«

»Vielleicht nach einem Historiker«, sagte Ingjaldur, während er Asche und Tabakreste aus dem Pfeifenkopf in einen überquellenden Aschenbecher ausklopfte.

Erlendur musste ein wenig grinsen, die Miene von Sigurður Óli verfinsterte sich jedoch noch mehr.

»Jón Sigurðsson steht in erster Linie für den Unabhängigkeitskampf unserer Nation, ist sozusagen ein Symbol für die Einigung«, erklärte Ingjaldur, endlich zur Sache kommend. »Er wurde gewissermaßen zum Inbegriff des Kampfes der Isländer gegen die Dänen, er bot ihnen die Stirn. Niemandem, weder Wissenschaftlern noch anderen, ist es je gelungen, irgendetwas in seinem Leben zu finden, was einen Schatten auf den historischen Glanz, der ihn umgibt, werfen würde. Er war ein Nationalromantiker und holte sich seine Inspirationen aus der Zeit des isländischen Freistaats, dem goldenen Zeitalter, bevor das Land im 13. Jahrhundert von Norwegen abhängig wurde. Das ist es so ungefähr, was die Isländer mit Jón Sigurðsson verbinden. Wenn man aber ein wenig hinter die Kulissen schaut, kommt ein extrem routinierter Lobbyist zum Vorschein, der aus einem seltsamen Starrsinn heraus den Dänen immer wieder mit den gleichen juristischen Argumenten kam. Es wurde höchstens darüber geklagt, dass er ein langweiliger Mensch war.« Er hielt kurz inne. »Wartet mal, wie war noch die Formulierung? ›Ein Mann der trockenen Vernunft und unermüdlich in seiner Arbeit.‹ Es hieß, dass er schon alt auf die Welt kam, und viel Humor hat er wohl nicht gehabt.«

»Aber sein Privatleben? Gibt es da vielleicht etwas, was mit einer jungen, ermordeten Frau zu tun haben könnte, die vermutlich Prostituierte war?«, fragte Sigurður Óli.

»Da habe ich, ehrlich gesagt, keine Ahnung. Einige behaupten, dass Jón Syphilis hatte, was auf eine Verbindung zu Freudenmädchen schließen lässt. Es hat sich aber als schwierig erwiesen, etwas in der Richtung nachzuweisen. Jón selber hat in einem Brief abgestritten, dass er Syphilis hatte. Das Gerücht kam auf, weil er 1849 fast ein ganzes Jahr lang bettlägerig war.«

Ingjaldur steckte sich unter ausgiebigem Paffen eine neue Pfeife an und inhalierte tief, bevor er fortfuhr.

»Über sein Verhältnis zu seiner Frau Ingibjörg ist nicht viel bekannt. Seltsamerweise ist kein einziger Schnipsel von der Korrespondenz zwischen den beiden erhalten. Sonst hat Jón alles, was sich um ihn herum ansammelte, aufbewahrt und es sehr ordentlich abgelegt. In seinem Nachlass gibt es jedoch keinen einzigen Brief von oder an Ingibjörg. Das könnte darauf hindeuten, dass er nicht unbedingt versessen darauf war, sie zu heiraten. Sie hat immerhin zwölf Jahre auf die Hochzeit warten müssen.«

Ingjaldur verstummte und fummelte wieder an seiner Warze.

»Und dann ist da noch die Frau in Schwarz«, fuhr er schließlich fort.

»Was für eine Frau in Schwarz?«, fragte Erlendur.

»Das war eine ganz mysteriöse Sache«, erwiderte Ingjaldur, legte seine Pfeife auf den vollen Aschenbecher und stand auf. »Sie tauchte bei der Trauerfeier für Jón in Kopenhagen auf. Eine schwarz gekleidete Frau mit einem Schleier, der ihr Gesicht verhüllte. Wo hab ich das noch gelesen? Ach, ja,unser Nordistik-Papst Sigurður Nordal erwähnt sie in der Festschrift für Jón Helgason. Moment, die muss hier irgendwo rumstehen.«

Ingjaldur ließ seinen Blick über die Bücherregale gleiten und kratzte sich ratlos am Kopf, brummte aber plötzlich zufrieden, als er das Buch entdeckte. Er holte es aus dem Regal, setzte sich wieder hin und begann, darin zu blättern.

»Hier haben wir es. Also, die Trauerfeier fand am 13. September 1879 in der Garnisonskirche statt, und in der Kirche erschien – ich zitiere: ›eine hochgewachsene Frau, die würdevoll eintrat, in Trauerkleidung und mit einem Schleier vor dem Gesicht, sodass ihre Züge nicht zu erkennen waren‹. So wird sie beschrieben. Sie nahm ziemlich vorn in der Kirche Platz und konnte sich des Schluchzens nicht erwehren. Niemand weiß, wer diese Frau war. Man hat viel darüber spekuliert, ob sie seine Geliebte gewesen ist.«

In diesem Augenblick meldete sich Erlendurs Handy. Er ging dran, nickte und steckte den Apparat wieder in die Jackentasche.

»Sie haben ein Foto von ihm, oder zumindest glauben sie das«, sagte er.

»Von wem?«, fragten der Historiker und Sigurður Óli im Chor.

Das Foto war sehr undeutlich. Es war sofort an die Kriminalpolizei weitergeleitet worden, als sich herausgestellt hatte, dass es sich um den gestohlenen Saab handelte. Es war bei einer Radarfalle an der Kreuzung Miklubraut und Kringlumýrarbraut aufgenommen worden. Die Fachleute arbeiteten noch an dem Film, um die Qualität des Bildes zu verbessern, doch das erforderte seine Zeit. Der Fahrer des Wagens trug eine schwarze Jacke, wahrscheinlich aus Leder, hatte eine hohe Stirn und dichtes Haar. Die Augenbrauen waren deutlich erkennbar, aber Augen, Nase und Mund wirkten wie Schatten in dem weißen Gesicht. Er saß leicht vornübergebeugt und hielt mit beiden Händen das Steuer umklammert.

»Damit ist kaum etwas anzufangen«, sagte Erlendur. »Vielleicht lässt es sich aber etwas schärfer machen, damit wir besser sehen können, wonach wir suchen.«

»Nach wem wir suchen«, warf Elínborg ein. »Ist da bei diesen Tattoo-Typen was rausgekommen?«, fragte Sigurður Óli.

»Einer dieser Leute gibt zu, einem Mädchen vom Land ein J auf den Po tätowiert zu haben. Als sie zu ihm kam, war sie völlig zugedröhnt, sagt er. Es ist zwar schon etwas länger her, aber er ist sich sicher, dass es sich um ein Tattoo von ihm handelt. Ich weiß allerdings nicht, wie zuverlässig dieser Typ ist. Eigentlich wusste er gar nichts. Genau wie wir.«

Zehn

Kaum war Erlendur am Montagabend nach Hause gekommen, rief Eva Lind wie versprochen an. Sie klang etwas hektisch.

Bislang war nichts von Belang bei den Ermittlungen herausgekommen, doch am späten Nachmittag hatte Erlendur immerhin einen präziseren Obduktionsbericht erhalten. Eine Quetschung am Hals des Mädchens deutete darauf hin, dass kurz vor ihrem Ableben versucht worden war, sie zu erwürgen. Man nahm an, dass der Tod durch Ersticken herbeigeführt worden war; in der Nase und im Rachen hatten sich Leinenpartikel gefunden. Unter den Nägeln waren Stofffasern, die noch genauer analysiert werden mussten. Der Körper des Mädchens wies außerdem diverse äußere Verletzungen auf. Es wurde darauf hingewiesen, dass das endgültige Ergebnis der Blutuntersuchung noch ausstand.

»Ich weiß von einem Mädchen, das dein Mädchen kennt«, sagte Eva Lind. Der Akku ihres Handys war offenbar fast leer, und sie war schlecht zu verstehen.

»Bist du sicher?«, fragte Erlendur.

»Ich glaube … Ich … gerade bei ihr … ist im Augenblick in Ordnung … beeilen.«

Erlendur bekam gerade noch mit, wo Eva Lind sich aufhielt. Er rief Sigurður Óli an, und sie fuhren zusammen ins Stadtzentrum. Es war schon fast Mitternacht. In der Ferne ragte die Silhouette des Gletschers Snæfellsjökull aus dem Meer auf, und die Sonne schien sich eine Weile darauf auszuruhen, bevor sie ihren Lauf durch die Sommernacht fortsetzte. In der Stadt waren Spaziergänger unterwegs, die das schöne Wetter und die Mitternachtssonne genossen. Erlendur und Sigurður Óli wechselten unterwegs nur wenige Worte. Sie stellten das Auto auf dem Parkplatz hinter dem Parlamentsgebäude ab, gingen die kurze Strecke bis zur Domkirche und bogen in die Kirkjustræti ein. Dort betraten sie ein heruntergekommenes, rotes Holzhaus. Die Haustür stand offen. Ein unidentifizierbarer Geruch, der an gesengte Schafköpfe erinnerte, schlug ihnen entgegen. Trotz der hellen Nacht war es drinnen im Haus dunkel, denn vor den Fenstern hing etwas, was Decken ähnlicher war als Gardinen. Von der Straße gelangten sie direkt in eine kleine Küche, die übersät war mit Fastfood-Verpackungen. Jetzt sahen sie auch, woher der Gestank kam: von einer schwarzen Lederjacke, die auf einer eingeschalteten Kochplatte vor sich hinschmorte. Erlendur riss sie vom Herd. Auf dem Rücken der Jacke war bereits ein großes Loch entstanden. Der Raum neben der Küche war vermutlich als Wohnzimmer vorgesehen, dessen Einrichtung aber nur in einer einzigen Matratze mit braunem Cordbezug und einem uralten Teppich bestand. Der Teppich tat sich schwer damit, die Holzdielen des Fußbodens abzudecken. Aus diesem Raum gelangte man in ein weiteres kleines Zimmer, in dem Eva Lind und ein anderes Mädchen, das nicht älter als siebzehn oder achtzehn sein konnte, auf der Kante eines großen Betts hockten.

»Bist du etwa mit deiner ganzen Truppe angerückt?«, fragte Eva Lind gereizt und starrte Sigurður Óli an. Das Zimmer war irgendwann einmal weiß gestrichen gewesen, doch jetzt waren die Wände von oben bis unten verdreckt oder bekritzelt; an einer Stelle sah es so aus, als sei der Inhalt einer Kaffeetasse an die Wand gespritzt. »Mit 'nem Stahlbrett vor der Stirn gilt man oft als großes Hirn«, las Erlendur an einer Wand. Gereimt und mit Alliteration, dachte er. In einer Ecke stand die lebensgroße Pappfigur irgendeines berühmten Hollywoodschauspielers, die bestimmt aus einem Kino geklaut worden war. Erlendur kannte ihn nicht. Das Mädchen neben Eva war blond, schlank und hatte ein schmales Gesicht mit merkwürdig verschleiertem Blick. Der Lippenstift auf ihrem kleinen Mund war verschmiert.

»Das hier ist Sigurður Óli«, sagte Erlendur. »Sonst ist niemand mit dabei. Du weißt, dass wir zusammenarbeiten.«

»Wollen die mich festnehmen?«, murmelte das Mädchen mit so leiser und dünner Stimme, dass man sie kaum verstehen konnte.

»Niemand will dich festnehmen«, erklärte Eva Lind. »Sie wollen dich bloß nach deiner Freundin fragen, über die wir vorhin gesprochen haben. Die, die gedrückt hat. Du brauchst aber nur mit ihnen zu reden, wenn du möchtest. Wenn du willst, dass sie wieder gehen, sag ich ihnen, sie sollen abhauen.«

»Wie heißt du?«, fragte Erlendur. Sigurður Óli ging wieder in die Küche und zog sein Handy aus der Tasche.

»Charlotte«, antwortete sie. »Lotte, die Kokotte, macht mit vieren Hottehotte«, trällerte sie anschließend vor sich hin, und dann verstummte sie.

»Weißt du etwas über die Leiche, die wir auf dem Friedhof gefunden haben?«, fragte Erlendur vorsichtig.

»Sie hat diesen Kerl gehasst«, sagte das Mädchen und sah Erlendur dabei direkt in die Augen. »Das war so ein Fiesling, der sie geschlagen und zu ekelhaften Dingen gezwungen hat.«

»Wer war das?«

»Sie war meine Freundin, und den Kerl bringe ich um.«

»Wohnst du hier?«

»Ja.«

»Hat deine Freundin auch hier gewohnt?«
»Ja.«
»Wie heißt sie?«
»Birta.«
»Weißt du, wie ihr Vater heißt?«
»Nee.«
»Kennst du sie schon lange?«
»Schon ewig.«
»Und du weißt nicht, wie sie mit vollem Namen heißt?«
»Birta! Das sage ich doch die ganze Zeit. Sie heißt Birta.«
»Wieso glaubst du, dass Birta tot ist?«
»Wir wollten uns am Sonntagmorgen treffen, aber sie kam nicht, und ich habe sie seitdem nicht gesehen. Und dann habe ich von der da auf dem Friedhof gehört, und jemand hat mir gesagt, dass sie das war. Ich bin mir ganz sicher, ich weiß, dass sie das ist.«
»Wer hat dir gesagt, dass sie auf dem Friedhof gefunden wurde?«
»Jemand.«
»Weißt du, wer dieser Mann war, vor dem sie sich fürchtete?«
»Ja, der Mann, der sie umgebracht hat.«
»Weißt du, wer das ist?«
»Das wollte sie nicht sagen.«
»Hast du ihn gesehen?«
»Nein.«
Eva Lind sah ihren Vater an.
»Was weißt du sonst noch über Birta?«, fragte Erlendur.
»Sie war echt super.«
»Weißt du, ob sie einen Freund gehabt hat?«
»Sie hat viele Jungs gekannt.«
»Dieser Mann ...«
»Der besitzt jede Menge Häuser«, erklärte Charlotte. »Alle

sollen in seine Häuser einziehen, das hat Birta erzählt. Damit hat er sich immer dickegetan. Er hat ihr auch gesagt, wer da in seine Häuser einziehen sollte.«

»Was für Häuser besitzt er?«

»Ihm gehören alle Häuser. Ihm gehören alle Häuser auf der ganzen Welt.«

»Auf der ganzen Welt?«

»Mir geht's beschissen«, sagte Charlotte und sah Eva Lind an. »Ich will nicht mehr.«

Eva Lind gab ihrem Vater ein Zeichen, dass er aufhören solle. Sigurður Óli erschien wieder in der Tür und steckte sein Handy in die Tasche. Erlendur ging zu ihm.

»Wir haben uns mit dem Besitzer dieses Hauses in Verbindung gesetzt«, sagte Sigurður Óli, als sie wieder in der Küche waren. »Der ist ein guter alter Bekannter von uns. Er vermietet diese Bruchbude und lebt selber in einer Villa in Breiðholt. Die Kollegen vom Rauschgiftdezernat haben ihn im Verdacht, dass er Stoff unter die Jugendlichen bringt, und er steht auf unserer Liste der verdächtigen Drogenschmuggler. Er erwartet uns. Du kennst ihn auch, Herbert. Der, der sich manchmal Rothstein nennt.«

»Herbert?«, wiederholte Erlendur verwundert.

Eva Lind kam zu ihnen in die Küche.

»Diesen Herbert Rothstein kennst du doch auch?«, fragte Erlendur.

»Herbie?«, antwortete sie zögernd. »Der hat doch echt 'ne Macke. Geilt sich an allem auf, was amerikanisch ist, und läuft in diesem Cowboy-Outfit herum. Alle finden, dass der echt nicht richtig tickt. Er nennt sich selber Herb. Aber viele haben auch Angst vor ihm. Der hat nämlich den ganzen Verkauf unter sich und ist knallhart. Offiziell ist er Autohändler, aber ihm gehört auch einer von diesen Pornoclubs und was weiß ich noch. Ist das hier sein Haus?«

»So ist es jedenfalls eingetragen. Was meinst du mit Pornoclub?«
»Ach, dieses ›Boulevard‹ da.«
»Gehört ihm das ›Boulevard‹?«
»Das hab ich gehört.«
»Was ist mit Birta?«, fragte Erlendur. »Hast du sie vielleicht auch gekannt?«
»Nee, überhaupt nicht. Eine Freundin von mir hat von Charlotte erzählt, weil die seit gestern dauernd was von irgendeiner Birta faselt – dass sie bestimmt umgebracht worden ist und dass sie den Kerl alle machen will, der das getan hat.«
»Sie muss die Leiche für uns identifizieren. Glaubst du, dass sie das in ihrer Verfassung schafft?«
»Sie schiebt im Augenblick einen Affen. Ein Arzt könnte sie wieder fit machen. Aber keine verdammte Therapie, höchstens, wenn sie das selber will, klar?«
»Hast du sonst noch etwas von ihr erfahren?«, fragte Erlendur.
»Sie glaubt, dass Birta aus den Westfjorden stammte«, erklärte Eva Lind. »Und außerdem hatte sie einen Freund, der dauernd um sie herum war, und der stammt auch aus den Westfjorden.«

Elf

Erlendur und Sigurður Óli fuhren zu der Villa im Stadtteil Breiðholt. Die großen Einfamilienhäuser dort sahen sich ziemlich ähnlich, Säulen vor dem Eingang, riesige Fenster, Doppelgarage, der typische, ziemlich einfallslose Stil der Neureichen. Vor Herberts Haus standen zwei Streifenwagen, und im Wohnzimmerfenster konnte man uniformierte Polizisten ausmachen. Das Haus hatte zwei Etagen, insgesamt etwa fünfhundert Quadratmeter Wohnfläche, hinzu kam die Garage, in der zwei Luxuslimousinen standen.

Dem Hausbesitzer gehörten zwar eine Gebrauchtwagenhandlung und ein Striplokal, aber das reichte sicherlich nicht aus, um sich mit solchem Luxus umgeben zu können. Er bemühte sich, seinen Reichtum damit zu erklären, dass er Glück im Spiel gehabt hatte, sowohl in Island als auch beispielsweise in Las Vegas. Man wusste, dass er häufig in die Vereinigten Staaten reiste und sogar eine Zeit lang in Reno, der Glücksspielstadt in der Sierra Nevada, gelebt hatte. Er behauptete obendrein, halber Amerikaner zu sein, daher stamme der Familienname Rothstein, den er manchmal verwendete, vor allem in den USA, manchmal aber auch in Island. Als Herbert Rothstein präsentierte er sich, wenn viel auf dem Spiel stand. Eine simple Recherche ergab, dass er eigentlich Herbert Baldursson hieß.

Herbert begrüßte sie in genieteten Cowboystiefeln aus Rindsleder, neuer, dunkelblauer Jeans und rotkariertem Hemd, dazu trug er ein blaues Halstuch. Erlendur warf Sigurður Óli einen vielsagenden Blick zu. Statt Gemälden hingen gerahmte Filmplakate an den Wänden, von denen die vom »Paten« am meisten ins Auge fielen. Die Möbel, rote Plüschsofas und niedrige Hocker, machten den Eindruck, als stammten sie aus einer 70er-Jahre-Disko. Der Couchtisch war irgendein scheußliches Kunststoffteil. Den meisten Platz beanspruchten Stereoanlage, Boxen und der Fernseher, alles in einer ausladenden, den halben Raum einnehmenden freistehenden Regalwand untergebracht. Der Fußbodenbelag bestand aus einem violetten Langhaarteppich, der an einen verwilderten Rasen erinnerte. Herbert nannte seine Villa »Dallas«, und die einzelnen Zimmer hießen nach den Hauptpersonen der Fernsehserie.

»Wieso holt ihr einen mitten in der Nacht aus dem Bett?«, rief Herbert, der aus dem Pamela-Zimmer ins Wohnzimmer kam. Erlendur kannte ihn und seine kriminelle Laufbahn flüchtig, oberflächlich gesehen schien sie nicht sonderlich bedeutend zu sein. Seit seiner Jugend hatten sich in regelmäßigen Abständen Diebstähle, Körperverletzungen und kürzere Gefängnisstrafen abgewechselt. Vermutlich war er auch an einem Versuch, Alkohol in großen Mengen zu schmuggeln, Anfang der 70er Jahre beteiligt gewesen. Zwar stand er jetzt unter Verdacht, in großem Stil harte Drogen zu importieren, aber man hatte ihm noch nie etwas nachweisen können. Einiges von dem Beweismaterial war sogar unter mysteriösen Umständen verschwunden. Erlendur hatte manchmal seine Zweifel an der Arbeit seiner Kollegen im Rauschgiftdezernat. Herbert war um die fünfzig, eher klein und schlank, und hatte ein schmales, längliches Gesicht mit wulstigen Lippen. Seine Bewegungen wirkten etwas hektisch, vielleicht weil er nervös war. Er lebte allein in diesem Haus, war unverheiratet und kinderlos. Er galt als gewalttätig und war mehrmals wegen Körperverletzung angezeigt worden, doch die Anzeigen wurden später immer wieder zurückgezogen. Erlendur konnte sich erinnern, dass Herbert Anfang der 80er Jahre einmal im Zusammenhang mit einem Vermisstenfall, der nie gelöst werden konnte, in Untersuchungshaft gesessen hatte.

»Hallo, Herbert!«, sagte Erlendur.

»Musstet ihr mit dieser verfluchten Lichtorgel hier anrücken? Ich hab gerade erst Kontakte zu meinen Nachbarn aufgebaut. Was geht hier eigentlich ab? Vom Rauschgiftdezernat seid ihr nicht. Was wollt ihr Idioten von mir?«

»Wie wär's mit einer etwas zivilisierteren Ausdrucksweise, mein lieber Herbert«, sagte Erlendur und betrachtete die Filmplakate an den Wänden. »Wir wüssten gern etwas über deine Mieter in der Kirkjustræti. Zwei Mädchen, vielleicht auch noch mehr. Charlotte und Birta. Du kennst sie doch?«

»Komm mir bloß nicht mit so einem Mein-lieber-Herbert-Gesabbel. Macht, dass ihr endlich abhaut.«

Erlendur und Sigurður Óli bedeuteten Herbert, sich zu setzen, aber da er nicht darauf reagierte, blieben alle drei auf dem lila Teppich stehen.

»Wann hast du Birta zuletzt gesehen?«, erkundigte sich Sigurður Óli.

»Ich kenne keine verdammte Birta, *believe me*!«

»Wann hast du sie zuletzt gesehen?«, wiederholte Sigurður Óli.

»Ey, was bist du eigentlich für ein begriffsstutziger Typ, ich kenne keine Birta, okay?«

Sigurður Óli sah auf den schauerlichen Teppich hinunter. Erlendur ging zu den Polizisten und fragte, ob sie mit heulenden Sirenen bei Herbert vorgefahren seien. Sie verneinten das – doch nicht mitten in der Nacht in dieser noblen Wohngegend. Er ordnete an, die Sirenen in Gang zu setzen. Dann

gesellte er sich wieder zu Herbert Baldursson, der sich manchmal Rothstein nannte. Kurze Zeit später schreckte die gesamte Nachbarschaft durch die schrillenden Sirenen auf.
»Was soll denn dieser Scheißkrach«, schrie Herbert und war mit einem Satz am Fenster. »Ihr wollt wohl die ganze Gegend in Aufruhr versetzen, oder was?«
»Wir haben Zeit«, sagte Erlendur. »Antworte doch einfach Sigurður Óli, wann du Birta zuletzt gesehen hast.«
Herberts Blicke wanderten zwischen Erlendur und Sigurður Óli hin und her.
»Lässt du dann diese verfluchten Heulbojen abstellen? Birta und noch ein paar Mädchen haben mein Haus *downtown* gemietet. Ich hab sie zuletzt vor ein paar Monaten getroffen. Stell endlich die Scheißsirenen ab!«
Erlendur ging zum Fenster, und das Schrillen der Sirenen verstummte.
»Sie waren deine Untermieterinnen. Hast du ihnen nicht auch Kunden verschafft und Dope?«, fragte Sigurður Óli.
»*What the hell do you mean, man*«, entgegnete Herbert.
»Dein Drogenhandel interessiert uns nicht, wir würden nur gern wissen, ob du die Kerle kennst, mit denen sie zusammen waren.«
»Willst du etwa behaupten, dass ich ein verdammter *pimp* bin?«
Erlendur sah Sigurður Óli fragend an.
»Äh, das bedeutet wohl Zuhälter«, sagte Sigurður Óli.
»Machst du den Zuhälter für die Mädchen auf der Straße, *Herbie*?«, fragte Erlendur.
»Was glaubst du eigentlich, wer ich bin?«, entgegnete Herbert entrüstet.
»*Believe me, Herbie*«, sagte Erlendur, indem er Sigurður Óli einen triumphierenden Blick zuwarf, »du möchtest ganz gewiss nicht hören, was du meiner Meinung nach bist. Weißt

du etwas über ihre Stammkunden oder die Kerle, die hinter ihnen her sind?«

»Weshalb fragt ihr mich nach diesen *babes*? Die sind doch komplett unbedeutend! Eine Eiterbeule an einem Hundearsch ist bedeutender als die Mädels.

»Wenn du bloß mal kapieren würdest, wie lächerlich du bist, *Herbie*«, sagte Sigurður Óli.

»Ihr seid selber *ridiculous*. Wenn ihr meinen *lifestyle* nicht abhaben könnt, verpisst euch doch einfach, ihr albernen Provinzdeppen.«

»Was für eine Verbindung war da zwischen dir und Birta?«, fragte Sigurður Óli, der dieses sinnlose Hin und Her leid war.

»Sie war eine Untermieterin von mir, okay. Sie und eine andere Tussi, ihre Freundin. Ich kenn die nicht.«

»Seit wann hat sie bei dir zur Miete gewohnt?«

»Seit irgendwann.«

»Was ist da vor ein paar Monaten passiert?«

»Da hat sie gekündigt, okay?«

»Du hast ihr kein Dope verschafft?«

»Ey, ich bin kein Dealer.«

»Du hast ihr keine Kunden besorgt?«

»Dschiises ...«

»Birta wurde am Wochenende auf dem Friedhof an der Suðurgata aufgefunden, ermordet«, sagte Erlendur langsam und schob sein Kinn ein wenig vor.

Diese Nachricht brachte Herbert aus der Fassung. Seine Gesichtsmuskeln wurden schlaff, und er sackte in sich zusammen, aber nur für einen Augenblick. Dann hatte er sich wieder im Griff und machte auf knallharten Typ.

»Und was soll das mit mir zu tun haben, ey? Ich soll jetzt wohl der Mörder sein, ey? Ihr könnt mir nichts nachweisen. Ich bin am Wochenende aus den *States* zurückgekommen.

Ich war einen halben Monat dort und weiß nichts über diesen verdammten Mord, check das doch mal ab, Mann.«
Er war aber nicht so großspurig wie zuvor. Es war ihm anzusehen, dass diese Nachricht ihm zugesetzt hatte. Er war mit seinen Gedanken woanders, und ihm schienen tausend Dinge durch den Kopf zu gehen, die er nicht auf die Reihe bekam. Das alles überforderte offenbar sein Hirn.
»Jetzt kapierst du aber hoffentlich, weshalb wir uns dafür interessieren, mit wem sie verkehrte«, sagte Erlendur. »Weißt du, wie sie mit vollem Namen hieß?«
»Nein«, sagte Herbert sehr langsam. »Sie lief immer nur unter dem Namen Birta. Ist sie tot? Ermordet? Soll das vielleicht ein Witz sein?«
»Sie wurde bei Jón Sigurðsson auf dem Friedhof an der Suðurgata gefunden. Sagt dir das vielleicht etwas?«, fragte Sigurður Óli.
»Wer ist das denn? Ein *pimp*?«
»Wohl kaum ein Zuhälter«, sagte Erlendur. »Aber über den solltest du dir nicht den Kopf zerbrechen. Sag mir lieber etwas anderes. Hast du eine Ahnung, ob sie einen Mann gekannt hat, dessen Name mit J beginnt? Vielleicht weiß der ja etwas über deine Birta, vielleicht hast du ihn ja zusammen mit ihr getroffen.«
»Ey, Mann, ich hab die Tussi doch überhaupt nicht gekannt, sie wohnte zur Miete bei mir, und das war's«, sagte Herbert, der sich jetzt wieder gefangen hatte und klarstellen wollte, dass er keineswegs beabsichtigte, mit den verdammten Bullen zusammenzuarbeiten.
»Wieso hat Birta gekündigt?«
»Sie ist irgendwo anders hin. Was weiß denn ich? Bin ich Hellseher? Oder vielleicht allwissend?«
»Nur noch eins zum Schluss, *Herbie*. Dieses edle Lokal ›Boulevard‹, das ist doch in deinem Besitz?«

»Wieso?«
»Hat sich Birta da herumgetrieben?«
»Ich weiß einen Scheißdreck über diese Birta, okay?«
»Sagen wir mal, irgendwelche Männer wollen ein bisschen mehr als Powackeln, rufen die dann bei dir an und verlangen, dass ihnen ein paar Mädchen geschickt werden? Vielleicht sitzt da zum Beispiel einer in seinem Ferienhaus und ruft bei dir an, sagt, dass er ein Mädchen will. Läuft das nicht ungefähr so ab?«
»Keine Ahnung, was du dir da zusammenlaberst«, sagte Herbert.
»Nein, selbstverständlich nicht. Ich überlege nur laut, ob du Birta in eines von diesen luxuriösen Sommerhäusern geschickt hast, wo sie dann vergewaltigt und umgebracht wurde, um anschließend wie Müll auf dem Friedhof entsorgt zu werden. Findest du das sehr unwahrscheinlich? Ist das sehr unwahrscheinlich, *Herbie*?«
»Du hast ja einen an der Waffel«, sagte Herbert. »Du hast richtig einen an der Klatsche. Wenn das so weitergeht, will ich mit meinem *lawyer* reden.«
»Lawyer?«
»Leck mich doch am Arsch.«
»Er meint einen Rechtsanwalt«, warf Sigurður Óli ein.
»Du brauchst doch nicht etwa einen Rechtsanwalt, *Herbie*?«, sagte Erlendur.
»Ich raff das nicht. Ich hab keinen Schimmer, wovon ihr redet. Lasst mich endlich in Ruhe.«
Erlendur setzte sich den Hut auf. »Komm bloß nicht auf die Idee, dich aus dem Staub zu machen, *Herbie*.«
Als Erlendur und Sigurður Óli wieder draußen waren, beschlossen sie, Herbert observieren zu lassen. Seine Reaktion auf die Nachricht von Birtas Tod hatte gezeigt, dass er mehr wusste, als er jemals preisgeben würde, es sei denn, sie hätten

etwas Handfestes gegen ihn vorliegen und er könnte einen Deal mit ihnen machen.

»Birta stammte aus den Westfjorden«, sagte Erlendur, »und Jón Sigurðsson ebenfalls. Das könnte womöglich ein Hinweis darauf sein, dass die Antwort auf alles in den Westfjorden zu suchen ist.«

»Vielleicht«, sagte Sigurður Óli.

»Du solltest uns für morgen ein Mietauto besorgen, wir fahren hin. Ohne Auto ist man in den Westfjorden aufgeschmissen.«

»Sollten wir nicht lieber hinfliegen?«

»Ich glaube, es ist besser, wenn wir fahren.«

»Gib schon zu, dass du Angst vorm Fliegen hast.«

»Eine Erfindung des Teufels.«

»Sollten wir nicht das Telefon bei Herbie abhören lassen?«

»Ja, aber darum kümmern wir uns selber. Die vom Rauschgiftdezernat lassen wir außen vor.«

Währenddessen stiefelte Herbert nervös in seinem Wohnzimmer auf und ab. Er ging zum Fenster und beobachtete, wie diese Idioten sich in ihr Auto setzten. Nicht das Telefon benutzen, überlegte er, nicht das Telefon von hier benutzen. Er sah, wie die Streifenwagen einer nach dem anderen verschwanden und bei den Nachbarn die Lichter wieder ausgingen. Sie hatten sich bestimmt ausgiebig an der Szene geweidet. Nicht das Telefon von hier benutzen, murmelte Herbert vor sich hin.

Er wartete sehr lange, aber dann hielt er es nicht mehr aus. Verdammt noch mal. Er rannte nach unten in die Garage und warf sich in seinen funkelnagelneuen, feuerroten Cherokee-Jeep. Die Garagentür öffnete sich automatisch, aber er war so hektisch, dass er zu früh losfuhr und sich das Dach des Jeeps verschrammte, als er mit Karacho rückwärts aus der Garage setzte.

Er fuhr in rasantem Tempo in die Innenstadt und hielt vor dem Gebäude des Telefonamts. Dort gab es eine der wenigen öffentlichen Telefonzellen in Reykjavík. Herbert war sich ziemlich sicher, dass er vom Rauschgiftdezernat überwacht wurde. Der Drogenmarkt auf Island war klein, und die Polizei kannte die meisten, die damit zu tun hatten. Er wählte eine Nummer und wartete darauf, dass jemand dranging. Er wartete eine ganze Weile, ließ es lange klingeln, länger und noch länger. Er fingerte an der Telefonschnur herum und trat mit seinen Cowboystiefeln gegen die gläserne Tür der Telefonzelle. Es war kurz vor zwei. Endlich meldete sich jemand am anderen Ende der Leitung.

»Ja!«, sagte eine Männerstimme.

»Hast du gewusst, dass Birta tot ist?«

»Von welchem Apparat sprichst du?«

»Aus 'ner Telefonzelle. Ich bin doch nicht *stupid*.«

»Ja, Herbert.«

Und dann wurde das Gespräch abgebrochen.

Erlendur und Sigurður Óli waren Herbert in die Innenstadt gefolgt und hatten in angemessener Entfernung zur Telefonzelle gehalten.

»Wir müssen herausfinden, ob das Telefonamt uns die Nummer verschaffen kann, die unser Herbie da angerufen hat«, sagte Erlendur, und Sigurður Óli nickte zustimmend. Sie sahen, wie Herbert wieder aus der Telefonzelle herauskam, in seinen Jeep stieg und davonbrauste.

»Wenn ihr meinen *lifestyle* nicht abhaben könnt«, ahmte Sigurður Óli Herbert nach. »Hör mal, komm mir nicht damit, oder ich ruf meinen *lawyer* an.«

Sie brachen beide in schallendes Gelächter aus.

Zwölf

Erlendurs kleiner Koffer mit ein paar wenigen notwendigen Dingen für die Reise stand bereit. Er erkundigte sich telefonisch nach dem Befinden seines Sohnes in der Entzugsklinik und rief dann Elínborg an, um ihr während seiner Abwesenheit die Leitung der Ermittlungen in Reykjavík zu übertragen.

Sigurður Óli traf Bergþóra sehr beschäftigt in ihrem Büro an und teilte ihr mit, dass er in die Westfjorde fahren würde; die Tote schien von dort zu stammen, und es würde sicher zwei oder drei Tage dauern, um ihre Angehörigen ausfindig zu machen und herauszubekommen, um wen es sich genau handelte. Falls etwas war, könne sie ihn auf seinem Handy erreichen oder sich im Zweifelsfall gleich mit der Polizei in Verbindung setzen. »Hm, das war schon alles.« Er zögerte bis zur letzten Sekunde und war fast schon aus der Tür heraus, als er sagte: »Wir könnten vielleicht mal etwas Nettes zusammen unternehmen. Wenn ich wieder zurück bin.« In dem Augenblick klingelte Bergþóras Telefon, sodass sie ihm nur zuwinken und nicken konnte.

Die Suche im Volksregister hatte keinen Erfolg gezeitigt. Es gab etwa zwanzig Mädchen im ungefähren Alter der Toten, die diesen Namen trugen, Birta. Die Nachforschungen ergaben, dass alle am Leben waren und keine von ihnen vermisst wurde.

»Haben wir schon rausgekriegt, wen Herbie in der Nacht angerufen hat?«, fragte Erlendur, als sie auf der Ausfallstraße nach Norden die Stadt verließen. Sigurður Óli saß am Steuer, und Erlendur machte es sich auf dem Beifahrersitz bequem. In seiner Brusttasche befand sich das Foto von Birta, das er notfalls in den Westfjorden herumzeigen würde. Das Foto war auch bereits an alle Polizeidienststellen in dieser Region gegangen, aber das hatte bislang noch nichts gebracht. Das Mädchen schien nirgendwo bekannt, und niemand hatte nach ihr gefragt.

»Warum konnten wir nicht einfach das Flugzeug nehmen?«, fragte Sigurður Óli, dem es davor graute, die ganze Strecke in die Westfjorde fahren zu müssen.

»Haben wir das nicht schon hinlänglich besprochen?«, sagte Erlendur. »Wir müssen die Westfjorde kennenlernen. Ich werde das Gefühl nicht los, dass sie in dem Ganzen irgendwie eine Rolle spielen. Nicht zuletzt wegen Jón Sigurðsson. Da muss doch etwas dahinterstecken, und das werden wir nur in den Westfjorden herausfinden können. Gibt's was Neues von unserem Möchtegern-Amerikaner?«

»Von wem?«

»Herbie.«

»Man hat noch nicht feststellen können, wen er angerufen hat. Die beim Telefonamt sind nicht gerade von der schnellen Truppe«, antwortete Sigurður Óli. »Sein Telefon wird abgehört. Und wir kriegen alles, was beim Rauschgiftdezernat über ihn vorliegt.«

»Der arme Herbie hat es furchtbar eilig gehabt«, sagte Erlendur, und dann verstummten sie. Sie folgten der Hauptstraße bis nach Borgarnes, von da aus ging es wenig später über den Brattabrekka-Pass in die Dalir-Region und weiter zum Gilsfjörður, den sie wegen der neuen Brücke nicht zu umfahren brauchten. Danach wurde die Straße immer schlechter. Erlendur hatte diese Strecke gewählt, obwohl die nördliche

Route sehr viel besser instand gehalten wurde. Begründet hatte er das damit, dass man auf diese Weise abgelegene Landesteile kennenlernen und ein Gefühl für Entfernung und Abgeschiedenheit bekommen würde.
»Weshalb heißt das jetzt eigentlich immer ›die Querung des Gilsfjörður‹?«, fragte er, als sie über die Brücke fuhren. »Warum redet man nicht mehr davon, einen Fjord zu überbrücken? Was ist das eigentlich für ein Unwort, Querung?«
»Keine Ahnung«, sagte Sigurður Óli, der nicht das geringste Interesse für solche Fragen aufbringen konnte.
»Genauso gut könnte man sagen, dass unsere ›Herausfindungen‹ uns hierher geführt haben.«
Und dass »die Vögelung« mit Bergþóra ein in die Ferne gerückter Traum geworden ist, dachte Sigurður Óli, sagte aber nichts.
Sie fuhren eine Weile schweigend weiter.
»Weshalb finden wir unsere Birta nicht im Volksregister?«, fragte Erlendur.
»Ganz komische Sache«, sagte Sigurður Óli. »Es hat fast den Anschein, als habe dieses Mädchen überhaupt nicht existiert.«
Es ging schon auf den Abend zu, als sie auf der miserablen Straße sämtliche Fjorde im Barðastrand-Bezirk entlangfuhren. Die Berge wurden von der Sonne angestrahlt. In einigen dieser Fjorde war es in früheren Zeiten, als die Menschen genügsamer waren, möglich gewesen, ein kleines Anwesen zu bewirtschaften und ein bescheidenes Leben zu führen, aber jetzt waren die Höfe allesamt verlassen. Die Fahrt erwies sich als zeitraubender und anstrengender, als sie sich vorgestellt hatten. »Das kann man doch nicht als Straßen bezeichnen, diese elenden Holperwege«, grummelte Sigurður Óli in regelmäßigen Abständen, wenn er einem heruntergekollerten Felsbrocken oder einem abgrundtiefen Schlagloch auswei-

chen musste. Erlendur schlug vor, in Flókalundur zu übernachten. Aber dort angekommen mussten sie festellen, dass das nicht möglich war. Deutsche Touristen hatten das Hotel mit Beschlag belegt. Sie beschwerten sich gerade lautstark über den Service. Erlendur und Sigurður Óli aßen aber dort zu Abend, nachdem sie ganz in der Nähe eine Unterkunft auf einem Bauernhof ergattert hatten. Es war nur noch ein einziges Zimmer frei, das sie sich teilen mussten. Nachdem sie sich einquartiert hatten, zog Erlendur einen Flachmann mit Whisky aus der Tasche und bot Sigurður Óli einen Schluck an. Als rücksichtsvolle Angehörige des öffentlichen Dienstes hatten sie sich die Schuhe ausgezogen und begaben sich beide auf Socken in den kleinen Aufenthaltsraum, in dem ein Fernseher stand. Dort saß ein Mann mittleren Alters, der ihnen zunickte und ihnen einen guten Abend wünschte. Sonst war niemand dort. Der Mann trug ein graues T-Shirt, das sich über seinem Kugelbauch spannte. Seine Arme waren dicht behaart, und die Bartstoppeln im Gesicht schienen mindestens eine Woche alt zu sein. Wenn er lächelte – und dazu hatte er des Öfteren Anlass, wenn Erlendur den Whisky kreisen ließ – konnte man sehen, dass im Ober- und Unterkiefer der ein oder andere Zahn fehlte.

Er sagte, er sei mit seiner Familie unterwegs, sie seien die einzigen Isländer in diesem Haus mit fünf Zimmern, die anderen waren Engländer und Deutsche, Rucksacktouristen, er könne sie nicht verstehen, weil er kein Englisch und erst recht kein Deutsch spreche, die seien noch irgendwo draußen unterwegs. Er selber habe die Fähre verpasst ...

So ging es unentwegt weiter, man brauchte ihn nach nichts zu fragen, und als Reaktion genügten Einschübe wie »Was?«, »Ja.«, »Hm.« oder »Nein.«. Erlendurs Interesse erwachte plötzlich, als der Mann erklärte, seinen Sommerurlaub in dem alten Fischerort verbracht zu haben, wo er einst aufgewachsen war, und dass er am nächsten Tag die Fähre von Brjánslækur aus nehmen würde, er habe keine Lust, die Fjorde entlangzukurven, entsetzliche Straßen, unbegreiflich, in was für einem miserablen Zustand die waren, die Fahrt auf solchen Straßen tue man sich nur einmal an.

»Du stammst also hier aus dem Westen?«, gelang es Erlendur, den Redefluss des Mannes zu unterbrechen.

»Bin vor knapp drei Jahren weggezogen. Keine Chance, da existieren zu können. War da in einem Kaff, wo die Fangquote einfach mir nichts, dir nichts verschwand, verkauft an einen von diesen reichen Herren in Reykjavík, und dann gab's auf einmal keine Arbeit mehr. Die Quoten haben sich die Geschäftsleute in Reykjavík unter den Nagel gerissen. Fisch, der noch nicht einmal gefangen ist, wird verkauft und gekauft, und der ganze Reichtum konzentriert sich auf einige wenige, während die anderen in die Röhre gucken können. Alle Leute hier in der Gegend lebten vom Fisch, aber wenn andere ihn wegkaufen und wir ihn nicht fangen dürfen, ist es zappenduster.«

»Das ist die freie Marktwirtschaft«, warf Sigurður Óli schnell ein und riss sich vom Fernseher los, obwohl er kein sonderliches Interesse an diesem Thema hatte. »Falls ihr keine Quote kaufen könnt, tut es eben ein anderer, so einfach ist das.«

»Ja, aber diese Männer sahnen eine Million nach der anderen ab, und sie können damit machen, was sie wollen. Das Quotensystem ist natürlich gut, um die Fischbestände zu schützen, aber mit so einem Quotenanteil ist keinerlei Verantwortung verbunden. Die Inhaber können einfach so mit der Lebensgrundlage vieler Menschen in all diesen Fischerdörfern spekulieren; sie können sie kaufen, verkaufen, vermieten, vererben, verschenken, so als ginge es um ein x-beliebiges Waschpulver. Einige in den Dörfern hier wurden über Nacht steinreich, während andere, deren Quotenanteile in andere

Landesteile verkauft oder vermietet wurden, am Hungertuch nagten, weil diesen Typen scheißegal war, ob der Fisch den Leuten in den Westfjorden oder in Reykjavík zugutekam, Hauptsache, sie können den Zaster scheffelweise einstreichen. Diese Leute haben völlig verantwortungslos gehandelt. Denen war es scheißegal, wenn es in den Fischerdörfern keine Arbeit gab, Hauptsache, sie verdienten sich eine goldene Nase. Ganze Landstriche hatten auf einmal keine Fangquoten mehr, und mit ihnen verschwanden auch die Arbeitsplätze. Davon kann ich ein Lied singen.«

»Aber jetzt hast du es wieder besser, nicht wahr?«

»Besser? Ich war seinerzeit Vorarbeiter in einer prima Reederei hier im Westen, und weißt du, was ich jetzt mache? Ich arbeite bei Hagkaup im Lager. Ich sortiere die Waren für die Einzelhandelskapitalisten, und dafür kriege ich einen Hungerlohn. Das ist das Quotensystem. Hier im Westen besaß ich ein schönes Haus, und was ich dafür bekam, als ich es verkauft habe, war lächerlich. Irgendjemand hat es gekauft, der es vielleicht einen Monat im Jahr als Ferienhaus nutzt, und dafür konnte ich mir gerade mal eine Zweizimmerwohnung in einem Wohnblock in Breiðholt leisten. Das ist das Quotensystem! Dieses reiche Pack aus Reykjavík kommt und reißt sich unsere Häuser unter den Nagel, als würden sie Monopoly spielen.«

»Das kannst du doch nicht alles auf das Quotensystem zurückführen«, sagte Erlendur. Er sah, dass der Flachmann sich stark geleert hatte. »Die Fischereibetriebe hier in den Westfjorden stecken doch schon seit langem in einer Krise. Schon seit dem Zweiten Weltkrieg sind die Leute aus den Landgemeinden nach Reykjavík abgewandert. Die jungen Leute wollen etwas anderes sehen als nur tote Fische. Die erwarten mehr vom Leben, die wollen ins Kino gehen und ins Theater und in die Kringla ...«

»Er pennt.«
»Was?«
»Dein Kumpel.«
Sigurður Óli schnarchte leise in seinem Sessel.
»Das ist das staatliche Fernsehen«, sagte Erlendur. »Das kann sogar Trolle einschläfern.«

Dreizehn

Am nächsten Morgen fuhren sie in milchigem Nebel über steile Pässe. In Hrafnseyri am Arnarfjörður, dem Geburtsort von Jón Sigurðsson, machten sie eine Pause. Der Hof lag etwas oberhalb der Straße. Hier war also die Wiege der Unabhängigkeitsbewegung, dachte Erlendur, den die Geschichte des Ortes nicht unberührt ließ. Sigurður Óli hielt auf dem Parkplatz. Erlendur stieg aus und war sogleich von tiefer Stille umgeben. Er konnte zwar bis zur anderen Seite des Fjordes sehen, doch die Wolken hingen so tief, dass sie die Berge ringsum verhüllten. Das Wasser des Fjords war spiegelglatt.

»Kommst du nicht auch?«, wandte er sich an Sigurður Óli, der immer noch hinter dem Steuer saß.

»Nein, ich warte hier im Auto«, antwortete der und setzte das Auto in Bewegung, um auf dem Parkplatz zu wenden.

»Nicht zu fassen«, sagte Erlendur und schlug die Wagentür zu. Es ging auf Mittag zu. Er nahm sich ausgiebig Zeit für einen Rundgang und dachte kopfschüttelnd darüber nach, dass diese jungen Leute heutzutage einfach im Auto sitzen blieben und nicht das geringste Interesse für Geschichte, das Kulturerbe und die Vergangenheit aufbrachten; sie waren immer in Hektik und nicht bereit, einmal innezuhalten, zu betrachten, nachzudenken.

Er stand auf dem Vorplatz vor den Häusern und ließ die Geschichte des Ortes auf sich wirken. Den Geburtsort von Jón

Sigurðsson hatte er nie zuvor besucht, und er versuchte, sich an das zu erinnern, was er über diesen Mann wusste.

Erlendur wurde aus seinen Gedanken aufgeschreckt, als ein ungeduldiger Sigurður Óli wild zu hupen begann. Macht der dämliche Kerl das etwa meinetwegen, dachte er und drehte sich zum Auto um. Sigurður Óli gab ihm mit Winken zu verstehen, dass er kommen solle.

»Wieso hast du dir nicht den Geburtsort von Jón angesehen?«, fragte er Sigurður Óli, nachdem sie wieder losgefahren waren. Er war gespannt, wie die Antwort ausfallen würde.

»Mir hat's gereicht, das da aus dem Fenster zu sehen«, erwiderte Sigurður Óli.

»Das da! Willst du damit sagen, es reicht, so etwas im Fernsehen zu sehen? Du weißt, dass *das hier* der Originalschauplatz ist, keine Attrappe, keine Werbepause, kein Videoclip.«

»In was für einen Quatsch steigerst du dich da eigentlich hinein? Nur weil ich keine Lust habe, irgendwelche Torfmauern anzuglotzen, bin ich doch kein Trottel.«

Während sie die Serpentinen von Hrafnseyrarheiði hinauffuhren, hingen beide ihren Gedanken nach, bis Sigurður Óli fand, dass er seinen Standpunkt noch nicht ganz klargemacht hatte.

»Meiner Meinung nach hat unser Fall nichts mit Jón Sigurðsson zu tun«, erklärte er. »Hier in Island werden Morde nicht unter solchen Vorzeichen verübt. Morde werden weder geplant noch Leichen mit der Absicht an eine bestimmte Stelle gelegt, um dem Ganzen eine tiefere Bedeutung zu geben oder Spekulationen darüber heraufzubeschwören. Morde werden hier im Affekt verübt. Meistens im Suff. Sie haben nie irgendwas Symbolisches an sich oder irgendeine tiefere Wahrheit. Morde sind hier schäbig, scheußlich und ganz und gar zufällig. Nie im Leben hat das alles hier mit Jón Sigurðsson zu tun.«

»Was hast du eigentlich gegen Jón Sigurðsson?«

»Ich hab einfach nichts mit diesem Geschichts- und Personenkult und dem ganzen Patriotismus am Hut, mit diesem endlosen Geschwafel über Land, Volk und Vorzeit. Das ist doch total veralteter Quatsch. Große Persönlichkeiten mag es ja meinetwegen immer wieder geben, aber sie sind es nicht, die den Gang der Geschichte bestimmen. All dieser Kult um die Vergangenheit steht dem Fortschritt im Weg und schwächt einen. Schau dich doch an. Du bist vollgestopft mit historischem Zeugs, mit dieser Liebe zur Geschichte und zu irgendwelchen Berühmtheiten, die schon längst vermodert sind, Jón Sigurðsson und Hannes Hafstein und wie sie alle heißen mögen. Was war das nur für ein schöner Mann, schwärmen die Frauen, und weiß der Henker, was noch. Daran klebst du fest und vergräbst dich in die Vergangenheit, beschäftigst dich ausschließlich mit etwas, was irgendwann einmal war und nie wieder sein wird und niemals besser werden kann.«

Erlendur sah seinen Kollegen völlig perplex an. Sigurður Óli war nicht zu bremsen.

»Das Schlimmste ist, dass dieses Vergangenheitsgesülze dich so auslaugt, dass es bis in dein Privatleben reicht. Du stagnierst in deiner eigenen Vergangenheit und kannst oder willst dich nicht davon lösen. Sie zehrt an dir. Glaubst du nicht, dass du schon lange eine weitaus höhere Position bei der Kriminalpolizei innehaben könntest, wenn du endlich diese Trägheit abschütteln würdest? Aber das willst du nicht. Du willst dich partout an deine Vergangenheit klammern und irgendetwas hinterhertrauern, was sowieso nie von Bedeutung war, dich einfach daran klammern und in Trauer versinken und dich von deiner Trägheit ersticken lassen. Die

Dinge können nie besser werden, als sie einmal waren, und deswegen …«

»Was zum Teufel ist eigentlich in dich gefahren?«, konnte Erlendur endlich einwerfen. Noch nie hatte er sich von Sigurður Óli oder sonst jemandem so eine Predigt anhören müssen. »Was geht dich mein Privatleben an? Bilde dir bloß nicht ein, du könntest mich mit deinem pseudowissenschaftlichen Psychogeschwafel aus Amerika oder diesem Quatsch von einer neuen Zeit sezieren. Was fällt dir eigentlich …«

»Ich wollte nur, dass du weißt, weswegen ich nichts mit Jón Sigurðsson am Hut habe«, unterbrach Sigurður Óli ihn.

Erlendur war für einen Augenblick sprachlos. Bevor er sich jedoch wieder so weit gefasst hatte, dass er seine Wut an Sigurður Óli auslassen konnte, klingelte das Handy in seiner Jackentasche. Der Zorn kochte derartig in ihm, dass er es erst hörte, als Sigurður Óli ihn darauf aufmerksam machte. Erlendur kramte in der Tasche nach dem Handy, zog es hektisch heraus und nahm den Ruf an. Es war Elínborg.

»Herbert ist verschwunden«, sagte sie.

»Was meinst du damit, ›verschwunden‹?«, stieß Erlendur wutschnaubend hervor.

»Er hat sich in Luft aufgelöst«, sagte Elínborg, die sich in ihrem Büro in Reykjavík befand, auf nichts Böses gefasst war und sich genüsslich ein Hühnchensandwich mit selbstgemachter Tandoori-Sauce einverleibte.

»Wieso ist er verschwunden?«

»Er ist einfach verschwunden. Weg.«

»Was meinst du damit?«

»Einfach nur das, was ich sage.«

»Haben denn alle den Verstand verloren? Spuck es endlich aus!«

»Was? Das Hühnchen?«

Als das Fahrzeug plötzlich oben auf dem Pass anhielt, war Kaldbakur, der höchste Berg in den Westfjorden, schweigender Zeuge, wie ein kräftig gebauter Mann mit leicht angegrauten Schläfen aus einem Auto sprang. Er hielt ein kleines Mobiltelefon in der Hand, das er in hohem Bogen in das grüne Moos der Hochmoorlandschaft schleuderte.

Vierzehn

Am Morgen nach der Nacht, in der Erlendur und Sigurður Óli Herbert in die Innenstadt zu der Telefonzelle hatten rasen und von dort aus ein Gespräch führen sehen, verließ Herbert sein Haus. Þorkell und Einar, ein korpulenter Mann über fünfzig, hatten die Wache übernommen. Herbert fuhr in seinem Cherokee-Jeep zu einer Autolackierwerkstatt, wo er sich einen Termin für die Reparatur des Dachs hatte geben lassen. Anschließend aß er im Hotel Holt zu Mittag, schaute dann im »Boulevard« und in seiner Autohandlung herein, besuchte seine alte Mutter, die in einem Häuserblock in Álfheimar lebte, und machte sich schließlich wieder auf den Weg nach Hause. Abends verließ er das Haus noch einmal, um zu einem Steakhouse in der Innenstadt zu fahren. Þorkell und Einar waren sich sicher, dass er sie nicht bemerkt hatte. Das teilten sie den beiden Polizisten mit, die sie vor dem Steakhouse ablösten. Nichts von dem, was er heute den ganzen Tag unternommen hatte, war in irgendeiner Weise verdächtig gewesen und ließ einen anderen Schluss zu als den, dass Herbert ein angenehmes, luxuriöses Leben führte. »Herbert macht auf Dolcefarniente«, erklärten Þorkell und Einar. Sie waren in Eile, denn sie wollten noch vor Ladenschluss zum Bonus-Billigmarkt.

Kurz vor Mitternacht wurde Herbert beobachtet, wie er in sein Haus in Breiðholt zurückkehrte. Morgens um acht war Schichtwechsel, und bis dahin hatte er sich nicht gerührt.

Zwei Stunden später, etwa um die Zeit, als Erlendur und Sigurður Óli von Hrafnseyri aufbrachen, bemerkten die Polizisten eine Frau asiatischer Herkunft am Hauseingang, die, wie sich herausstellte, die Putzfrau war. Sie kramte eine Weile in ihrer Handtasche, betätigte dann aber die Türklingel und hämmerte schließlich gegen die Tür. Als niemand reagierte, drehte sie sich um und schickte sich an zu gehen, aber die Polizisten hielten sie an, um ihr ein paar Fragen zu stellen. Sie erklärte, dass sie zweimal pro Woche käme, um bei Herbert zu putzen. Es sei schon hin und wieder vorgekommen, dass sie den Schlüssel vergessen hatte, dann habe Herbert ihr immer aufgemacht, wenn er zu Hause war. Im Übrigen sei es auch möglich, durch den Hintereingang ins Haus zu gelangen, der selten verschlossen war. Sie folgten ihr um das Haus herum zum Hintereingang. Die Tür dort war tatsächlich nicht verschlossen. An einen Hintereingang hatten die beiden Polizisten nicht gedacht. Wieso hatte ihnen keiner etwas davon erzählt? Es war niemand zu Hause. Herbert hatte es wahrscheinlich in der Nacht verlassen. Möglicherweise war er auch dazu gezwungen worden, denn in der Küche sah es so aus, als habe dort ein Kampf stattgefunden. Ein Kochtopf lag auf dem Boden, und eine nicht identifizierbare Fleischsoße war die Wände hochgespritzt.
In diesem Augenblick klingelte das Diensttelefon, der Anruf kam vom Hauptdezernat. Ein Zeuge in der Straße oberhalb von Herberts Haus hatte beobachtet, wie jemand einen offenbar bewusstlosen Mann hinausgetragen hatte. Er sei in einen weinroten Dodge gelegt worden, der dann eilends davongefahren war. Herbert war demnach entführt worden, während sie beide im Auto eingenickt waren.
Unverzüglich wurde eine umfangreiche Suche nach Herbert in die Wege geleitet; schon mittags wurde offiziell im Radio nach ihm gefahndet, und in den Abendnachrichten im Fern-

sehen ein Bild von ihm gezeigt und gesagt, dass dieser Mann vermisst würde. In den Zeitungen am nächsten Morgen erschien das gleiche Foto mit der Aufforderung an alle, die etwas über Herberts Verbleib wussten, sich mit der Polizei in Verbindung zu setzen. Es gab zwar ein Bild im Archiv der Polizei, aber weil es zu alt war, verwendete man einen Ausschnitt aus einem Foto, das auf seinem Nachttisch gestanden hatte. Es war das einzige im ganzen Haus. Er trug ein weißes Hemd mit ausladendem Kragen und silberglänzenden Knöpfen. Wenn das ganze Bild veröffentlicht worden wäre, hätte man erkennen können, wo es aufgenommen worden war: Graceland in Memphis, Tennessee.

Über dem Nachttisch im Schlafzimmer hing ein altes Plakat eines Italowesterns, *The Good, the Bad and the Ugly.* Falls die Polizisten darauf geachtet hätten, wäre ihnen aufgefallen, dass unter den Produzenten des Films ein Mann namens Harvey Rothstein aufgezählt wurde.

Fünfzehn

Als die Hauptfiliale der Fleischergenossenschaft *Suðurland* von Reykjavík nach Hvolsvöllur verlegt wurde, standen die Betriebsgebäude an der Skúlagata etliche Jahre leer, bevor sie abgerissen wurden. Die Gebäude waren entsprechend den Firmenfarben weiß gestrichen, die Dächer rot. Sie bildeten ein nicht ganz regelmäßiges Karree um einen großen Hof, auf den früher die LKWs mit den Fleischlieferungen gefahren waren. Die Gebäude waren zwei- und dreistöckig und reichten von der Skúlagata am Meer bis hinauf zur Lindargata. In ihnen wurde fast das gesamte Fleisch für Reykjavík verarbeitet. Die Häuser waren sehr solide gebaut, und als sie abgerissen wurden, waren Kranwagen Tag und Nacht damit beschäftigt, den dicken Beton mit großen Stahlkugeln zu zertrümmern. Anschließend wurde der Schutt wegtransportiert, das Gelände eingeebnet und mit Rollrasen bedeckt, sodass fast nichts mehr darauf hindeutete, dass dort mehr als siebzig Jahre lang die Hauptfiliale des Unternehmens gestanden hatte.

Aus irgendwelchen Gründen wartete ein Haus aber immer noch darauf, abgerissen zu werden, nämlich die ehemalige Räucherei. Den weißen Anstrich der Außenwände hatten frostige Nordwinde abblättern lassen, übrig geblieben war ein hässliches, senfgelbes Gebäude. An der Westseite befand sich ein eisernes Gittertor, das aus einem merkwürdigen Trotz heraus immer noch standhielt. Durch dieses Tor waren ehemals die Lastwagen aus- und eingefahren, später wurde die Einfahrt in die Lindargata verlegt. Damals war die Blütezeit des Unternehmens gewesen. Es gab nur ein kleines Fenster an diesem Haus, das nach Norden auf die Skúlagata ging. Die beiden Scheiben darin waren schon seit langem zerbrochen, und man hatte Spanplatten davorgenagelt. Eine große, graue Stahltür auf Rollen führte ins Haus; sie befand sich an dessen Westseite und war mit einem Hängeschloss versehen.

Drinnen war es stockfinster. Einige Gitterroste aus Aluminium, die beim Räuchern von Fleisch verwendet worden waren, hatte man zurückgelassen. Sie lagen auf dem Boden verstreut, und man konnte fast den Eindruck gewinnen, die Beschäftigten hätten das Räucherhaus fluchtartig verlassen müssen. Eines dieser Gitter hing an einer der drei Schienen, die an der Decke befestigt waren und in die Räucherkammer führten. Ein großer Tisch mit einer Stahlplatte lag umgekippt in einer Ecke des Raums. Die Tür zu einer kleinen Räucherkammer neben den Öfen, in der Lachs geräuchert worden war, stand offen.

Die Öfen waren riesig und von innen kohlrabenschwarz. Eine dicke Schicht Tierfett hatte sich im Laufe der Jahre an den Wänden angesammelt. In den Boden waren Gitter eingelassen, unter denen sich lange Schubkästen auf Rollen befanden, die auf Laufschienen aus den Öfen ins Hinterzimmer gezogen werden konnten. Neben den Öfen führte ein kleiner Gang in diesen Raum, der den dunkelsten Teil des ehemaligen Räucherhauses bildete. Dort lag immer noch einiges vom früheren Inventar herum, gestapelte Holzscheite, eine Plastikwanne halb voll mit Holzkohle, und außerdem in einer Ecke des Raums getrockneter Schafsmist und Säcke mit Hobelspänen. Der Raum hatte einen Steinfußboden, der aber vor lauter Dreck kaum noch zu sehen war, und an der Nordwand befand sich das einzige Fenster des Hauses.

Der Mann, den der Zeuge in Breiðholt dabei beobachtet hatte, wie er Herbert aus seinem Haus heraustrug, war im Hinterzimmer in die Hocke gegangen und lauschte auf die Schreie, die aus einem der Öfen zu hören waren. Sie drangen durch eine der Vertiefungen für die Schiebekästen halb erstickt bis zu ihm vor, doch mit der Zeit wurden sie schwächer und unregelmäßiger, bis sie schließlich ganz erstarben.

Sechzehn

Einfamilienhaus zum Verkauf, 250 m², Preis 5,5 Millionen. Neuwertig und in gutem Zustand. Ab sofort frei. Zur Besichtigung Schlüssel bei der Sparkasse erhältlich.

Die Anzeige war auf ein kariertes Blatt geschrieben und mit einer Heftzwecke an einer Pinnwand befestigt; sie hing in der Esso-Tankstelle eines kleinen Orts, der ein paar hundert Einwohner hatte und an einem tiefen, schönen Fjord lag. So einfach war das also. Es gab noch mehrere solcher Zettel, von denen man sich erhoffte, dass sie die Aufmerksamkeit von Durchreisenden wecken würden. Als Sigurður Óli und Erlendur durch den Ort fuhren, fiel ihnen auf, dass zahlreiche Häuser leer standen.

Nach der Überquerung des Passes hatten sie in dem Ort getankt. Oben auf der Passhöhe mussten sie beide lange suchen, bis sie Erlendurs Telefon endlich in einer moosbewachsenen Mulde fanden. Sigurður Óli hatte nie zuvor einen derartigen Wutanfall seines Vorgesetzten erlebt. Erst hatte er befürchtet, Erlendur würde auf ihn losgehen, nachdem er das Handy weit von sich geschleudert hatte. Auf alles gefasst sprang Sigurður Óli aus dem Auto und hielt sich in angemessener Entfernung. Erlendur hielt ihm eine mit Flüchen gespickte Standpauke, wie Sigurður Óli es noch nie erlebt hatte. Einige der Verwünschungen, die

Erlendur verwendete, hörte er zum ersten Mal in seinem Leben.

Erlendurs Zorn verebbte nach einer Weile, aber er gab ihm in aller Deutlichkeit zu verstehen, dass er, falls Sigurður Óli jemals wieder solche Worte über ihn fallen ließe, nie wieder mit ihm zusammenarbeiten und dafür sorgen würde, dass seine Karriere bei der Kriminalpolizei ein abruptes Ende fände. Sigurður Óli entschuldigte sich zwar, wies aber darauf hin, dass Freunde dazu da seien, um auf Fehler hinzuweisen, woraufhin Erlendur ihm erklärte, er könne sich seine Weisheiten in die Haare schmieren.

Sie hatten ursprünglich vorgehabt, direkt nach Ísafjörður zu fahren und von dort aus Nachforschungen anzustellen, doch weil Erlendur die ganze Zeit nicht von dem Gedanken loskam, dass es irgendeine Verbindung zu Jón Sigurðsson geben musste, hatte er sich dazu entschlossen, sich auf dem Weg dorthin bereits in den kleinen Fischerdörfern umzutun und mit den Einheimischen zu reden. Nachdem sie getankt hatten, fuhren sie zum örtlichen Polizeirevier und unterhielten sich mit dem Wachtmeister, einem Mann um die dreißig, der in einem kleinen Zimmer hinter den Büros der Kreisverwaltung residierte. Er hatte das Foto von Birta erhalten und versucht, Erkundigungen einzuziehen, aber bislang war dabei nichts herausgekommen, wie er ihnen berichtete. Erlendur fragte, ob der alte Amtmann Kjartan immer noch im Ort wohne. Der Polizist teilte ihm die Adresse mit.

»Tragt ihr jetzt schon die Leichen mit euch herum?«, sagte Kjartan zu Erlendur und Sigurður Óli, als sie bei ihm in der Küche Platz genommen hatten. Er war Mitte siebzig und Witwer, wirkte aber sehr vital und strahlte immer noch Autorität aus. Er hatte sich seine alte Uniformmütze aufgesetzt, als er erfuhr, wer da zu Besuch gekommen war und in welcher Angelegenheit. Erlendur kannte ihn schon seit vielen Jahren.

»Ein hübsches Mädchen«, fügte er hinzu, als er ihnen das Foto zurückreichte. »Wollt ihr das in all den Dörfern hier herumzeigen? Da habt ihr euch ja was vorgenommen.«
»Es ist uns ein absolutes Rätsel, wer dieses Mädchen ist«, sagte Sigurður Óli.
»Ihr glaubt, dass sie von hier stammt, wegen Jón Sigurðsson. Ist das nicht bloß einfach ein Zufall, dass sie auf ihn gelegt wurde?«, sagte Kjartan und schmunzelte über diese Ausdrucksweise. »Ich habe da eine bestimmte Theorie, weshalb die Leiche bei Jón gefunden wurde.«
Damit stand Kjartan nicht allein da. Viele zerbrachen sich den Kopf darüber, und es kursierten die verschiedensten Spekulationen. Der Leichenfund hatte dazu geführt, dass Jón Sigurðssons Name in aller Munde war, und jeden Tag kamen zahlreiche Menschen zu seiner Grabstätte, um sich anzusehen, wo das Mädchen gelegen hatte.
»Also«, begann Kjartan mit gewichtiger Miene, »Jón stammt natürlich hier aus dem Westen, und er ist als Kämpfer für die Unabhängigkeit in die Geschichte eingegangen. Das Mädchen kam auch von hier, sonst wärt ihr wohl nicht extra gekommen. Meines Erachtens stammt der Mörder ebenfalls von hier. Habt ihr darüber schon mal nachgedacht?«
»Wir wissen noch nicht einmal, ob derjenige, der sie bei Jón hingelegt hat, auch ihr Mörder war«, antwortete Sigurður Óli.
»Dann kommt eben derjenige, der sie dort hinlegte, aus den Westfjorden«, sagte Kjartan. »Auf so eine Idee kann doch nur jemand kommen, der von hier stammt. Ein Mann aus dem Skagafjörður wäre mit der Leiche in den Norden gefahren und hätte sie neben das Denkmal von Stephan G. gelegt. Jemand aus Reykjavík würde wahrscheinlich die Statue von Ólafur Thors oder Skúli Fógeti dafür ausgesucht haben, und jemand aus dem Borgarfjörður hätte sich auf den Weg nach

Borg gemacht. Und einer aus Akureyri wäre selbstverständlich damit beim alten Genossenschaftshaus gelandet.«

»Ja, und ein Kommunist aus den Ostfjorden hätte das Mädchen in Lenins Mausoleum entsorgt«, warf Erlendur ein.

»Genau«, sagte Kjartan und grinste breit.

»Eine Freundin von ihr hat uns gesagt, dass sie aus den Westfjorden stammt«, sagte Sigurður Óli. »Nicht unwahrscheinlich, dass das eine Rolle spielt. Sie ging vermutlich auf den Strich. Sie war drogenabhängig, nahm die härtesten und teuersten Sachen. Wir glauben …«

»Seid ihr euch eigentlich darüber im Klaren, wie viele Menschen in den letzten Jahren von hier weggezogen sind?«, unterbrach Kjartan ihn. »Falls sie wirklich aus den Westfjorden kam, könnt ihr eigentlich genauso gut nach einer Nadel im Heuhaufen suchen.«

»Hängt das mit dem Quotensystem zusammen?«, fragte Erlendur.

»Das macht hier alles kaputt. Ich bin natürlich kein Seemann, aber ich habe gesehen, was für Auswirkungen es auf die Fischerdörfer hier hatte, sehr schlimme, sage ich euch. Das Quotensystem hat so viele ruiniert, ich könnte das noch sehr viel deutlicher formulieren. Hier sind einige Leute steinreich geworden, ohne dass sie einen Finger dafür gerührt haben. Ihnen gestand man enorme Privilegien zu, und dadurch haben andere ihre Lebensgrundlage verloren.«

Kjartan holte eine Schachtel Camel hervor und bot Sigurður Óli ein Zigarette an, der dankend ablehnte, Erlendur jedoch bediente sich. Sie rauchten schweigend eine Zigarette und tranken Kaffee.

»Falls euer Mädchen aus den Westfjorden stammte, hat sie das alles miterlebt, denn diese Entwicklung ist hier bereits seit zehn, fünfzehn Jahren im Gange, seitdem dieses System eingeführt wurde«, fuhr Kjartan schließlich fort. »So etwas passiert nicht von einem auf den anderen Tag. Sie hat bestimmt die Unzufriedenheit kennengelernt, die Ungewissheit und die Hoffnungslosigkeit, die dadurch verursacht wurden.«

»Und die Abwanderung«, fügte Erlendur hinzu.

»Die Leute wollen nach Reykjavík, sie gehörte wahrscheinlich auch zu denen. Oh ja, das Quotensystem hat großen Anteil an der Landflucht, aber trotzdem ist die Ungerechtigkeit das Schlimmste. Das Quotensystem produziert anscheinend völlig willkürlich Millionäre, obwohl es so schön heißt, dass die gesamte Nation den Fisch im Meer besitzt. Wer versteht so etwas schon?«

»Ist es nicht okay, wenn die Leute nach Reykjavík gehen?«, warf Sigurður Óli ein. »Dort stehen ihnen ja alle Möglichkeiten offen.«

»Möglichkeiten! Ausbildungsmöglichkeiten, das mag sein, aber Möglichkeiten zu einem besseren Leben wohl kaum.«

»Könnte das Mädchen aus diesem Dorf hier stammen?«, fragte Erlendur.

»Durchaus denkbar. Ihr solltet mit dem früheren Vormann im Gefrierhaus sprechen. Sämtliche Frauen hier am Ort haben von der Kindheit bis zur Bahre bei ihm gearbeitet. Er könnte sie aufgrund des Fotos wiedererkennen. Hat denn wirklich noch niemand nach ihr gefragt?«

»Es sieht so aus, als hätte sie keine Angehörigen«, sagte Erlendur. »Vielleicht sind ihre Eltern ja tot, und sie hat keine Geschwister gehabt und keine Verbindung zu sonstigen Angehörigen aufrechterhalten. Beängstigend, dass niemand so ein junges Mädchen vermisst.«

Sie aßen in dem kleinen Hotel des Ortes zu Mittag, wo sie die einzigen Gäste waren. Der Wirt trug einen grünen Tirolerhut und sagte ihnen, er versuche, das Geschäft mit ausländischer »Cuisine« etwas zu beleben. Der Hut war ein Überbleibsel vom Wochenende, da hatte es einen deutschen Bierabend gegeben, mit recht gutem Erfolg. Erlendur und Sigurður Óli sahen einander an.

Nach dem Essen machten sich Erlendur und Sigurður Óli auf den Weg zum Vormann des Gefrierhauses. Er hieß Hjálmar und war zu Hause, hatte sich aber nach dem Mittagessen etwas aufs Ohr gelegt. Er war fast siebzig und sagte, er sei eine Zeit lang Seemann gewesen und habe zusammen mit seinem Bruder ein Boot besessen. Er bedauerte es, nicht mehr zur See zu fahren. Der mitteilsame Mann war schlank, wirkte aber immer noch kräftig und war trotz seines Alters sehr agil.

»Ich war ein Vierteljahrhundert Vormann im alten Gefrierhaus«, sagte er, während er das Foto eingehend betrachtete, »aber dieses Mädchen habe ich nie gesehen, tut mir leid. Sie ist nicht von hier, der Ort ist so klein, dass hier jeder jeden kennt.«

»Na schön«, sagte Erlendur, »damit ist die Sache dann wohl erledigt.«

»Das arme Ding. Wurde sie auf Jón Sigurðsson draufgelegt?«, fragte Hjálmar, der keine Anstalten machte, die Gäste gleich wieder gehen zu lassen, ohne ein wenig mehr über sie in Erfahrung zu bringen. Gäste waren ihm immer willkommen. »Seid ihr wegen Jón da?«

»Uns wurde gesagt, dass sie aus den Westfjorden stammte«, sagte Sigurður Óli.

»Das mit Jón ist wirklich komisch«, sagte Hjálmar, »was hat der mit der Sache zu tun? Kann mir vorstellen, dass euch das neugierig macht.«

»Sehr«, sagte Erlendur. »Aber erzähl mir etwas anderes: Wer hat hier in diesen Fischerorten eigentlich die Quoten aufgekauft?«

»Das sind größtenteils Leute aus Reykjavík oder Akureyri.«

»Sind dir in dem Zusammenhang irgendwelche Namen zu Ohren gekommen?«

»Nein, eigentlich nicht. Mein Bruder, also der mit dem Boot, auf dem ich früher auch war, hat vor vier Jahren seine Quote verkauft. Und was macht der Kerl jetzt? Lebt ein schönes Leben! In Florida.«

»An wen hat er sie verkauft?«

»Darüber weiß ich nichts Genaues, aber der Betreffende muss wirklich im Geld schwimmen. Soweit ich weiß, hat er in allen Fjorden hier die Quoten aufgekauft oder gepachtet. Mein Bruder sagte mir, dass er die größte Nummer in diesem Geschäft sei, niemand bietet mehr als er, und er hat Geld satt.«

»Es hat vielleicht nicht direkt etwas mit der Sache zu tun«, sagte Erlendur, »aber hast du das Boot zusammen mit deinem Bruder besessen?«

Hjálmar blickte von einem zum anderen und schien dabei zu überlegen, ob er ihnen etwas mitteilen sollte, worüber er bislang noch nie gesprochen hatte; eigentlich hatte er auch nicht vorgehabt, es jemandem zu erzählen. Er zuckte mit den Achseln, als wolle er damit ausdrücken, dass es mittlerweise keine Rolle mehr spielte. Was geschehen ist, ist geschehen.

»Das Boot hatte eine Quote für Kabeljau«, sagte er schließlich bedächtig. »Mein Bruder und ich hatten kein sonderlich enges Verhältnis zueinander, das war schon immer so. Aber wir besaßen dieses Boot gemeinsam. Es war nichts Besonderes, im Grunde genommen, eigentlich war es überhaupt nichts wert, abgesehen natürlich von der ihm zugeteilten Fangquote. Mein Bruder fuhr zum Fischen raus, ich arbeitete an Land. Eines Tages bot er mir an, meinen Bootsanteil zu kaufen, und wir haben uns auf einen fairen Preis geeinigt. Ich hatte nichts dagegen, meinen Anteil zu verkaufen, denn so viel war bei der Fischerei nicht herausgekommen. Ich bekam ein paar Millionen dafür, und die habe ich zum größten Teil in die Instandsetzung des Hauses hier gesteckt. Kurz danach zogen aber die Kabeljaupreise an, und innerhalb ganz kurzer Zeit erreichten die Quotenpreise schwindelerregende Höhen. Der alte Kahn wurde zu einer richtigen Goldgrube. Als die Entwicklung ihren Höhepunkt erreichte, verkaufte mein Bruder ihn für hundertvierzig Millionen. Danach fuhr er nicht mehr zur See, und jetzt lebt er ein fürstliches Leben. Ich habe mich nie an ihn gewandt und um eine Revision unseres Kaufvertrags gebeten. Er hat mir auch nie angeboten, mich an seinem Gewinn zu beteiligen. Wir haben kaum miteinander gesprochen. Einige bringen es eben zu was, andere nicht.«

Sie unterhielten sich noch eine ganze Weile, bis Erlendur und Sigurður Óli aufstanden und erklärten, weiterfahren zu müssen. Hjálmar nickte, brachte sie zur Tür und begleitete sie durch den gut gepflegten Garten bis zur Straße. Sie merkten ihm an, dass ihm noch etwas auf dem Herzen lag. Er blickte auf den menschenleeren Ort und seufzte schwer.

»Wir sind wie der Kabeljau«, sagte er. »Wenn der Bestand unter eine bestimmte Grenze sinkt, lösen sich die Schwärme auf, und er vermehrt sich nicht mehr. Dasselbe gilt für die Menschen, fürchte ich. Wenn in solchen kleinen Orten wie diesem die Leute immer weniger werden, bedeutet es das Aus für die Gemeinschaft hier. Bald wird nichts mehr davon übrig sein«, erklärte er und ging wieder zurück in sein Haus.

Siebzehn

Die schwere Tür zur Räucherkammer öffnete sich langsam und geräuschlos; seit ihrem Einbau war sie stets mit Tierfett geschmiert worden. Herbert schrie nicht mehr um Hilfe. Er lag eingeklemmt in der Brennstofflade unter einem der Gitter und konnte nur den Kopf bewegen. Er hob den Kopf ein wenig und erblickte einen Mann, der in den Ofen trat und auf ihn zukam. Der Mann ging auf dem Gitterrost über ihn hinweg und blieb genau über seinem Kopf stehen. Herbert starrte hoch, konnte aber in der Dunkelheit nur Umrisse sehen. Sie starrten einander eine Weile an. Herbert glaubte zu sehen, dass der Mann in der einen Hand etwas hielt, konnte aber nicht erkennen, was es war. Der Mann legte es nieder und ging über Herbert in die Hocke. Er sagte kein Wort, während sie sich in die Augen schauten.

»Wer bist du?«, fragte Herbert schließlich, von dessen großkotzigem Gehabe kaum noch etwas übrig war. Er klang ruhig und sprach auf einmal erstaunlich gutes Isländisch. Der andere blieb ihm die Antwort schuldig, sah ihn aber unverwandt an.

»Was hast du mit mir vor?«, fragte Herbert. »Weshalb hast du mich entführt? Was habe ich dir getan? Wer bist du eigentlich? Antworte mir!«

Immer noch gab der Mann keinen Ton von sich.

Er genoss es offensichtlich, Herbert in Angst und quälender Ungewissheit zu sehen, aber er schien auch auf der Hut vor sich selbst zu sein. Er war kein bösartiger Mensch und wusste ganz genau, dass er nicht imstande war, eine Gewalttat zu verüben, doch der Hass kochte in ihm und verlangte nach irgendeiner Art von Rache. Er war sich sicher, dass Herbert über Informationen verfügte, die sehr wichtig für ihn waren, an die er aber nur unter Anwendung von Gewalt herankommen konnte. Er wusste auch, dass der Mann unter dem Gitter alles andere als ein Engel war, und das machte es leichter für ihn. Birta hatte ihm schlimme Dinge über Herbert erzählt. Auch dass er als Drogenhändler mit größer gewordenem Wirkungsbereich stets darauf achtete, seine Interessen zu wahren, und in keinster Weise mit den Menschen in Verbindung gebracht werden wollte, die die Drecksarbeit für ihn erledigten, Menschen wie Birta.

Sie war oft für ihn ins Ausland gereist und vollgestopft mit dem Gift zurückgekommen, hatte vor den Zollbeamten einen auf kleines, unschuldiges Mädchen gemacht. Birta war nicht bei der Polizei registriert, genauso wenig wie bei Sozialbehörden, Auffangstellen oder Therapieeinrichtungen. Sie existierte praktisch nicht im System, und deswegen war sie wie geschaffen für die Reisen, die Herbert organisierte. »Herberts Reisebüro« hatte sie es genannt. Sie flog nach Europa und hielt sich vier Tage oder eine Woche in irgendeiner Großstadt auf. Setzte sich in Verbindung mit Leuten, die Herbert ihr genannt hatte. Bekam den Stoff ausgeliefert. Sie hütete sich davor, selber davon etwas zu nehmen. Das hatte sie einmal gemacht, woraufhin Herbert mit einem Baseballschläger so lange auf sie eingedroschen hatte, bis ihr Schultergelenk gebrochen war. Er hatte sich dazu eigens seine Baseballkappe aufgesetzt. Zu guter Letzt hatte er sie an der Schulter gepackt und zugedrückt und gefragt, ob es weh täte.
»So weh tut es mir, wenn jemand mir was klaut«, sagte er.

Trotzdem war es wohl eine harmlose Aktion gewesen im Vergleich zu dem, was sie sonst über ihn gehört hatte. Er hatte viel Zeit und Mühe investiert, um den Drogenhandel in Island aufzubauen. Bevor Herbert in dieser Szene aufgetaucht war, hatte es keinerlei organisierte Strukturen gegeben, weder beim Import noch beim Vertrieb, noch beim Geldeintreiben. Viele versuchten sich in dieser Branche und waren sich gegenseitig im Weg. Der Markt war sehr instabil, bei geringem Angebot zogen die Preise gewaltig an, und wenn der Markt überschwemmt war, sanken sie in den Keller. Die Leute fielen einander in den Rücken und verpfiffen sich gegenseitig bei der Polizei, um selber mehr Ellenbogenfreiheit zu haben. Erst Herbert hatte dem Ganzen gewissermaßen eine Struktur gegeben, mit dem Erfolg, dass seitdem zwei gleich starke Anbieter den Markt unter sich aufteilten. Angebot und Preise waren stabil, und man arbeitete gezielt daran, die Nachfrage zu steigern.

Da sich aber nicht alle für Herberts Methoden erwärmen könnten, mussten diejenigen eines Besseren belehrt werden, die sich weigerten, nach seiner Pfeife zu tanzen. Doch auch nachdem er andere Saiten in der Drogenszene aufgezogen hatte, gab es immer wieder welche, die nicht für Herbert arbeiten wollten. Das Gerücht, dass er hinter dem Verschwinden eines Mannes steckte, der sich Marktanteile verschaffen wollte, war in aller Munde. Dieser Mann hatte anfangs in ähnlicher Form wie Birta für Herbert gearbeitet: indem er die Ware für ihn ins Land schmuggelte, das Zeug unter die Leute brachte und dafür sorgte, dass die Endabnehmer auch zahlten. Herberts Mitarbeiter war loyal, aber ehrgeizig, und er fand, dass Herbert viel zu lasch war. Mit einer strafferen Organisation, einem gezielterem Vertrieb und besserer Ware konnte man den Profit nämlich noch erheblich steigern. Dieser Mann hatte klar erkannt, dass sich die Gewinnspanne ver-

zehnfachen würde, wenn Herbert billiges Rohmaterial einkaufte und es selber zum Endprodukt verarbeitete. Er sprach darüber mit Herbert, doch aus irgendwelchen Gründen wollte der nichts davon hören, sondern erklärte ihm, er solle sich nicht in sein Business einmischen.
Der Mann zog sich langsam, aber sicher aus der Zusammenarbeit mit Herbert zurück und begann stattdessen selber mit dem Import des Rohmaterials, das er verarbeitete und auf den Markt brachte. Eines Tages war er verschwunden, wie vom Erdboden verschluckt. Er hatte zuletzt in einer Hafenkneipe irgendwelche Pillen verkauft, und nachdem er dort zur Tür hinausgegangen war, wurde er nie wieder gesehen.
Seitdem war ein hartnäckiges Gerücht in Umlauf, demzufolge Herbert den Mann in seiner Wohnung gekidnappt hatte und mit ihm zu einem geheimen Unterschlupf gefahren war, um ihn dort mit einem Baseballschläger totzuprügeln. Den Kopf hatte er erst mit dem dritten Schlag richtig erwischt – als der Mann bereits blutüberströmt auf dem Boden lag. Anschließend hatte er ihn in einen großen Müllsack verpackt, den Fußboden mit einem Schlauch abgespritzt, war mit einem kleinen Fischerboot auf die Faxaflói-Bucht hinausgefahren und hatte den Sack über Bord geworfen. Vier Monate später wurde in Straumsvík eine unkenntliche Leiche angespült.

Einmal hatte er Birta in Herberts Villa begleitet, nachdem sie, vollgestopft mit Drogen, aus Amsterdam zurückkehrt war und das Zeug bei ihm zu Hause aus sich herausholt hatte. Sie bat ihn, mit ihr zu kommen, um die Ware abzuliefern. Er spürte, dass sie Angst vor Herbert hatte. Sie packte die Lieferung in ihren kleinen schwarzen Rucksack, und sie machten sich zu Fuß auf den Weg zu Herberts Villa. Normalerweise setzte Birta sich mit einem Mittelsmann in Verbindung, denn Herbert war sehr darum bemüht, nie direkt mit seinen Kurieren in Verbindung gebracht werden zu können. Sie konnte aber zu dem Zeitpunkt niemanden erreichen, und aus irgendeinem Grund hatte Herbert es diesmal besonders eilig, an den Stoff heranzukommen. Sein Freund, der den Leibwächter für ihn spielte, ein kraftstrotzender Fleischberg, war gerade bei ihm, fraß Schokoladenkekse in sich rein und trank dazu Milch direkt aus dem Tetrapak.

»Wer ist dieser Affenarsch?«, fragte Herbert.

»Mein Freund«, sagte Birta.

»Und du findest es okay, einfach so mit einem *fucking idiot* bei mir aufzutauchen, ey?«

»Es war doch so eilig«, sagte Birta. Sie taumelte, als Herbert ihr völlig unvermittelt mit der geballten Faust ins Gesicht schlug. Er, der direkt neben Birta stand, war auf diesen Angriff überhaupt nicht gefasst gewesen, und als er endlich schaltete und auf Herbert losgehen wollte, hatte sich der Fleischberg, von dem ein säuerlicher Milchgeruch ausging, zwischen ihm und Herbert aufgebaut.

»Bloß, dass du es weißt, du *piece of shit*, du hast keine Ahnung, wer ich bin«, sagte er und fuchtelte mit seinen fetten Fingern in seine Richtung.

»Bitte gib mir das, was mir zusteht, und wir hauen sofort wieder ab«, sagte Birta und massierte sich das Gesicht.

Herbert beruhigte sich wieder. Er brauchte Birta noch, und das wog mehr, als seine Wut hemmungslos an ihr auszulassen. Es gab auch für ihn Grenzen. Er überließ ihr das, was ihr zustand, und schickte ihnen beim Rausgehen Drohungen hinterher, die größtenteils unverständlich waren, aber in einem deutlichen *»Get out!«* endeten.

Er war überhaupt nicht schwierig für ihn gewesen, Herbert in seine Gewalt zu bekommen. Er hatte ein Auto vor dem großen Schwimmbad im Laugardalur geklaut. Immer vergaßen welche, das Auto abzuschließen, und nicht selten ließen sie sogar den Schlüssel stecken. Er fuhr damit direkt nach Breiðholt zu Herberts Villa. Da er von Birta wusste, dass es einen Hintereingang gab, parkte er das Auto in der Straße oberhalb des Hauses, ging durch den Garten zur Tür und drückte die Klinke nieder. Die Tür war nicht verschlossen. Er betrat das Haus sehr vorsichtig und kam in einen Raum, der vermutlich als Waschküche und Abstellraum vorgesehen war, aber er konnte weder Waschmaschine noch Wäscheleinen erblicken. Von da aus gelangte er in einen Korridor, an dem mehrere leer stehende Zimmer lagen. Er ging weiter, bis er schließlich ins Wohnzimmer kam. Auch hier war niemand. Er hörte ein Geräusch aus der Küche und schlich in diese Richtung. Er horchte und glaubte, jemanden schniefen zu hören; was das zu bedeuten hatte, erfuhr er, als er in die Küche hineinsah. Herbert saß mit dem Rücken zu ihm, über den Küchentisch gebeugt, und zog etwas durch die Nase ein. Mit dem Felgenschlüssel in der Hand, den er aus dem Auto mitgenommen hatte, näherte er sich Herbert geräuschlos und sah jetzt, dass der ein weißes Pulver schnupfte. Er holte aus und versetzte Herbert einen schweren Hieb in den Nacken.

Herberts Kopf knallte auf den Tisch. Er stand hinter ihm und wusste nicht, was als Nächstes zu tun war. Erstaunlicherweise hob Herbert den Kopf wieder, schob den Küchentisch von sich weg und gab beim Aufstehen einen grunzenden Laut von sich. Er fasste sich in den Nacken, drehte sich langsam um und sah ihn an. Herbert erkannte ihn nicht, erinnerte sich offenbar nicht an den Mann, der ihn damals mit Birta besucht hatte.

»*Shit*«, sagte Herbert und starrte ihn an. Seine Stimme klang eigentlich eher beleidigt als wütend. Dann landete Herberts geballte Faust in seinem Gesicht, und er taumelte rückwärts in Richtung Küchentür. Der Felgenschlüssel fiel ihm geräuschvoll aus der Hand. Seine Unterlippe war geplatzt, und das Blut lief ihm am Kinn herunter.
»Was ist hier eigentlich …? *Shit*«, sagte Herbert ein weiteres Mal, als ihn eine Welle des Schmerzes durchfuhr. Er fasste sich wieder an den Nacken. Als er die Hand vor sein Gesicht hielt, war sie blutig. Er glotzte sie an.
»Verflucht«, stöhnte er und kam drohend auf ihn zu, war allerdings ziemlich wackelig auf den Beinen.
Er wich noch weiter zurück und war bereits beim Herd, als Herbert auf ihn losging. Auf einer der Herdplatten stand ein Topf, halb voll mit einer kalten, nicht näher bestimmbaren Fleischsoße. Er griff im gleichen Augenblick, als Herbert zum Sprung ansetzte, nach dem Stiel des Topfes, holte aus und traf Herbert damit an der Schläfe. Der bräunliche Inhalt spritzte durch die ganze Küche. Zuerst befürchtete er, Herbert den Schädel eingeschlagen zu haben, denn der war wie ein nasser Sack zu Boden gegangen und rührte sich nicht mehr.
Herbert war nicht sonderlich schwer. Er warf ihn sich über die Schulter und trug ihn auf dem gleichen Weg aus dem Haus heraus, auf dem er hineingekommen war, durch den Garten und hoch zur Straße, ohne nach rechts oder links zu blicken. Beim Auto angekommen verstaute er Herbert in dem geräumigen Kofferraum und fuhr los. Er achtete nicht darauf, ob jemand ihn beobachtete, das interessierte ihn in diesem Augenblick nicht. Im gleichen Augenblick, als er das Haus durch die Hintertür verließ, hörte er, wie es an der Haustür klingelte. Vor dem Haus standen zwei schläfrige Polizisten in Zivil.
Herbert war immer noch bewusstlos, als er ihn beim Räu-

cherhaus aus dem Kofferraum hievte. Er schleifte ihn in das Hinterzimmer, zog die Schublade unter einem der Öfen heraus und legte ihn hinein. So weit schien mit Herbert alles in Ordnung zu sein, er atmete regelmäßig, und man konnte sehen, dass sich die Augen unter den geschlossenen Lidern bewegten. Er fesselte ihn an Händen und Füßen, bevor er ihn in der Lade zurechtlegte und sie unter den Gitterrost im Räucherofen schob. Herbert hatte breite Schultern und passte kaum in die Lade hinein, er war unter dem Rost so eingezwängt, dass Brust und Bauch die stählernen Stäbe berührten. Aus diesem Gefängnis gab es kein Entkommen.

Und jetzt hockte er direkt über Herbert und hatte ihn ganz und gar in seiner Gewalt.

»Hast du jemals daran gedacht, was für Folgen das hat, was du machst?«, fragte er durch die Stäbe und schaute Herbert an. »Hast du jemals irgendwann darüber nachgedacht, mit was du dich eigentlich abgibst?«

Seine Stimme klang unsicher, und Herbert blieb das nicht verborgen. Er hätte es nie für möglich gehalten, dass er in seinem Leben jemals einem Mann Gewalt antun und ihn gefangen halten würde. Aber die Wut trieb ihn an, Wut und Hass denen gegenüber, die schuld an Birtas Schicksal waren. Manchmal stieg der Hass so vehement in ihm hoch, dass er den Verstand zu verlieren glaubte. Er spürte aber, dass es ihn nur stärker machte und stählte, und er nutzte dieses Gefühl, um das zu tun, was er tun musste.

Herbert sah zu ihm hoch und wusste nicht, was er darauf antworten sollte. So ein dämliches Gesülze hatte er schon lange nicht mehr gehört. Am liebsten wäre er auf dieses Arschloch losgegangen und hätte ihn massakriert, doch dazu war er im Augenblick nicht in der Lage. Ich muss mich gut mit ihm stellen, überlegte Herbert, erst mal hier raus, dann kann ich ihn immer noch umlegen. Bei Laune halten. So langsam konnte er wieder klar denken, und der Rothstein in ihm gewann die Oberhand.

»Wo bin ich? Was ist das hier eigentlich für ein Rattenloch? Ist das etwa ein Grab? Willst du mich lebendig begraben? Wer zum Teufel bist du eigentlich?«

Er antwortete nicht.

»Was ist das für ein Geruch? Was sind das für Türen?«

Er sah auf Herbert herunter.

»Wenn du mich jetzt rauslässt, können wir alles vergessen, *understand*? Ich mach mich vom Acker, und es ist nie etwas passiert, okay? Weshalb fragst du mich so was Idiotisches? Verflucht noch mal, wieso sollte ich Gewissensbisse wegen anderen haben? Wenn die Leute Gift kaufen wollen, dann kaufen sie Gift. Meins hat auf jeden Fall super Qualität.«

»Ich war Birtas Freund. Janus.«

Herbert schwieg eine Weile und versuchte, sich zu erinnern.

»Du befindest dich in einem Räucherofen«, erklärte Janus. »Das ist es, was du riechst. Du liegst in einem Schiebekasten unter der Räucherkammer, wo das Brennmaterial reingepackt wurde. Ich hab hier früher gearbeitet. Du kannst brüllen, so viel du willst, hier hört dich keiner. Ich wollte bloß herausfinden, ob du so was wie ein Gewissen hast.«

»Ich hab Birta nicht umgebracht«, sagte Herbert. »So viel steht fest. Ich hab nicht das Geringste damit zu tun.«

»Oh doch, du hast was damit zu tun. Du denkst nie darüber nach, was du den Menschen antust, das sind doch noch richtige Kinder, und du sorgst dafür, dass sie an das Giftzeug rankommen und süchtig danach werden. Ich denke aber darüber nach. Ich kannte Birta schon, bevor sie nach Reykjavík ging. Wir waren befreundet. Ein paar Jahre später habe ich sie wiedergetroffen, und da war sie total verändert. Ich weiß nur zu gut, dass sie sich selber in diese Situation hineinmanövriert hat, sie war selber schuld daran, aber Reykjavík hatte genauso große Schuld, genauso wie die Leute, mit denen sie rumhing. Vor allem aber du. Du hast sogar noch viel mehr als nur Schuld, denn du hast mit ihrer Schwäche gespielt. Du hast sie missbraucht und ihre Sucht bis zum Äußersten ausgenutzt. Du hast sie Dinge machen lassen, die sie sonst niemals getan hätte. Nur damit sie an das Gift herankam. Du hast sie das Zeug für dich einschmuggeln lassen. Du hast sie es verkaufen lassen, und du hast sie dazu gebracht, auf den Strich zu gehen, damit sie das Geld dazu hatte, dir den Stoff abzukaufen. Du hast ihr alle Menschenwürde genommen. Sie hat zum Schluss überhaupt kein eigenes Selbst mehr gehabt, sie war total von dir abhängig. Kannst du dir vorstellen, wie es ist, wenn man überhaupt keine Perspektive mehr hat? Und auf ein widerliches Schwein wie dich angewiesen ist?«

»Ja, und du? Was hast du eigentlich gemacht, du dämliche Niete?«, schrie Herbert, der sich allmählich dunkel an Janus erinnerte. »Du Scheißkerl hast dich an Birta gehängt und sie total abgerippt. Glaubst du, ich hätte das nicht gewusst? Sie fand dich beknackt, du warst in ihren Augen eine komplette Niete!«

Herbert begann, so laut um Hilfe zu schreien, dass es im Räucherofen widerhallte. Janus saß immer noch regungslos in der Hocke da und starrte auf den Mann hinunter, der sich vergeblich in der Lade aufzubäumen versuchte. Nach einer Weile verstummte Herbert wieder.

»Und was hast du gemacht, als du der Einzige warst, der ihr helfen konnte?«, fuhr Janus unbeirrt fort. »Ich habe mich zwar an Birta geklammert, aber ich hatte nie so eine Macht über sie wie du. Ich wünschte, ich hätte ihr so viel bedeutet wie du ihr. Ich wünschte, sie hätte für mich all das getan, was sie für dich getan hat. Alles, um was ich sie gebeten habe, war so viel einfacher. Ich konnte sie nie abhängig von mir machen, auch wenn ich es gewollt hätte. Ich habe sie gebeten, mit dem Dope aufzuhören, eine Therapie anzufangen, mir zu vertrauen. Aber sie vertraute dir mehr. Und was hast du mit ihr gemacht, als du sie nicht länger brauchtest und sie nichts mehr hatte außer dem Gipper nach zwei, drei Stunden Glücksgefühl? Du hast sie zu deinem Freund geschickt, der sich seinen perversen Spaß mit ihr machte.«

»*Yeah, yeah, yeah,* du Idiot, plärr nur rum, wie du willst. Ich hab sie nicht umgebracht, und dieses beknackte Gelaber von dir ist mir scheißegal, *understand*? *Fucking* scheißegal, okay?«

»Du hast sie umgebracht.«

»Keine Ahnung, worüber du redest, du Vollarsch.«

Janus war aufgestanden.

»Ihr seid Mörder, du und dein Freund. Ihr seid Mörder.«

»*Yeah, yeah, yeah,* okay, dann sind wir eben Mörder. Wenn du bloß wüsstest, was für eine unbedeutende Null du bist, was für ein lächerlicher, armseliger Krüppel. Ein Kotzbrocken! Wenn ich frei wäre, würd ich's richtig geil finden, dich mit meinem Baseballschläger zu bearbeiten. Ich würd dich zusammenschlagen wie Birta, diese verdammte Fotze. Dich langsam, aber sicher zu Brei schlagen, jawohl, und dir dann noch eins über die Rübe ziehen und auf deinen Blutspritzern tanzen, du verfluchter Schwanzlutscher!«

Eine warme Flüssigkeit rieselte von Janus auf Herbert in seiner Lade hinunter. Herbert japste, schluckte dabei etwas von der Flüssigkeit und musste husten. Das meiste spritzte über Brust und Bauch. Herbert brauchte eine Weile, bis er begriff, dass es Urin war. Er brüllte vor Wut auf. Janus nahm sich Zeit zum Urinieren, und als er fertig war, stand er auf und verließ den Räucherofen.

»Das nächste Mal wird es kein Urin sein, du Drecksau«, sagte

er, bevor er die Tür zuschob, um den bepinkelten Herbert in seiner Lade zurückzulassen. »Das nächste Mal wird es die Flüssigkeit aus dem Kanister da drüben sein.«
Als Herbert mit brennenden Augen durch die Stäbe hindurchschielte, sah er einen Kanister, und kurz bevor sich die Tür schloss, konnte er die Aufschrift entziffern: »Feuergefährlich«.
Die Tür schloss sich geräuschvoll und erstickte Herberts Schreie.

Achtzehn

Elínborg schaltete das Tonbandgerät ein und sah Charlotte an, das junge Mädchen, das mit Birta befreundet gewesen war. Man hatte sie zu einer offiziellen Vernehmung ins Dezernat gebracht. Charlotte hatte sich zuvor mit Eva Lind in Verbindung gesetzt, die versprochen hatte, sie zu begleiten. Eva Lind wartete jetzt vor dem Vernehmungszimmer. Das Tonbandgerät gab ein leichtes Summen von sich. Charlotte war entschlossen, bei der Kriminalpolizei nur das auszusagen, was sie selbst aus freien Stücken sagen wollte, notfalls würde sie auch lügen.

»Wie gut kennst du Herbert?«, fragte Elínborg. Charlotte machte einen wesentlich besseren Eindruck als bei dem Gespräch zwischen ihr und Erlendur, das durch Eva Lind zustande gekommen war. Sie hatte sich gewaschen und gekämmt und schien bis zu einem gewissen Grade kooperationsbereit. Am Vormittag hatte sie sich bereit erklärt, die Leiche zu identifizieren, und sie konnte bestätigen, dass die Tote unter dem weißen Tuch auf dem Seziertisch des Leichenschauhauses ihre Freundin war. Ihr kamen keine Tränen, als ihr die Leiche gezeigt wurde.

»Herbert gehört das Haus, wo Birta und ich gewohnt haben. Wir haben ihm Miete dafür bezahlt. Sonst kenne ich den gar nicht«, log Charlotte.

»Du weißt also nicht, wo er sich im Augenblick aufhält?«

»Nein«, entgegnete sie, und das war die Wahrheit. Herberts Verschwinden hatte für großen Wirbel bei denjenigen gesorgt, die ihn kannten und geschäftlich mit ihm zu tun hatten. Man spekulierte viel über sein Verschwinden und riss Witze darüber. Die beliebteste Theorie war die, dass Elvis aus der Versenkung aufgetaucht war, um ihn zu holen. Elvis war Herberts Idol, und nach seiner Überzeugung war er gar nicht tot, sondern lebte irgendwo in Südamerika. Dieser Theorie zufolge hockten die beiden Freunde also irgendwo im Amazonas-Dschungel und sangen zusammen *Love me tender.*

»Als du das erste Mal mit uns gesprochen hast, erwähntest du jemanden, der deine Freundin ermordet haben könnte. Was hast du damit gemeint? Was ist das für ein Mann, über den du geredet hast?«

»Ich habe ihn nie gesehen und weiß auch nicht, ob er sie umgebracht hat. Ich weiß überhaupt nicht mehr, was ich an dem Abend gesagt habe«, erklärte Charlotte. »Sie hat manchmal über einen Kerl geredet, zu dem sie ging, ich glaube, an den ist sie durch Herbert geraten. Der war irgendwie pervers, verlangte alle möglichen abartigen Sachen, hat aber voll die Kohle hingeblättert. Birta wollte aber nicht darüber reden. Manchmal hatte sie überall blaue Flecken, wenn sie von ihm zurückkam.«

»Willst du damit sagen, dass er sie geschlagen hat?«

»Ja, und noch Schlimmeres.«

»Weshalb ist sie dann immer wieder zu ihm gegangen, wenn er sie so sehr quälte?«

»Für Geld hat Birta alles gemacht. Sie war viel schlimmer als ich. Ich drücke ja auch nicht.«

»Wann hast du sie kennengelernt?«

»Vor drei Jahren ungefähr, da habe ich sie zum ersten Mal gesehen. Sie gehörte zu der Clique von diesem Arschloch, diesem Frank. Der ist jetzt tot. Frank wohnte in einem Haus an der Tryggvagata, und da hingen immer alle möglichen Kids rum. Er hatte drei Hunde.«

»Frank ist uns nur allzu gut bekannt«, sagte Elínborg. »Er wurde vor dieser Kneipe in der Aðalstræti erstochen. Er war ein ziemliches Ekelpaket.«

»Birta und er waren zusammen, und Frank prügelte jeden windelweich, der sie bloß anquasselte. Das ging ihr ganz schön auf den Keks.«

»Hat sie jemals von irgendwelchen Familienangehörigen erzählt?«

»Nie. Sie hat nie über ihre Familie gesprochen, und soweit ich weiß, hat sie niemanden von denen getroffen, nachdem sie von zu Hause weg war. Wir waren befreundet, und als Frank tot war und die Clique sich aufgelöst hatte, hielten wir zusammen.«

»Du hast gesagt, sie stamme aus den Westfjorden. Weißt du genau, von wo?«

»Nein.«

»Wenn sie wirklich Birta hieß, weshalb finden wir sie nicht im Volksregister?«

»Keine Ahnung.«

»Fällt dir irgendetwas im Zusammenhang mit Jón Sigurðsson und Birta ein?«

»Jón Sigurðsson? Nie gehört.«

»Du hast Erlendur gegenüber erwähnt, dass dieser Mann, den Birta kannte, viele Häuser besitzt. Was genau hast du damit gemeint?«

»Das stimmt, glaube ich. Birta hat gesagt, er wär steinreich und hätte jede Menge Häuser. Manchmal hat sie spekuliert, wer wohl in alle diese Häuser einziehen sollte. Woher sollen all die Leute kommen oder so etwas. Sie hat dauernd davon geredet.«

»Wusstest du, was sie damit meinte?«

»Kein bisschen. Hab überhaupt nicht kapiert, was das sollte.«

»Hatte sie nach diesem Frank dann einen anderen Freund, oder weißt du von irgendeinem jungen Mann, der ständig um sie herum war?«

Charlotte überlegte. Sollte sie lügen oder die Wahrheit sagen? Sie sah Elínborg an, die ihr in die Augen blickte.

»Sie hatte einen Freund, der kam auch aus den Westfjorden. Woher, weiß ich aber nicht.«

»Weißt du, wie er heißt?«

»Er heißt Janus. Er wohnt in Breiðholt in einer Kellerwohnung. Birta war ziemlich häufig bei ihm, und zum Schluss ist sie sogar zu ihm gezogen. Er hat ihr erlaubt, die Wohnung manchmal zu benutzen, um ... Ich meine ...«

Charlotte hatte eigentlich nicht vorgehabt, davon zu erzählen, dass Birta anschaffen ging, aber all diese Fragen, die auf sie einprasselten, hatten sie durcheinandergebracht. Hatte sie nicht gerade auch schon durchblicken lassen, dass Birta viel Geld von diesem Kerl bekommen hatte, von dem sie aber nie sagen wollte, wer er war? Sie konnte sich nicht erinnern.

»Uns ist bekannt, dass sie auf den Strich ging«, sagte Elínborg, »und du brauchst gar nicht auf irgendwelche Details einzugehen, wenn du nicht willst. Weißt du, wo dieser Janus in Breiðholt wohnt?«

»Nein, ich glaube es war aber nicht weit von diesem langen Haus. Ist das nicht der größte Häuserblock der Welt?«

»Du meinst den Wohnblock in Yrsufell?«, fragte Elínborg, die aufgestanden war.

Neunzehn

Gegen Abend unterrichtete Elínborg Erlendur telefonisch über Charlottes Aussage. Sie gab Punkt für Punkt wieder, was dabei zutage gekommen waren, und sie erörterten gemeinsam den gegenwärtigen Stand der Ermittlungen; sie erwähnte auch Birtas unverständliche Andeutung über die Leute, die in diese Häuser einziehen sollten. Die Suche nach Herbert war in vollem Gange, und nach Janus konnte man jetzt gezielter fahnden. In dem Teil von Breiðholt, wo der Yrsufell-Wohnblock stand, waren drei Männer dieses Namens gemeldet. Die Polizei würde bald herausfinden, wo Janus wohnte.

Als feststand, dass Herbert wie vom Erdboden verschwunden war, hatte sich ein Team der Spurensicherung sein Haus vorgeknöpft und alles auf den Kopf gestellt, aber dabei außer einer eingetrockneten Blutlache auf dem Küchenfußboden und Hackfleischresten an den Wänden und Schranktüren keine weiteren Anhaltspunkte gefunden. Laut der Aussage eines Zeugen war Herbert also in ein Auto getragen worden, das anschließend wegfuhr. Die Beschreibung des Autos stimmte überein mit dem Wagen, der vor dem Schwimmbad im Laugardalur gestohlen worden war. Jetzt suchte man nach diesem Auto. Man ging davon aus, dass Janus Herbert überfallen hatte und dass Herbert etwas mit dem Mord an Birta zu tun hatte.

Erlendur und Sigurður Óli hatten an diesem Tag mit dem

Foto von Birta in der Hand ein Fischerdorf nach dem anderen abgeklappert und waren am späten Nachmittag in einer weiteren Ortschaft angekommen. Um diese Tageszeit war sie so gut wie ausgestorben, und den beiden begegneten nur wenige Menschen, als sie durchs Dorf gingen und sich die Häuser und die wenigen Geschäfte ansahen, die es dort gab. Sigurður Óli setzte sich für eine kurze Weile ab, um Bergþóra anzurufen, ohne dass Erlendur mithören konnte.

Unterdessen schlenderte Erlendur weiter. Als er zu einem kleinen Buchladen kam, beschloss er, einen Blick hineinzuwerfen. Sämtliche Wände waren mit Bücherregalen bedeckt, die vom Boden bis zur Decke reichten, an einer kleinen Glastheke wurden Schreibwaren verkauft, Kugelschreiber, Bleistifte, Karten, Umschläge. Erlendur nahm sich die Zeit, um die Bücherregale zu inspizieren. Die Auswahl an übersetzten Thrillern und Krimis und isländischen Klassikern in Sammelbänden, die in keinem Haushalt fehlen durften, war groß, aber dazwischen gab es auch den einen oder anderen Titel, den er hier nicht erwartet hätte.

Ein Junge im Konfirmationsalter bediente im Geschäft. Er wartete darauf, dass der Mann mit dem Hut, der die Regale so genau studierte, sich endlich für ein Buch entschied, er musste doch etwas kaufen wollen. Gerade setzte er zu der Frage an, ob er ihm behilflich sein könnte, als ein zehnjähriger Junge hereinstürzte.

»Ich brauche einen schwarzen Filzstift«, sagte er.

»Was denn für einen Filzstift? So einen?«, fragte der Konfirmand und zeigte ihm einen der üblichen Stifte zum Schreiben.

»Nein, einen dickeren«, sagte der Junge, der vom Laufen noch außer Atem war. »Mama hat gesagt, er muss groß und dick sein, und schwarz, damit wir die Kartons damit markieren können. Wir ziehen weg.«

Erlendur blickte von den Büchern hoch und sah den Jungen an. So verschwanden also die Leute aus den Westfjorden. Sie schickten ihre Kinder los, um schwarze Filzstifte zu kaufen, mit denen sie ihr Hab und Gut markierten. Genauso war Janus nach Stiften geschickt worden und vielleicht auch Birta, und dann wurden die Kartons beschriftet: zerbrechlich, Küche, Teller, Gläser, Bücher, Badezimmer, und alles ging nach Reykjavík, wo man ein neues Leben beginnen musste. Der Junge schoss mit dem geeigneten Filzstift wieder zur Tür hinaus.

»Verkaufst du viele von diesen Stiften?«, fragte Erlendur den Konfirmanden.

»Das kann man wohl sagen«, antwortete der Junge.

Erlendur und Sigurður Óli aßen in einem kleinen Lokal zu Abend, das zu einer Art Hotel gehörte. Was das Mädchen Birta und ihre Angehörigen betraf, waren sie keinen Schritt weitergekommen. Eigentlich hatten sie in Ísafjörður übernachten wollen, aber weil sie keine Lust hatten weiterzufahren, beschlossen sie, sich in diesem Gasthaus einzuquartieren. Diesmal bekam jeder sein eigenes Zimmer, worüber beide zutiefst erleichtert waren. Zunächst waren sie die einzigen Gäste im Speisesaal, und sie bestellten das Tagesgericht, gebratenen Heilbutt mit Kartoffeln. Bald begann sich das Lokal zu füllen. Sie erregten einiges Aufsehen, zwei Fremde aus der Stadt, einige sprachen sie an, zogen sich aber nach kurzer Zeit wieder zurück, als sich herausstellte, dass sie Kriminalbeamte und wegen des Mordfalls in Reykjavík in die Westfjorde gekommen waren und nach den Anverwandten des Mädchens suchten, das wahrscheinlich von dort stammte und irgendwann nach Reykjavík gezogen war.

»Ist es nicht ein bisschen ungewöhnlich, mit dem Foto von einer Leiche herumzulaufen und es den Leuten unter die Nase zu halten?«, fragte eine üppige Frau in einem

XXL-Strickpullover, die das Foto von Birta ganz genau betrachtete.
»Soweit wir wissen, ist so was bislang auch noch nie notwendig gewesen«, erklärte Erlendur wahrheitsgemäß und zündete sich eine Zigarette an. »Aber es hat fast den Anschein, als habe es dieses Mädchen nie gegeben. Niemand vermisst sie, sie ist unauffindbar im sozialen System und folglich auch bei uns, deswegen mussten wir zu dieser Notlösung greifen. Wir wissen nur eines, nämlich dass sie aus den Westfjorden stammte und irgendwann nach Reykjavík gezogen ist. Aber sogar das steht keineswegs hundertprozentig fest.«
Die Frau setzte sich zu ihnen und bestellte drei große Bier. Sigurður Óli glaubte zunächst, die seien alle drei für sie selber, aber dann stellte sich heraus, dass sie eine Runde ausgeben wollte. Sie war um die fünfzig und hatte helles, lockiges Haar, kräftige Wangen und einen großen Mund mit schönen Zähnen. In ihrem Busen würde man versinken können. Erlendur schien es ihr mehr angetan zu haben als Sigurður Óli.
»Es kann gut sein, dass sie einen Jungen gekannt hat, der ebenfalls hier aus den Westfjorden kam«, sagte Erlendur. »In irgendeiner Form stand er in Verbindung zu ihr in Reykjavík. Wir wissen fast genauso wenig über ihn, außer, dass er wahrscheinlich Janus heißt.«
»Janus?«, sagte die Frau mit den üppigen Rundungen und wischte sich den Bierschaum von der Oberlippe.
»Sagt dir das vielleicht irgendetwas?«, fragte Sigurður Óli.
»Nein, und trotzdem … Ich kann mich dunkel daran erinnern, in den Zeitungen irgendwas in der Richtung gelesen zu haben. Weshalb unterhaltet ihr euch nicht mit dem Bezirksarzt?« Sie drehte den Kopf zur Seite und rief dem Besitzer des Lokals zu: »Ist dein Bruder zu Hause, Svanur?«
»Ich denke schon«, war die Antwort.

»Ruf doch mal bei ihm an, und frag ihn, ob er Zeit hat, mit diesen beiden Männern zu reden.«
Sie wandte sich wieder an Erlendur und Sigurður Óli.
»Reicht es nicht, wenn einer von euch dort hingeht?«, fragte sie, indem sie Erlendur fixierte.
»Am besten ich«, erklärte Sigurður Óli und schickte sich an aufzustehen.
»Sag ihm, dass gleich ein junger Kriminalbeamter zu ihm kommen wird, um sich mit ihm zu unterhalten«, rief sie dem Wirt zu und wandte sich anschließend wieder an Erlendur.
»Was ist deine Frau von Beruf?«, fragte sie und trank einen kräftigen Schluck Bier.

Der Arzt war zu Hause. Nachdem Sigurður Óli erfahren hatte, wo er wohnte, ließ er Erlendur mit XXL zurück. Er ging die Hauptstraße entlang, hielt sich dann links in Richtung Meer und kam bald zu einem Haus, das an einer schönen Meeresbucht stand. Der Bezirksarzt, der Trausti hieß, erwartete ihn an der Tür, ein weißhaariger Mann um die sechzig in Jeans, Hemd und Filzpantoffeln. Er begrüßte Sigurður Óli mit einem festen Händedruck. Was für ein schönes Wetter, er sei allein zu Haus, alle Kinder ausgeflogen, seine Frau mit ihrem Nähkränzchen in Dublin, um Geld auszugeben. »Kaffee? Nimm bitte Platz, es dauert gar nicht lange.«
Der Arzt macht sich lautstark in der Küche zu schaffen, kehrte dann wieder ins Wohnzimmer zurück und setzte sich. Das Mädchen auf dem Foto kannte er nicht.
»Wir suchen nach einem Jungen und einem Mädchen, die vermutlich hier aus den Westfjorden stammen. Er heißt Janus und sie Birta.«
»Ja, vielleicht hießen sie so«, sagte der Arzt nachdenklich.
»Wer?«, fragte Sigurður Óli.

»Es ist bestimmt schon acht oder zehn Jahre her. Damals war ich Arzt am Krankenhaus in Ísafjörður, aber von dort waren sie, glaube ich, nicht; sie stammten wohl eher aus einem dieser Fischerdörfer in der Gegend. Ein sympathischer Bursche war das, auch sie war nett.«

»Wieso erinnerst du dich an die beiden?«

»Über sie gibt es auch etwas im Krankenhausarchiv.«

»Im Krankenhausarchiv?«

»Ich bin mir fast sicher, dass sie so geheißen haben«, sagte der Arzt. Er ging in die Küche und kam mit zwei Tassen Kaffee und einer kleinen Schale mit Schokokeksen zurück.

Wann kommt der denn endlich zur Sache?, dachte Sigurður Óli.

»Hat das hier etwas mit dem Mädchen auf dem Grab von Jón Sigurðsson zu tun?«, fragte der Arzt, der offensichtlich keinerlei Eile hatte. »Komisch, dass sie da aufgefunden wurde. In den Nachrichten hieß es, dass sie nicht dort ermordet worden ist, sondern vermutlich aus einem ganz bestimmten Grund dahin gebracht wurde. Ich habe eine Theorie, was dahinterstecken könnte.«

»Du und mein Kollege, ihr könntet bestimmt stundenlang gemeinsam darüber spekulieren«, entgegnete Sigurður Óli mit einem leichten Seufzer.

»Sie ist auf dem Altar der Amerikaner geopfert worden, die nicht nur dieses Land drangsalieren, sondern auch die ganze Welt«, erklärte Trausti. »All diese Brutalität und dieser geisttötende Stumpfsinn im Fernsehen und in den Kinos, das nehmen sich die jungen Leute natürlich zum Vorbild. Die kleiden sich sogar wie die Neger in den amerikanischen Slums und rasen auf irgendwelchen Brettern durch die Straßen. Verbrechen und Kriminalität und Drogen sind an der Tagesordnung. Das arme Mädchen hat unter genau diesem Einfluss gestanden.«

»Das solltest du mit meinem Kollegen besprechen«, sagte Sigurður Óli. »Solche fundamentalistischen Theorien sind ganz nach seinem Sinn.«

»Er ist dann vielleicht auch der Ansicht, dass wir hier in Island nach und nach unsere Unabhängigkeit verlieren, und damit meine ich die geistige Unabhängigkeit. Die ist meiner Meinung nach auf dem absteigenden Ast, alles soll amerikanisiert werden. Überall dieses Okay und Byebye und Lifestyle und Chill Out und Fete.«

»Ich glaube nicht, dass Fete aus dem ...«

»All diese Einflüsse verderben die Jugend von Grund auf.«

»Ja, ähm, könnten wir vielleicht wieder auf unseren Fall zu sprechen kommen?«

»Doch, entschuldige. Ich kann mich an diesen Jungen erinnern, diesen Janus, weil er tot war.«

»Tot? Ist er tot?«

»Nein, ich glaube nicht, dass er tot ist, aber er war es für eine Weile, als er ins Krankenhaus eingeliefert wurde. Deswegen kann ich mich so gut an ihn erinnern. Er war sicher ein oder zwei Minuten tot.«

»Was meinst du eigentlich damit?«

»Er hatte einen Unfall und war in Lebensgefahr, und soweit ich mich erinnern kann, hat eine Klassenkameradin ihn gerettet. Kann gut sein, dass sie Birta geheißen hat. Darüber wurde damals in allen Zeitungen berichtet. Irgendwelche Jungen waren hinter diesem Janus her, um ihm eins auszuwischen. Ich weiß nicht mehr ganz genau, wie es eigentlich dazu gekommen war, aber es hat nicht viel gefehlt, und er wäre umgekommen. Irgendwie schwebt mir vor, sie hätten ihn in einen Schiffsladeraum geworfen.«

Zur gleichen Zeit, als Sigurður Óli sich von dem Arzt verabschiedete, hatte die Polizei in Reykjavík die Wohnung von

Janus ausfindig gemacht. Man hatte strengste Sicherheitsvorkehrungen getroffen, bevor man sich Zutritt zur Wohnung verschaffte. Es war nicht bekannt, ob Janus zu Hause war, deswegen hatte man das SEK Viking hinzugerufen. Elínborg, die in Erlendurs Abwesenheit die Ermittlungen leitete, war darüber alles andere als begeistert und hielt diesen Aufstand für vollkommen überflüssig, viel naheliegender sei es, einfach bei dem jungen Mann anzuklopfen und herauszufinden, ob er zu Hause und bereit war, mit ihnen zu kommen.

»Damit könntet ihr Beweismaterial zerstören«, protestierte Elínborg.

»Bei uns hat Sicherheit oberste Priorität«, erklärte der Einsatzleiter, und dabei blieb es.

Nachdem die Mitglieder des SEK die Eingangstür eingeschlagen hatten, stürmten sie den kleinen Flur und drangen in die Küche, das Wohnzimmer und das Schlafzimmer, ins Badezimmer und die kleine Waschküche ein. Innerhalb weniger Sekunden stand fest, dass sich niemand in der Wohnung befand. Keiner leistete Widerstand, es gab keinen Schusswechsel, kein erhobenes Messer. Nichts.

Die Tür war zudem unverschlossen gewesen, wie Elínborg feststellte.

Als klar war, dass es für das SEK nichts zu tun gab, packten die Leute ihre Sachen zusammen und verschwanden. Während die Kollegen von der Spurensicherung sich an ihre Arbeit machten, sahen sich Elínborg und Þorkell in der Wohnung um. Sie war kaum mehr als fünfzig Quadratmeter groß. Das Mobiliar im Wohnzimmer bestand aus einer alten, verschlissenen Sofagarnitur und einem Couchtisch. In der Küche gab es ein paar Teller, Gläser und Besteck, zwei Töpfe und eine Pfanne. Die Kücheneinrichtung war alt, sie stammte wahrscheinlich noch aus der Zeit, als das Haus gebaut worden war, dachte Elínborg. Der Bodenbelag war in allen Räumen derselbe. Im Schlafzimmer befand sich ein Doppelbett, und in der Waschküche stand eine ziemlich neue Waschmaschine.

Es gab keinerlei Anzeichen, dass es in der Wohnung zu irgendwelchen Auseinandersetzungen gekommen war. Sie war ordentlich aufgeräumt, und alle Dinge standen an ihrem Platz. Obwohl es nur wenig Einrichtungsgegenstände gab und die Wände kahl waren, machte die Wohnung einen durchaus freundlichen Eindruck.

Im Schlafzimmer gab es ein paar Bücher, und in einem davon fand Þorkell einen Zeitungsausschnitt aus dem *Morgunblaðið*. Er rief nach Elínborg, die zu ihm ins Zimmer kam, und reichte ihr den Ausschnitt, in dem über eine Lebensrettung in den Westfjorden berichtet wurde. Ein junges Mädchen hatte ungewöhnliche Geistesgegenwart und Mut bewiesen, als sie einen Klassenkameraden vor dem Ertrinken bewahrte. Der Vorfall wurde in dem Artikel kurz geschildert, und daneben war ein Foto von den beiden jungen Leuten im Krankenhaus abgebildet. Der Junge lag im Bett, und an seiner Seite stand ein Mädchen. Beide waren im Schlafanzug und schienen kaum mehr als zwölf oder dreizehn Jahre alt zu sein. Unter dem Bild standen ihre Namen: Birta und Janus.

Der kleine Kleiderschrank im Schlafzimmer war unterteilt in Kleidung und Schuhe, die offenbar einer Frau gehörten, und Männerkleidung. Elínborg registrierte schnell, dass nichts davon viel gekostet haben konnte. Sie schaute sich ein paar T-Shirts und Pullover an, und was sie sah, wirkte sehr bescheiden, fast ärmlich. Anschließend ging sie ins Badezimmer und sah sich dort um. Ihr Blick fiel sofort auf die Spritze im Waschbecken. Auf dem Fußboden lagen ein Löffel und ein Feuerzeug. Sie zog sich dünne Kunststoffhandschuhe an, nahm die Spritze vorsichtig in die Hand und roch daran, be-

vor sie sie wieder zurücklegte. In einem kleinen Schränkchen über dem Waschbecken befanden sich Kosmetikartikel, Lippenstifte und Make-up.
Birtas Zufluchtsort, dachte Elínborg und machte das Schränkchen wieder zu.

Zwanzig

Herbert war im Räucherofen verstummt. Janus saß in dem Raum dahinter auf einem Holzstapel und dachte an Birta. Immer wieder ging ihm das Lied durch den Kopf, das er damals gehört hatte, als er sie das erste Mal in Reykjavík wiedersah, und das ihn seitdem verfolgte. Er hatte dabei stets sie und den Alten im Treppenhaus vor Augen. Jetzt summte er das Lied leise vor sich hin.

Es war gut zwei Jahre her, aber Janus kam es fast wie ein ganzes Menschenleben vor. Sie war die Einzige von seinen Gleichaltrigen im Dorf gewesen, die sich mit ihm angefreundet hatte. Er war ein Außenseiter, wurde in der Schule verspottet und hatte keine Freunde. Es war schlimm, wenn die anderen sich ihre Späße mit ihm erlaubten und ihn piesackten, aber noch schlimmer war die Isolierung. Nie wurde er zu Geburtstagen eingeladen, und wenn er selber Geburtstag hatte, lud seine Mutter immer einige Verwandte ein, damit sie mit ihm feierten, was aber nicht über das Fehlen von Freunden hinwegtäuschen konnte. Er begriff nie, weshalb die anderen ihn nicht mit dabeihaben wollten. Er zerbrach sich oft den Kopf darüber, kam aber nie zu einem Ergebnis. Geschwister hatte er keine. Seine Mutter war alleinstehend und arbeitete in der Fischverarbeitung, was nichts Ungewöhnliches in dem Dorf war. Sie stammten zwar nicht von dort, sondern waren zugezogen, aber das war so lange her, dass er sich kaum daran erinnern konnte. Außer ihnen gab es

noch viele andere Zugezogene, auch Ausländer, die ins Land geholt worden waren, um in den Fischfabriken zu arbeiten. Er erinnerte sich nicht, wann das angefangen hatte. Vielleicht war das immer so gewesen.
Birta war es, die sich um ihn kümmerte und beruhigend auf ihn einredete, wenn die anderen Kinder ihm die Hose heruntergerissen und sie weggeworfen hatten oder ihm den Kopf in die Kloschüssel steckten. Schon so früh erwachsen und voller Mitleid.
Sie lebte in einem Reihenhaus nicht weit von dem Haus, in dem er und seine Mutter wohnten. Sie gingen in dieselbe Klasse und waren Freunde. Sie konnten den ganzen Tag zusammen spielen, ohne dass sich jemand um sie zu kümmern brauchte. Wenn das Wetter im Winter schlecht war, spielten sie drinnen, entweder bei ihr oder bei ihm zu Hause. Alle Erinnerungen an seine Jugend in diesem Dorf kreisten um seine Freundin, die ihm half, wenn es ihm dreckig ging.
Nachdem er mit seiner Mutter nach Reykjavík gezogen war, verlor er den Kontakt zu ihr und vermisste sie mehr, als Worte beschreiben können. Seine Mutter hatte einen Seemann aus Reykjavík kennengelernt und war mit ihm in den »sonnigen Süden« gezogen, wie es im Dorf genannt wurde. Das war Mitte der achtziger Jahre gewesen, noch bevor die große Abwanderung aus den Westfjorden einsetzte.
Der Seemann fuhr jetzt nicht mehr zur See und hatte eine Arbeit in der Stadt bekommen. Sie zogen in eine kleine Wohnung in einem Block im Háaleiti-Viertel. Seine Mutter ging ebenfalls arbeiten, sodass der Junge sehr viel sich selbst überlassen war. Er war nie zuvor in Reykjavík gewesen. In der ersten Nacht konnte er nicht einschlafen, er schlich sich im Dunkeln ins Wohnzimmer, setzte sich ans Fenster und sah auf die Lichter und die vielen Autos auf der Miklabraut. Sein Stiefvater kümmerte sich kaum um ihn. Die Kinder in der

neuen Schule verhielten sich zunächst neugierig ihm gegenüber. Er genoss die positive Beachtung mit Vorsicht, fand es aber schön, zu den anderen Kindern zu gehören. Aber er war zu scheu, um sich richtig in die Gruppe einfinden zu können. Er wurde jetzt nicht mehr gemobbt, doch er blieb weiterhin ein Außenseiter und hatte keine Freunde.
Nachdem er seine Pflichtschulzeit hinter sich gebracht hatte, begann er zu arbeiten. Er wurde als Gehilfe in der Fleischverarbeitung der Genossenschaft *Suðurland* eingestellt und der Räucherei zugeteilt. Er eignete sich schnell die notwendigen Kenntnisse an, wie man Lamm, Schwein und Lachs räuchert. Es dauerte auch gar nicht lange, bis er mehr oder weniger allein für diesen Bereich der Fleischverarbeitung zuständig war. Den anderen Mitarbeitern des Betriebs konnte das nur recht sein, denn das Räuchern war eine schmutzige Arbeit. Die Öfen waren dreckig und verrußt, und man war ständig von einer eigenartigen Geruchsmischung aus Salpetersäure, geschmolzenem Fett und den verschiedenen Brennmaterialien umgeben. Das Fleisch wurde gepökelt und an großen Haken an ein Stahlgestänge gehängt, das an Laufschienen unter der Decke in die Räucheröfen geschoben wurde. Die Öfen waren drei Meter hoch und vier Meter lang. In die großen Schubkästen darunter kamen Holzscheite, Holzkohle, Sägespäne und manchmal auch Schafsmist. Wenn die Glut entfacht war, schob er die Laden unter das Fleisch. Die Kunst des Räucherns bestand darin, kein Feuer, sondern Rauch entstehen zu lassen.
Manchmal entwickelte sich so viel Ruß und Rauch, dass er den hinteren Raum hustend und prustend und von Kopf bis Fuß mit Ruß bedeckt verlassen musste. Am schlimmsten war das Brennen in den Augen. Manchmal rannte er fluchtartig an den Öfen vorbei hinaus auf den Hof, um nach Luft zu schnappen, die Tränen liefen ihm dabei über die Wangen, so

sehr brannten ihm dann die Augen. Er nahm das alles aber gern in Kauf, denn er genoss das Alleinsein bei der Arbeit und die Tatsache, dass er ganz auf sich gestellt war. Außer dem Werkmeister, der ihn stets freundlich behandelte, kümmerte sich kaum jemand um ihn. Die harte Arbeit stählte ihn, er verdiente Geld und konnte sich bald eine kleine Kellerwohnung in Breiðholt leisten. Kurz nach seinem siebzehnten Geburtstag machte er seinen Führerschein, es war schon lange sein Traum, einmal ein Auto zu besitzen. Die meiste Zeit war er für sich.

Bis er Birta in Reykjavík wiedertraf.

Das war vor rund zwei Jahren gewesen. Die ersten Jahre in Reykjavík hatte er immer Ausschau nach ihr gehalten, wenn er durch die Stadt ging, in der schwachen Hoffnung, dass sie ebenfalls nach Reykjavík gezogen war, aber er traf sie nie und hatte eigentlich die Hoffnung aufgegeben, sie jemals wiederzusehen. Sie war eine ferne Erinnerung für ihn, in die er Zuflucht suchte, wenn es ihm schlecht ging. Es traf ihn daher wie ein Peitschenhieb, als er eines Tages auf dem Weg nach Hause plötzlich ihr Gesicht sah.

Er wartete an einer Haltestelle an der Hverfisgata auf seinen Bus. Es war ein schöner Sommertag, und er stand in einer Gruppe von Leuten, als sie vor ihm auftauchte, wie es schien in Begleitung eines ungepflegten alten Mannes. Sie gingen die Hverfisgata hinauf. Er hatte nicht sofort begriffen, um wen es sich handelte. Er hatte sie zunächst von vorn wahrgenommen, als sie sich der Haltestelle näherte. Als sie an ihm vorbeiging, sah er ihr Profil, und schließlich sah er ihre Gestalt von hinten, die ganze Zeit versuchte er krampfhaft, diese Person einzuordnen. Als er endlich begriffen hatte, wer sie war, lief er spontan ein paar Schritte hinter ihr her, hielt dann aber inne. Er wollte ihr nachrufen, unterließ es aber und folgte stattdessen den beiden in einiger Entfernung.

Er wusste, dass sie es war. Sie sah natürlich anders aus, war größer und schmaler geworden, hatte einen Busen bekommen, war zur Frau geworden, aber er kannte dieses Gesicht, auch wenn es sich ebenfalls verändert hatte. Es war sehr bleich und stark geschminkt, die Augen waren schwarz umrandet, die Lippen knallrot, doch es waren dieselben Gesichtszüge. Ja, das war seine Freundin aus dem Dorf, die da urplötzlich an einer Bushaltestelle an ihm vorbeiging! Er konnte es kaum fassen. Wie viele Jahre ist es her, seit ich sie zuletzt gesehen habe?, dachte er. Großer Gott, und jetzt geht sie hier direkt vor mir.
Er blieb dem Mädchen mit dem krummbeinigen alten Mann in seinem zerschlissenen Anorak an ihrer Seite auf den Fersen. Sie trug einen grünen, gelöcherten Strickpullover, einen knallroten Lederrock, der ihr kaum bis über den Po reichte, dünne Nylonstrümpfe und Schuhe mit dicken Sohlen. Um den Hals hatte sie einen rötlichen Schal. Ihr schönes schwarzes Haar war ungewaschen, und obwohl es warm war, trug sie Ohrenschützer mit einem Teddygesicht, das ihn im Vorbeigehen angelächelt hatte.
Er sah sie ein vierstöckiges Haus an der Hverfisgata betreten und folgte ihnen kurze Zeit später. Linker Hand im Treppenhaus befand sich eine kleine schwarze Tafel, auf der die Namen der Firmen standen, die hier ihre Büros hatten. Er war bereits ein paar Stufen hochgestiegen, als er ein Geräusch von der Nische unter dem Treppenaufgang her hörte. Er stieg die Stufen wieder hinunter, und als er seitlich an der Treppe vorbeiging, hörte er nun deutlich unterdrücktes Stöhnen. Er spähte in die dunkle Ecke und sah, wie seine Freundin vor dem alten Mann kniete und ihn mit dem Mund befriedigte, so wie er es in den Pornozeitschriften seines Stiefvaters gesehen hatte.
Ein alter Schlager von Vilhjálmur Vilhjálmsson drang von irgendwoher leise ins Treppenhaus.

»Warte, Papa, warte hier – warte, dann komm ich zu dir ...«
Das kleine Teddygesicht bewegte sich auf und ab, auf und ab ...

Er wartete vor dem Haus, bis der Alte herauskam und kurz darauf sie. Er ging auf sie zu und fragte, ob sie sich nicht an ihn erinnern könne, an Janus aus den Westfjorden? Sie schien überhaupt nichts zu begreifen, und er konnte kein vernünftiges Wort aus ihr herausbekommen. Er folgte ihr in eine schäbige Bude auf der Njálsgata, wo drei Matratzen auf dem Fußboden lagen. Sie ließ sich auf eine von ihnen fallen und schlief sofort ein. Er legte sich zu ihr, und nach einiger Zeit war er ebenfalls eingeschlafen.
Sie wachte vor ihm auf, wusste dann sofort, wer er war, hatte aber keine Ahnung, was passiert war. Erinnerte sich nicht daran, dass er sie nach Hause begleitet hatte, und kapierte nicht, weshalb ihr Jugendfreund auf einmal wie vom Himmel heruntergefallen schlafend neben ihr auf der Matratze lag. Noch seltsamer war die Tatsache, dass ihr Jugendfreund zum Mann geworden war.
Er war kräftig gebaut, stämmig und stark, hatte dichtes, helles Haar und einen einige Tage alten Bart, eine große Nase, volle Lippen und Hände, denen man ansah, dass sie zupacken konnten. Er trug Jeans, ein dünnes weißes T-Shirt, eine grüne Kapuzenjacke und Turnschuhe.
Sie schüttelte ihn so lange, bis er aufwachte. Er brauchte eine ganze Weile, um zu begreifen, wo er sich befand. Er sah sich um. Nach und nach wurde ihm klar, was vorgefallen war.
»Kannst du dich an mich erinnern?«, fragte er seine Freundin.
»Du bist Janus«, sagte sie.
»Ich hab dich in der Stadt gesehen, aber du hast mich nicht er-

kannt, und ich bin dir gefolgt. Lebst du schon lange in Reykjavík?«

»Schon einige Zeit. Hast du was?«

»Hab ich was?«

»Stoff. Dope. Hast du was?«

»Damit kann ich nicht dienen, leider.« Das »leider« war ihm einfach so herausgerutscht. Er hatte nie in seinem Leben irgendwelche Drogen angerührt.

»Hast du Schotter?«

»Ein bisschen, aber nicht bei mir. Ich kann aber was holen.«

»Dann hol's«, sagte sie.

Erst viel später, als sie wieder enge Freunde geworden waren, traute er sich, sie zu fragen, wie sie in das alles hineingeraten war. Das war, nachdem sie sich hatten tätowieren lassen, er ließ sich ihren Buchstaben auf den Oberarm schreiben und sie ein J auf eine Pobacke. Weshalb war sie damals zum Junkie geworden, der sich auf den Straßen von Reykjavík herumtrieb und nur an den nächsten Schuss denken konnte? Als er sie zuletzt in den Westfjorden gesehen hatte, war sie noch in der Grundschule gewesen. Einige hatten bereits angefangen, zu rauchen und Alkohol zu trinken, aber sie gehörte damals nicht zu denen. Sie hatte außerdem doch immer viele Freunde gehabt und war kein Außenseiter gewesen so wie er. Weshalb dieses Leben? Weshalb dieser entsetzliche Absturz?

Er spürte, dass sie nicht über sich reden wollte. Sie schien selber gar nicht ganz genau zu wissen, wie es dazu gekommen war, und vielleicht hatte sie auch nur ein geringes Interesse daran, sich damit auseinanderzusetzen. Ihr bisheriges kurzes Leben war in ihrem Rückblick mehr oder weniger ein Produkt ihrer Fantasie geworden, voller Widersprüche und voller Ausflüchte, die immer mehr Raum einnahmen, je mehr Zeit verstrich. Er schaffte es nicht, sie von den Drogen abzubringen, im Gegenteil, die Sucht schien sich ständig zu stei-

gern. Sie nahm alles, was ihr in die Finger kam. Sie zeigte ihm, was man mit einer Bohrmaschine, einem Holzklötzchen und einer Dose Lack bewerkstelligen konnte, indem sie das Holz an der Bohrmaschine befestigte und den Lack so lange rührte, bis das Lösungsmittel sich getrennt hatte und man es trinken konnte. Immer wieder klaute sie Lackdosen oder Teppichleim. Sie stopfte Pillen in allen Größen, Formen und Farben in sich hinein. Sie schlich sich in Krankenhäuser und leerte die Medizinschränke auf den Stationen. Sie hatte Spraydosen mit Lack, Farbe oder was auch immer, sprühte es in eine Papiertüte und inhalierte, bis ihr Gesicht blau anlief. Sie sniffte Kleber und Gas und trank eigentlich alles außer Benzin. Wenn sie Geld hatte, kaufte sie Speed, LSD und Crack, und seit geraumer Zeit spritzte sie sich Heroin.
Wenn sie sich neue Klamotten zulegen wollte, tat sie das an sogenannten Leinentagen, wie sie das nannte. Dann schlich sie sich in die Gärten von Leuten, die ihre Wäsche draußen aufhängten, und stahl sich so ihre Sachen zusammen. Sie klaute aber auch in Geschäften. Es war eigentlich ein Wunder, dass sie nur so selten mit der Polizei in Berührung gekommen war, immer nur wegen belangloser Ladendiebstähle, nichts, wofür sie ins Strafregister aufgenommen worden wäre. Und während der ganzen Zeit hatte sie Therapieeinrichtungen wie die Pest gemieden. Sie hatte nie um Hilfe gebeten und nie Hilfe akzeptiert.
Er kannte diese seltsamen Wörter nicht, die sie für die Drogen verwendete. Wie die meisten wusste er vom Hörensagen, was Crack, Hasch und Speed war, aber es gab da noch viele andere Sachen, die *Ticket* hießen oder *Horse* und *Pot*, oder sich eine *Bong* reinziehen. Er fand, dass *Shit* ein sehr passendes Wort für das ganze Gift war, in seinen Augen war das alles nichts als Scheiße.
»Sag mir doch, was los ist«, bat er manchmal, aber sie fauchte

ihn nur an, er solle sie in Ruhe lassen. Er musste ihr das Versprechen geben, sich nicht einzumischen in die Art und Weise, wie sie ihr Leben lebte. Das war das einzige Versprechen, das sie ihm abnahm: sich nicht einzumischen. Für ihn war es am schlimmsten, mitansehen zu müssen, wie sie anschaffen ging, um sich Drogen kaufen zu können. In seiner Verzweiflung überließ er ihr so viel Geld, wie er entbehren konnte, aber das war nicht sehr viel. Als er sah, dass er ihr alles andere als einen Gefallen damit tat, hörte er auf damit. Sie besorgte sich mit dem Geld nur noch mehr und noch teurere Rauschmittel. Stattdessen bezahlte er ihre Miete, bevor sie zu ihm in die Kellerwohnung in Breiðholt zog, und kaufte ihr etwas zu essen, auch wenn es nur wenig half. Zu Anfang hatte er ihr strikt verboten, mit ihren Kunden in seine Wohnung zu kommen, aber auch da kapitulierte er zum Schluss und achtete nur noch darauf, nicht zu Hause zu sein, wenn es passierte.

Trotzdem begegnete er manchmal denjenigen, die sie anschleppte. Häufig genug waren es entsetzlich alte Knacker, wie der, mit dem er sie zuerst in der Hverfisgata gesehen hatte. Oder ältere Herren in teuren Mänteln, hin und wieder aber auch Jungen, die zu zweit oder zu dritt kamen, und ganz selten Frauen.

So gesehen hatte sie einigermaßen geregelte Einkünfte, außerdem dealte sie. Hin und wieder schwamm sie in Geld und Drogen, wenn sie nach Kopenhagen, Amsterdam oder Paris geflogen war und Rauschgift ins Land geschmuggelt hatte. Sie war Kurierin und in dieser Berufssparte eine Meisterin ihres Fachs. Kaum geschminkt und mit veränderter Haarfarbe, womöglich sogar mit Zöpfen, mit unauffälliger Kleidung und geringfügigem schauspielerischen Einsatz konnte sie wie ein Mädchen im Konfirmationsalter wirken und nicht wie eine total verlebten zwanzigjährige Drogenabhängige, die auf den

Strich ging. Sie hatte sich darauf spezialisiert, es so aussehen zu lassen, als sei sie in Begleitung von ihren Eltern oder Großeltern unterwegs; sie hängte sich einfach an irgendwelche Mitreisende und tat so, als gehörte sie zu ihnen. Mit ihrem kindlichen kleinen Täschchen in der Hand blieb sie stets in der Nähe irgendwelcher Ehepaare, sodass der Eindruck entstehen musste, sie gehöre zur Familie.
In dieser Hinsicht war sie unschätzbar für Leute wie Herbert. Sie arbeitete für ihn, und er bezahlte sie mit Dope, das ihr den Rauschzustand für eine längere Zeit garantierte. Sie schwebte durch die Zollkontrolle. Sie hatte niemals Probleme mit den Zollbeamten, diese hübsche Tochter irgendwelcher Eltern, deren Scheide, Magen und Verdauungsorgane mit Rauschgift vollgestopft waren.

Einundzwanzig

Als Sigurður Óli nach dem Besuch beim Bezirksarzt ins Gasthaus zurückkehrte, war es schon spät geworden. Am liebsten wäre er gleich weiter zum Krankenhaus in Ísafjörður gefahren, um die Unterlagen über Janus und Birta einzusehen, aber Erlendur war nirgends zu sehen, genauso wenig wie die Frau, mit der sie zusammengesessen hatten, bevor Sigurður Óli sich auf den Weg zum Arzt gemacht hatte. Er ging hinauf zu den Zimmern und klopfte bei Erlendur an, der aber nicht öffnete, obwohl Sigurður Óli von drinnen Geräusche zu hören glaubte. Er war sich jedoch nicht sicher. Die meisten Gäste des Lokals waren inzwischen nach Hause gegangen, trotzdem beschloss er, noch ein Glas Bier zu trinken. Er setzte sich an den Tresen und fragte den Wirt, ob er wüsste, was aus seinem Kollegen, mit dem er zu Abend gegessen hatte, geworden war.

»Ich glaube, der ist mit Donna hochgegangen«, sagte der schlanke Mann in seiner weißen Schürze und mit dem gewaltigen Franz-Josef-Bart auf der Oberlippe.

»Mit Donna?«

»Die Frau, die sich zu euch gesetzt hat, Donna.«

»Ist er mit ihr aufs Zimmer gegangen? Ich habe angeklopft, aber niemand hat geantwortet.«

»Das würde ja dann passen«, entgegnete Franz Josef grinsend.

»Was? Kennst du diese Donna?«

»Ein bisschen«, antwortete der Wirt, während er das Bier für Sigurður Óli zapfte. »Jemand hat erzählt, ihr wärt wegen dieses Mädchens da auf dem Friedhof in Reykjavík gekommen. Stammt sie aus einem der Dörfer hier in der Gegend?«

»Wir gehen davon aus«, sagte Sigurður Óli.

»Und was hat sie in Reykjavík gemacht?«, fragte der Wirt, der nun Biergläser abtrocknete und ins Regal stellte.

»Soweit wir wissen, war sie rauschgiftsüchtig, ist auf den Strich gegangen und hat vermutlich auch kleinere Straftaten begangen, um ihren Drogenkonsum zu finanzieren, aber nichts davon war so gravierend, dass sie bei uns registriert worden wäre.«

»Ich fliege manchmal nach Reykjavík und hab das Gefühl, dass diese Stadt ständig wächst. Was natürlich überhaupt nicht verwunderlich ist angesichts der Landflucht, nicht nur aus den Westfjorden. Es muss natürlich welche geben, die all diese Häuser kaufen.«

»Was meinst du damit?«

»Von irgendwoher müssen die Leute ja kommen, die in all diese Wohnungen einziehen sollen, das versteht sich wohl von selbst.«

»Darüber macht ihr euch hier im Westen anscheinend ziemlich viele Gedanken«, sagte Sigurður Óli.

»Ja, darüber machen wir uns durchaus Gedanken. Wieso?«

»Soweit wir wissen, hat dieses Mädchen auch darüber geredet«, antwortete Sigurður Óli. »Könnte sie diese Überlegungen hier aufgeschnappt haben?«

»Gut möglich.«

»Wie auch immer, Städte wachsen. Das ist in der ganzen Welt so.«

»In der Tat.«

»Was kannst du mir über diese Donna erzählen?«, fragte Sigurður Óli. »Stammt sie von hier?«

Sigurður Óli wachte am nächsten Tag ziemlich verkatert auf. Sein Kollege war schon lange aufgestanden, hatte bereits eine Runde durch das Dorf gedreht und frühstückte gerade, als Sigurður Óli hinunterkam und sich zu ihm setzte. Erlendur strahlte übers ganze Gesicht, konstatierte Sigurður Óli amüsiert.

»Du warst auf einmal verschwunden«, sagte er zu Erlendur. Er sah zu, wie Erlendur sich genüsslich Apfelsinensaft, gebratenen Speck mit drei Eiern und Kaffee zu Gemüte führte, und bestellte dasselbe.

»Ich bin einfach früh ins Bett gegangen«, erklärte Erlendur, dessen Stimme geradezu aufgeräumt klang. »Hast du irgendetwas bei diesem Arzt herausgefunden?«

»Ja, er konnte sich an einen Unfall erinnern. Er sagte, dass ein Junge namens Janus damals ins Krankenhaus eingeliefert wurde. Ich wollte noch gestern Abend nach Ísafjörður fahren, konnte dich aber nirgends finden. Du hast mich nicht gehört, als ich an die Tür geklopft habe?«

»Nein, ich war eingeschlafen. Todmüde.«

»Der Arzt meinte, wir würden alles über Janus und Birta in Ísafjörður herausfinden. Wir sollten also schleunigst los.«

Erlendurs Handy klingelte. Es war Elínborg, die ihm einen guten Morgen wünschte, ihm vom SEK-Einsatz am Abend zuvor berichtete und darüber, was sie in Janus' Wohnung vorgefunden hatten.

»Lass mich mit ihr sprechen«, sagte Sigurður Óli, und Erlendur reichte ihm den Apparat.

»Elínborg«, sagte Sigurður Óli, »was hat diese Charlotte da noch mal ausgesagt? Das über Birta und die Häuser und den Mann, der all diese Häuser besitzt?«

»Ja, warte mal, wie war das noch?«, sagte Elínborg. »Da war was über all die Häuser in Reykjavík und wer da überhaupt einziehen sollte. Unverständliches Zeug. Weshalb?«

»Gestern Abend habe ich hier etwas ganz Ähnliches erzählt bekommen«, sagte Sigurður Óli und berichtete Elínborg von seinem Gespräch mit dem Wirt. Erlendur hörte interessiert zu.

»Hat er das wirklich so formuliert?«, fragte Elínborg. »Das klingt in der Tat ganz ähnlich wie das, was Charlotte uns von Birta erzählt hat. Die Leute in den Westfjorden scheinen sich ja viel Gedanken darüber zu machen, wem hier die Wohnungen verkauft werden sollen. Kapierst du, was das alles bedeutet?«

»Keine Spur«, antwortete Sigurður Óli.

Sie beendeten ihr Frühstück, bezahlten die Übernachtung und die Zeche vom Abend vorher. Die war recht stattlich, wie Sigurður Óli feststellen musste. Auf dem Weg zum Auto konnte er sich nicht länger beherrschen.

»Was ist aus der Frau geworden, die sich da gestern Abend zu uns gesetzt hat, die in diesem Riesenpullover?«, fragte er, während er die Wagentür öffnete.

»Keine Ahnung«, sagte Erlendur und warf sich auf den Beifahrersitz. »Das war eine verdammt interessante Frau, die so einiges zu erzählen hatte. Ich war aber so müde, dass ich dann nach oben gegangen bin.« Er trommelte mit den Fingern auf seinen Knien und pfiff vor sich hin.

»Sie hat sich hoffentlich nicht an dich rangemacht?«

»Nein, nein, wieso das denn, nein, überhaupt nicht. Aber interessant war sie schon. Was willst du damit eigentlich sagen?«

»Ach, es wurde bloß über sie geredet, als ich gestern Abend zurück in das Lokal kam, und es hieß, dass sie in den gesamten Westfjorden bekannt ist wie ein bunter Hund. Sie treibt sich in all diesen Käffern herum und hat es auf Ortsfremde abgesehen, zum Beispiel Straßenbauarbeiter oder Seeleute, und, soweit ich weiß, auf Männer jeglichen Alters. Donna ist immer einsatzbereit, hieß es. Sie läuft unter dem Namen Donna Tonna.«

»Nein«, sagte Erlendur, dessen gute Laune mit einem Mal verflogen war. »Ich bin einfach schlafen gegangen«, sagte er und starrte verbiestert auf die Straße.

Das Grinsen verschwand aus Sigurður Ólis Gesicht, als er die Wirkung seiner Worte bemerkte. Er hatte Erlendur nur auf den Arm nehmen, ihm aber keinen Tiefschlag versetzen wollen. Was er über diese Donna gesagt hatte, war allerdings keineswegs übertrieben, der Wirt hatte ihm das genauso erzählt, aber jetzt erkannte er so deutlich wie nie zuvor, dass es mitunter auch gut sein konnte, die Wahrheit für sich zu behalten. Er hätte seine Gedankenlosigkeit gern wiedergutgemacht, wusste aber nicht, wie. Er nahm sich vor, die Sache mit keinem Wort mehr zu erwähnen. Es reichte fürs Erste mit den Frotzeleien, erst die Schlafmaske und jetzt Donna.

Sie fuhren schweigend weiter, bis Sigurður Óli schließlich einen Vorstoß machte, um seinen Kollegen aufzumuntern. Wieder einmal überquerten sie eine Passhöhe, und alles war in kalte Nebelwolken gehüllt.

»Dieser Typ in der Kneipe gestern Abend hat mir eine interessante Geschichte über einen Grönländer erzählt, der unglaublich zäh war. Der war mit seinem Kajak irgendwo an der Westküste Grönlands zum Fischen ausgefahren und wurde aufs Meer hinausgetrieben, an der Südspitze von Grönland vorbei und hinaus auf den Atlantik. Als er schließlich vor der schottischen Küste bei Aberdeen aufgegabelt wurde, war er tatsächlich noch am Leben. Sie brachten ihn ins Krankenhaus, doch da starb er. Ein unglaubliches Durchhaltevermögen, findest du nicht?«

Erlendur brummte irgendetwas, und sie fuhren schweigend weiter.

»Sollten wir nicht die Namen von Birta und Janus an die

Medien weitergeben, um zu sehen, ob sich daraufhin jemand meldet, der mehr weiß?«, fragte Sigurður Óli schließlich.
»Wenn wir die Angehörigen in Ísafjörður finden, ist es wohl angemessen, dass wir ihnen die Nachricht von Birtas Tod persönlich überbringen«, antwortete Erlendur kurz angebunden.
Sie schwiegen auf dem Rest der Strecke, Sigurður Óli konzentrierte sich auf das Fahren, und Erlendur schien tief in Gedanken versunken. Immer noch hallte die Frage aus dem Gedicht in seinem Kopf wider: WO HABEN DIE TAGE DES LEBENS IHRE FARBE VERLOREN?
Ja, wo?

Sie trafen erst kurz vor Mittag in Ísafjörður ein, weil sie wegen der Straßen- und Sichtverhältnisse nicht sonderlich schnell vorwärtskamen. Sie fuhren direkt zum Polizeirevier, wo ihnen das Protokoll über den Unfall auf dem Boot ausgehändigt wurde. Daraus ging der volle Name des Mädchens hervor, Birta Óskarsdóttir.
»Sie hat diesem Janus das Leben gerettet«, sagte Erlendur.
»Dann ist es ja wohl eher unwahrscheinlich, dass er sie umgebracht hat?«, sagte Sigurður Óli.
»Stimmt.«
»Hat das etwas mit dem toten Mädchen in Reykjavík zu tun?«, fragte der Hauptwachtmeister, der ihnen das Protokoll gegeben hatte, ein stämmiger Mann um die fünfzig. Das rote, von einem weißen Weihnachtsmannbart eingerahmte Gesicht ließ auf zu hohen Blutdruck schließen. Er war in Schweiß gebadet.
»Ja«, antwortete Sigurður Óli. »Ihr habt das Foto zugeschickt bekommen. Ihr Name ist Birta.«
»Ich kenne weder das Mädchen auf dem Foto noch diesen Namen«, sagte der Hauptwachmeister. »Wahrscheinlich ist

sie hier auf dem Gymnasium gewesen, da geht es ja manchmal ziemlich wüst zu. Das ist aber wohl an allen weiterführenden Schulen so. Diese Jugendlichen scheinen nichts Besseres zu tun zu haben, als sich zu betrinken oder zu kiffen.«

Birtas Eltern waren namentlich in dem Bericht erwähnt, Erla Steingrímsdóttir und Óskar Jakobsson. Birta war offiziell immer noch in Ísafjörður registriert, aber nicht unter der gleichen Adresse wie die Eltern. Erlendur und Sigurður Óli bedankten sich und fuhren zu der Adresse, unter der Birta geführt war, einem Mietshaus am Rande von Ísafjörður. Dort angekommen wurde ihnen gesagt, dass die früheren Mieter der Wohnung vor einigen Jahren weggezogen seien. »Das waren ein paar Jungen vom Gymnasium hier«, sagte ihnen die Frau, die zur Tür gekommen war. Nein, sie wusste nicht, ob da auch ein junges Mädchen gewohnt hätte. Die Frau wusste aber, wer Erla Steingrímsdóttir war. »Wahrscheinlich ist sie bei der Arbeit, sie arbeitet im Supermarkt. Sie wohnt auf dem Fáfnisvegur und ist geschieden. Óskar ist, glaube ich, schon vor vielen Jahren nach Reykjavík gezogen. Sie hat sich dann bald einen anderen geangelt. Weshalb fragt ihr nach diesen Leuten?«

Erlendur blieb ihr eine Antwort schuldig, und sie verließen das Haus. Sie waren am Ziel, das Mädchen war gefunden. Sie kannten jetzt die Namen der Eltern, und binnen kurzem würden sie der Mutter gegenüberstehen und ihr sagen müssen, dass ihre Tochter tot auf dem Friedhof gefunden worden war, nackt und misshandelt. Weder er noch Sigurður Óli hatten viel Erfahrung damit, die Nachricht von einem Todesfall zu überbringen, und erst recht nicht unter diesen Umständen. Deswegen war ihnen nicht sehr wohl bei dem Gedanken an die bevorstehende Begegnung mit der Mutter des Mädchens.

Sigurður Óli informierte Elínborg telefonisch und gab die

Namen der Eltern an sie weiter. Dieser Óskar Jakobsson lebte vermutlich in Reykjavík, und Sigurður Óli bat Elínborg darum, ihn ausfindig zu machen und ihn über den Tod seiner Tochter zu informieren.

Vor dem Supermarkt blieben sie eine Weile stehen und sahen einander an.

»Also denn«, sagte Erlendur, »bringen wir es hinter uns.«

Sie betraten das Geschäft, erkundigten sich nach Erla und wurden an die Verkäuferin an der Fleischtheke verwiesen. Sie stellten sich als Mitarbeiter der Kriminalpolizei vor und fragten, ob sie sich von jemandem ablösen lassen könne. Sie hatte zwar keine Ahnung, was diese Männer von ihr wollten, aber sie rief ein junges Mädchen herbei und sagte, sie müsse für einen Augenblick ins Büro. Erlendur und Sigurður Óli folgten ihr dorthin. Sie war etwas über vierzig. Sie trug einen blauen Arbeitskittel mit roten Tressen. Sie zündete sich sofort eine Zigarette an, und Erlendur tat es ihr nach. Erla war sonnengebräunt, hatte kleine Fältchen um die Augen, und ihr dichtes, blondes Haar war im Nacken zusammengebunden. Die Fingernägel waren rot lackiert.

Sie fragten, ob sie eine Tochter namens Birta habe.

»Ja, Anna Birta. Sie heißt Anna Birta und lebt in Reykjavík. Stimmt etwas nicht mit ihr?«

»Anna Birta!«, sagte Erlendur verblüfft. »Das musste ja sein. Wir haben sie nämlich unter dem Namen Birta nicht im Volksregister gefunden.«

»Sie wird immer nur Birta genannt. Was ist los, ist etwas passiert?«

Sie berichteten ihr, was vorgefallen war, ohne auf die Details einzugehen. Das hatte Zeit bis später.

Sie sah Erlendur und Sigurður Óli eine Weile an, zwei ihr völlig unbekannte Männer aus Reykjavík, und schüttelte ungläubig den Kopf.

»Was sagt ihr da? Birta ist tot?«
Erlendur nickte. Sie müsse mit ihnen nach Reykjavík kommen, um das zu bestätigen, doch sie seien sich sehr sicher.
»Ist sie die junge Frau vom Friedhof? Das Mädchen bei Jón Sigurðsson? War das meine Tochter?«
»Ich fürchte, ja«, sagte Erlendur und erklärte ihr, wie sie ihre Identität herausgefunden hatten. Es sei nicht ganz einfach gewesen, da niemand sie zu vermissen schien. »Was für ein Verhältnis hattest du zu deiner Tochter?«
»Verhältnis? Mein Gott. Birta ... Es ist, als würden manche Kinder ... Großer Gott«, sagte sie und brach in Tränen aus.
Erlendur holte das Foto aus seiner Brieftasche, sah es eine Weile an und reichte es dann Erla, die es entgegennahm und lange betrachtete. Das Gesicht auf dem Foto konnte sie zunächst kaum mit ihrer Tochter in Verbindung bringen, aber je eingehender sie es betrachtete, desto vertrauter kamen ihr die Gesichtszüge vor, Mund, Kinn, Nase und Augenpartie eines Mädchens, das einmal ihres gewesen, ihr aber seit langem fremd geworden war.
Erlendur und Sigurður Óli saßen ihr schweigend gegenüber.
»Es wäre gut, wenn du mit uns nach Reykjavík kommen könntest, um Birta zu identifizieren und sie mit nach Hause zu nehmen«, sagte Erlendur schließlich und streckte die Hand nach dem Foto aus.
Er blickte die Mutter in ihrem blauen Kittel mit den roten Tressen an, die den Kopf gesenkt hielt und in ihren Schoß starrte. Vor einem Augenblick noch war ihr Leben in Ordnung gewesen. Sie hatte sie freundlich angelächelt, aber das Lächeln war verschwunden, als sie ihr mitteilten, wer sie waren und woher sie kamen. Ihre Miene war zunächst ausdruckslos gewesen, als sie erfuhr, weshalb sie gekommen waren, aber dann malten sich Ungläubigkeit, Trauer und Ein-

samkeit auf ihrem Gesicht ab. Erlendur war sich im Klaren darüber, was für eine entsetzliche Nachricht er ihr überbrachte. Er saß im Büro eines Supermarkts und teilte dieser müde wirkenden Frau im blauen Kittel mit, dass der Tod bei ihr Einzug gehalten hatte. Er senkte ebenfalls den Kopf und dachte, wie grauenvoll alltäglich der Tod sein konnte.

Zweiundzwanzig

Plötzlich fiel ihm Kalmann ein. Dieses verfluchte Arschloch hatte ihm gesagt, er sei *stupid,* und das Gespräch abgebrochen.

In der Räucherkammer war es stockfinster, und Herbert hatte keine Ahnung, wie spät es sein mochte. Trotz der verzweifelten Lage, in der er sich befand, eingequetscht unter Stahlgittern auf dem Boden des Räucherofens, war er einige Male in einen unruhigen Schlaf gefallen. Er dachte an den Benzinkanister, der auf dem Gitterrost über ihm stand, und daran, ob dieses verdammte Arschloch es wohl wagen würde, das Ding über ihm auszukippen und ihn anzuzünden. Er konnte sich nur vage an diesen Schwachkopf erinnern, der sich ständig an Birta gekrallt hatte. Ihm war völlig schleierhaft, was dieser Idiot von ihm wollte, er hatte Birta ja schließlich nicht umgebracht, und wozu dieses Gewinsel über Drogen, so als sei er, Herbert, verantwortlich für alles, was in dieser Gesellschaft schieflief. *Bullshit*!

Kein Laut drang zu ihm herein. Er hatte keine Vorstellung, wo ein Räucherofen von dieser Größe in Reykjavík zu lokalisieren war. So was musste wohl zu irgendeinem größeren Lebensmittelunternehmen gehören, aber da schien aus irgendeinem Grunde niemand zu arbeiten. Hatten alle Urlaub? Und wieso kannte sich das Arschloch hier so gut aus? Er grübelte lange über Birta und Janus, landete in seinen Gedanken aber immer wieder bei Kalmann, sodass er zum Schluss überzeugt davon war, dass dieser verfluchte *Bigshot* hinter dem Ganzen steckte, weil er Herbert loswerden wollte. Das passte zwar nicht so ganz zu dem moralischen Gewäsch von diesem Idioten vorhin, doch das konnte ja auch ein Täuschungsmanöver sein.

Herbert musste einfach alles daransetzen, um aus dieser Räucherlade rauszukommen, lügen, betrügen, hoch und heilig Versprechungen machen, bloß raus hier, und dann diesen *son of a bitch* erledigen und ihn im Gegenzug selbst in diese Lade befördern und sehen, wie ihm das gefallen würde. Dieses Arschloch hatte ihn angepinkelt, ihn, *big Herb*! Wer so etwas machte, musste lebensmüde sein.

In seinem Größenwahn bildete Herbert sich ein, dass es nur wenige Menschen gab, die es wagen würden, ihn so zu behandeln. Er war überzeugt, dass jemand, der sich so was traute, starke Hintermänner haben musste. Herbert war ja schließlich nicht irgendwer. Er gehörte zu den ganz Großen in seiner Branche, und kein verdammter kleiner Wicht kidnappte ihn einfach so, ohne dass höhere Mächte ihn dazu beauftragt hatten.

Herberts Gehirn war überfordert, seine Gedankengänge wurden immer verworrener. Diese Verschwörungstheorie passte nämlich nicht so richtig zu dem, was er andererseits ganz sicher wusste. Birta und dieser Idiot waren wegen irgendwelcher Vorkommnisse vor vielen Jahren befreundet gewesen, das hatte Birta ihm irgendwann mal erzählt. Er wusste auch, dass Janus versucht hatte, Birta dazu zu bringen, von den Drogen wegzukommen und sich nicht mehr mit Herbert abzugeben, doch das war in Birtas Fall vertane Liebesmüh. Das Mädchen war der schlimmste Junkie, der Herbert jemals untergekommen war, absolut hoffnungslos. Keine Chance, ihr zu helfen. Sie war von ihrem selbstgewählten Kurs ins Verderben nicht abzubringen.

Herbert war überzeugt, dass Kalmann sie umgebracht hatte. Vielleicht nicht vorsätzlich, sondern eher zum Zeitvertreib, um sich daran zu weiden. Kalmann war vollkommen unberechenbar, und es gab nur noch weniges, was ihm einen Kick gab. Herbert hatte ihm die Mädchen besorgt, und Birta fand er besonders spannend. Sie war um die zwanzig, glaubte Herbert. Manchmal wollte Kalmann noch jüngere, manchmal wollte er die Ausländerinnen aus dem »Boulevard«, aber er schien irgendetwas in Birta zu sehen, was Herbert entging. Herbert erinnerte sich, dass er, bevor er in die USA geflogen war, noch schnell Birta Bescheid gegeben hatte, dass Kalmann sie sehen wollte. Deswegen fiel er aus allen Wolken, als diese dämlichen Bullen bei ihm vorsprachen und ihm erzählten, dass Birta tot war. Kalmann war eine prominente Persönlichkeit und konnte sich nicht mit wem auch immer sehen lassen. Diese Treffen mit Minderjährigen hatten manchmal in Kalmanns etwas abseits gelegenem Ferienhaus am See von Þingvellir stattgefunden. Herbert sorgte für den Transport, sowohl dorthin als auch in die Stadt zurück. Birta kam manchmal grün und blau geschlagen von dort wieder, doch Herbert wusste, dass sie sich das gefallen ließ, weil sie großzügig dafür bezahlt wurde. Für Geld machte sie einfach alles, dafür war Birta bekannt.

Herberts Verdacht, dass Kalmann ihn in diese fatale Lage gebracht hatte, wurde ihm, je länger er darüber nachdachte, zur Gewissheit, und dieser Gedanke erleichterte es ihm, mit seiner Situation klarzukommen. Als sich die Tür zur Räucherkammer wieder öffnete und Janus hereinkam, war er sich vollkommen sicher, dass kein alberner junger Bengel wie der da Herbert Rothstein aus eigenem Antrieb heraus in eine Räucherlade stopfte und ihn in der Finsternis zurückließ.

»Hat dieser Dreckskerl von Kalmann dich beauftragt, mich zu kidnappen? Ey! War er das?«, schrie Herbert zu Janus

hoch, der sich direkt über ihm postiert hatte. Schwarzgeräuchertes Tierfett löste sich unter seinen Sohlen und rieselte auf Herbert hinunter.
»Wie kommst du denn auf die Idee?«, fragte Janus verwundert. »Glaubst du etwa, ich arbeite für ihn?«
»*Yeah, man*. Würd mich nicht wundern. Was bezahlt er dir dafür? Ich kann dir mehr bezahlen. Sag nur die Summe, und wir machen das augenblicklich klar. Was hältst du davon? Hol mich jetzt aus diesem Drecksloch hier raus.«
»Birta hat mir gesagt, dass du seit alten Zeiten mit Kalmann befreundet bist. Dass ihr viel zusammen unternommen habt, und sie hat mir erzählt, dass du dich damit gebrüstet hast, Kalmanns einziger Freund zu sein. Und du hast selber damit angegeben, dass du ihn zu jeder Zeit auffliegen lassen könntest. Birta wusste bloß nicht, was du damit gemeint hast. Ich hab darüber nachgedacht, und mir ist die Idee gekommen, dass du mir vielleicht helfen könntest.«
»Dann sag schon, mit was«, sagte Herbert.
»Wie komme ich an Informationen über dich und Kalmann heran?«
»*Yeah, yeah, yeah* ... Und Kalmann hat wohl gar nichts damit zu tun, hä? Und du weißt nichts über Kalmann? Wer sonst sollte wohl Informationen über uns haben wollen? Will er die Papiere sehen? Hat er Schiss gekriegt? Will er das Beweismaterial? Er denkt wohl, ich würde ihn verpfeifen, was? Er hat diese Tussi von Birta da in seinem Sommerhaus abgemurkst, oder etwa nicht? Da ist er zum Schluss zu weit gegangen. Hat Birta die ganze Zeit blau und grün geschlagen, und zum Schluss hat er sie umgebracht. Und wo warst du Penner währenddessen? Wo hast du dir einen abgewichst, während er sie umgebracht hat, deine beste Freundin?«
Janus griff nach dem Benzinkanister und begann, den Verschluss aufzuschrauben.

»Du hast ihm vielleicht dabei geholfen, ey? Dicke Freundschaft. Ihr habt sie vielleicht zusammen umgebracht. Ihr beide habt da gemeinsame Sache gemacht, und jetzt habt ihr Schiss vor Herbie, dass er auspacken könnte, stimmt's nicht? Hat Kalmann dich auf mich angesetzt, um mich umzubringen? Ist das so, *you fucking piece of shit*?«

Janus ließ Benzin auf die Stangen und auf Herbert träufeln, der nach Luft schnappte, als es ihm ins Gesicht spritzte. Er spürte den Benzingeschmack im Mund. Janus begoss ihn ziemlich ausgiebig, schraubte dann den Kanister in aller Ruhe zu, stellte ihn auf dem Gitter ab und nahm eine Schachtel Streichhölzer zur Hand. Herbert brüllte ihn aus der Lade an und überschüttete ihn mit Verwünschungen. Er spannte sämtliche Muskeln an und versuchte, das Gitter hochzudrücken. Aber es saß fest.

Janus war zur Salzsäule erstarrt. Es rauschte in seinen Ohren. Er zog ein Streichholz aus der Schachtel, mit dem er wie in Trance an der Reibfläche entlangfuhr. Als es aufflammte, schrak er zusammen, und die gelbe Glut brannte bis zu seinen Fingern, während er sich wieder fing. Herbert schrie auf, als Janus das abgebrannte Streichholz losließ, das ihm ins Gesicht fiel. Er brüllte wie ein Tier, weil er erwartete, im Bruchteil einer Sekunde von lodernden Flammen umgeben zu sein, doch als nichts geschah, verstummten die Schreie allmählich. Er starrte mit hasserfüllten Augen durch das Gestänge zu Janus hoch.

»Das nächste Mal brennt es, wenn es herunterfällt«, sagte Janus mit zittriger Stimme. »Am liebsten würde ich dich hier in der Lade verschmoren lassen. Und das wird geschehen, wenn du mir nicht sagst, was ich wissen will. Begreif das endlich.«

Herbert lag stumm da, hörte Janus zu und nickte.

»Sag mir, wo ich die Unterlagen über dich und Kalmann finden kann.«

»Wie kann ich sicher sein, dass du mich freilässt, wenn ich dir sage, was ich weiß?«, fragte Herbert.
»Das kannst du nicht«, entgegnete Janus.
»Pah«, erklang es von unten aus der Lade.
»Wo sind die Papiere? Wo bewahrst du das Zeug auf?«
»Schnauze, du dämlicher Wichser«, schrie Herbert und versuchte hochzuspucken.
Janus nahm die Streichholzschachtel wieder in die Hand und holte mit zitternden Fingern ein weiteres Streichholz heraus. Er hatte das Gefühl, der Boden würde ihm unter den Füßen weggezogen. Herbert beobachtete mit weit aufgerissenen Augen, wie Janus das Spiel wiederholte. Er wollte noch einen Versuch machen, bevor er kapitulierte. Er konnte nicht glauben, dass Janus es über sich bringen würde, ihn anzuzünden.
»Du traust dich ja doch nicht, du Arschloch«, brüllte er zu Janus hoch, der jetzt ein brennendes Streichholz zwischen den Fingern hielt und auf Herbert hinuntersah. Er hielt es durch das Gestänge hindurch direkt vor Herberts Gesicht, und in dem Augenblick, als er im Begriff war, es fallen zu lassen, wimmerte Herbert auf und bat um alles in der Welt um Gnade.

Dreiundzwanzig

Birtas Mutter bat ihren Chef, ihr für den Rest des Tages freizugeben, und Erlendur und Sigurður Óli begleiteten sie nach Hause. Sie war damit einverstanden, noch am gleichen Tag mit ihnen nach Reykjavík zu fliegen. Sie lebte in einem kleinen, hübschen Reihenhaus. Es war viele Jahre her, seit Birta ausgezogen war, und ihre Tochter hatte nicht viele Dinge dagelassen, die an sie erinnerten. Sie betrachteten einige ältere Fotos von ihr, sahen sich die Bücher an, die sie gelesen hatte, und eine kleine Keramikplatte mit dem Abdruck ihrer Hand. Erla erklärte ihnen, dass sie sie als Vierjährige im Kindergarten gemacht hatte. Es gab nur sehr wenige Briefe von ihr aus Reykjavík, denn sie hatte bald aufgehört zu schreiben.

Die Mutter war über die Nachricht vom Tod ihrer Tochter sichtlich erschüttert. Immer wieder kamen ihr die Tränen, und Erlendur und Sigurður erkundigten sich, ob sie nicht jemanden bei sich haben wolle. Als sie vorschlugen, den Pfarrer zu holen, lehnte sie das ab. Auf die Frage, ob es in Ísafjörður Leute gebe, die Birta noch von früher her kannten und womöglich imstande waren, weitere Auskünfte über sie zu geben, konnte Erla ihnen niemanden nennen. Birta war vor fünf Jahren nach Reykjavík gegangen, und von denen, die sie hier in den Westfjorden gekannt hatten, war sicher nichts Neues über sie zu erfahren.

»Außerdem war das alles ziemliches Gesocks. Birta ist schon

hier in schlechte Gesellschaft geraten«, sagte Erla. »Es war besser, als wir noch in unserem kleinen Dorf lebten.«
Es war noch etwas Zeit bis zum Abflug. Erlendur war daher der Gedanke gekommen, dem Büro der örtlichen Gewerkschaft einen Besuch abzustatten. Er traf dort auf Finnur, den Gewerkschaftsführer, einen drahtigen, hochgewachsenen Mann Mitte dreißig, der ihn mit einem festen Händedruck begrüßte und ihn in sein Büro führte. Erlendur erklärte ihm, dass er sich ein wenig mit der Situation in den Westfjorden vertraut gemacht hatte und inwieweit das mit den Fangquoten zu tun hatte. Er ging aber nicht näher darauf ein, was ihm bei seiner bisherigen Reise dazu alles durch den Kopf gegangen war. Es ging ihm darum, ein paar Dinge in Erfahrung zu bringen, wusste aber nicht, an wen man sich deswegen am besten wenden sollte. Er kannte die Reedereibetriebe vor Ort nicht, vermutete aber, dass der Gewerkschaftsführer gut informiert sein würde.
»Kannst du mir sagen, wer hier in den Westfjorden besonders an den Quotenkäufen beteiligt gewesen ist?«, fragte er und kam damit direkt zur Sache, nachdem sie sich gesetzt hatten.
»Es wird viel über bestimmte Leute aus Akureyri geredet. Besitzen die nicht inzwischen die größte Reederei des Landes?«
»Niemand aus Reykjavík?«
»Doch, natürlich auch. Die haben hier sämtliche Fjorde nach Quoten abgeklappert.«
»Wer war das?«
»Diejenigen, die hier den Tunnel gebaut haben, sie waren von irgendeinem Hoch- und Tiefbauunternehmen. Wie heißt nochmal der Besitzer? Kalmann, glaube ich.«
»Kalmann?«
»Ja, genau.«

»Was will dieser Kalmann denn mit den Fangquoten? Meines Wissens ist er doch eine große Nummer im Immobiliengeschäft und beim Häuserbau in Reykjavík.«

»Frag mich nicht. Die kamen jedenfalls in seinem Auftrag. Ich habe schon lange keinen Durchblick mehr, was diesen Quotenhandel betrifft, aber so viel kann ich dir sagen, da geht es derartig drunter und drüber, dass ich schon längst aufgehört habe, mich darüber zu wundern, wenn irgendwelche Immobilienspekulanten aus Reykjavík Quoten aufkaufen. Mich kann diesbezüglich gar nichts mehr überraschen.«

Elínborg und Þorkell holten sie vom Flughafen ab, als sie gegen drei in Reykjavík landeten. Sie fuhren mit Erla sofort zum Leichenschauhaus am Barónsstígur, wo sie bestätigte, dass es sich bei der Toten um ihre Tochter handelte. Sie hatte aufgehört zu weinen. Nachdem sie eine ganze Weile das Gesicht ihrer Tochter betrachtet hatte, nahm sie mit einem Kuss auf die Stirn Abschied von ihr. Die näheren Umstände ihres Todes waren bislang kaum zur Sprache gekommen, doch jetzt bekam sie auch die Details zu hören. Sie blickte Erlendur verständnislos an.

»Allmächtiger Gott«, stöhnte sie. Erlendur legte seinen Arm um ihre Schultern, führte sie in ein kleines Besucherzimmer und blieb so lange bei ihr, bis sie sich wieder einigermaßen gefangen hatte.

Erla hatte vor, mit der Abendmaschine zurückzufliegen und Birtas Leiche mitzunehmen. Dem stand nichts im Wege, da die Polizei den Leichnam nicht mehr benötigte. Elínborg leitete den Transport in die Wege, während Erla mit Erlendur und Sigurður Óli ins Hauptdezernat fuhr, damit dort das Protokoll angefertigt werden konnte.

Sie klärten sie darüber auf, was sie über die Lebensumstände ihrer Tochter in Reykjavík in Erfahrung gebracht hatten. Erla schwieg daraufhin lange, versuchte dann aber, ihnen zu erklären, weshalb sie versucht hatte, die Gedanken an ihre Tochter und ihre Situation zu verdrängen. Sie hatte einfach kapituliert. Ihr wäre aber nie eingefallen, dass sie so tief gesunken sein konnte.

Birta war 1976 in Ísafjörður zur Welt gekommen und zweiundzwanzig Jahre alt. Erla war gerade erst achtzehn gewesen, als sie die Tochter bekam. Nach der Scheidung von Birtas Vater hatte Erla wieder geheiratet und zwei Kinder mit ihrem zweiten Mann bekommen, die jetzt sechzehn und siebzehn Jahre alt waren und beide in Reykjavík zur Schule gingen. Mit denen hatte Birta so gut wie keine Verbindung gehabt, nachdem sie in die Pubertät gekommen war. Erla wusste nichts über den Vater von Birta. Er war nach Reykjavík gegangen, als Birta noch keine vier Jahre alt war, und hatte sich seitdem nie wieder gemeldet. Birta hatte sich ebenfalls nicht bemüht, mit ihm wieder in Kontakt zu kommen. Sie hatte ihn nie vermisst. Sie war ein sehr liebes Mädchen gewesen, ein bisschen verschlossen und schüchtern vielleicht, aber immer hilfsbereit und herzensgut. Sie hatten zwar nicht viel Geld gehabt, aber es hatte ihnen an nichts Wesentlichem gemangelt.

Als Birta nach zehn Jahren an der Grundschule ins Gymnasium übergewechselt war, hatte sich ihr Verhalten ziemlich bald geändert.

»Sie ist in schlechte Gesellschaft geraten, wie es so schön heißt«, sagte Erla, die vor Erlendurs Schreibtisch saß. Sigurður Óli lehnte an dem Aktenschrank hinter ihm. »Die haben da natürlich Hasch und so ein Zeugs ausprobiert, aber im Gegensatz zu den anderen konnte Birta nicht damit umgehen. Damals wurde wohl ein Prozess in Gang gesetzt, für den ich keinerlei Erklärung habe. Ich war nie mit so etwas in Berührung gekommen. Sie brauchte schon nach kurzer Zeit mehr und noch mehr. Es ging alles so rasant schnell. Sie war noch keine siebzehn, als sie diese starken Pillen nahm, ich weiß nicht richtig, wie die heißen, Ektasie oder so ähnlich.«

»Ecstasy«, warf Sigurður Óli ein.

»Und irgendetwas, das sie Speed nannte, und auch dieses Crack. Wir sind uns natürlich darüber ständig in die Haare geraten. Vor zwei Jahren habe ich sie zum letzten Mal gesehen, und auf dem Foto, das ihr dabeihattet, hätte ich sie nicht wiedererkannt. Das arme Kind. Wie kann man nur diesem Gift so hörig werden. Alles, was sie gemacht hat, diese ganzen Rauschmittel und ihre Lebensweise, als ob sie es darauf angelegt hätte, sich zu zerstören. Ich begreife das nicht.«

»Und da war nichts in ihrer Kindheit oder irgendwelche Erlebnisse in der Jugend, die eine solche Entwicklung erklären könnten?«, fragte Erlendur.

»Ich würde sagen, sie stammt aus einem ganz normalen isländischen Zuhause, falls es das ist, was du meinst. Ja, natürlich war da die Scheidung, aber das war ja nur zwischen mir und ihrem Vater.«

»Sie hat nie versucht, eine Entzugstherapie zu machen?«, fragte Sigurður Óli.

»Darüber hat sie nur gelacht. Sie hat immer nur gelacht, wenn man ihr gut zureden wollte. Das fand sie alles nur albern. Sie lachte mich einfach aus, wenn ich versuchte, mit ihr zu sprechen. Sie war sehr überheblich denen gegenüber, die es wagten, ihr wegen ihrer zerstörerischen Lebensweise Vorhaltungen zu machen. Sie fertigte alle, die sich um sie sorgten und ihr helfen wollten, hochmütig ab. Da habe ich irgendwann aufgehört, mich um sie zu kümmern. Ich weiß, es ist schrecklich, so etwas zu sagen, aber so war es. Man wird es leid, versteht ihr, was ich meine? Man wird einfach müde.«

»Ich glaube, ich weiß, was du meinst«, sagte Erlendur.

»Das ist also der Grund dafür, weshalb sie nicht vermisst

wurde. Sie hat zu niemandem in der Familie Kontakt gehabt«, sagte Sigurður Óli.
»Es wäre mir nie eingefallen, die Nachricht von dem toten Mädchen auf dem Friedhof mit ihr in Verbindung zu bringen, das wär mir niemals in den Sinn gekommen. So blind kann man sein. Ich konnte mir einfach nicht vorstellen, dass sie tot war.«
»Wusstest du, in welche Kreise sie hier in Reykjavík geraten war?«, fragte Erlendur. »Oder mit wem sie Umgang hatte?«
»Eigentlich nicht. Ich wusste, dass sie eine Freundin hatte, sie hieß Charlotte, glaube ich, und dann hat sie noch ihren alten Freund aus den Westfjorden wiedergetroffen. Einen Jungen, der mit ihr in der Volksschule war und der auch nach Reykjavík gezogen ist.«
»Wohl dieser Janus?«
»Ja, er hieß Janus. Seine Mutter Guðrún und ich kannten uns ganz gut.«
»Wie heißt sie mit vollständigem Namen?«
»Guðrún Þorsteinsdóttir.«
»Hat Birta jemals über einen Mann namens Herbert gesprochen?«, fragte Sigurður Óli.
»Davon weiß ich nichts. Den Namen hat sie nie genannt. Wer ist das?«
»Ein Mann, von dem wir glauben, dass sie ihn gekannt hat«, antwortete Sigurður Óli, ohne näher darauf einzugehen.
»Und dann ist da noch die Sache mit Jón Sigurðsson«, sagte Erlendur. »Hat es deiner Meinung nach irgendeine tiefere Bedeutung, dass sie auf seinem Grab niedergelegt wurde?«
»Nein, keine Ahnung«, antwortete Erla. »Das ist etwas, was ich überhaupt nicht begreife. Was hat Jón Sigurðsson damit zu tun?«
Erlendur und Sigurður Óli zuckten mit den Achseln.

Erla erhielt jede erdenkliche Hilfe bei der Überführung ihrer Tochter nach Ísafjörður. Der weiße Sarg rollte auf dem Förderband in den Gepäckraum der Maschine. Da alles schnell und reibungslos über die Bühne gebracht wurde, hatte man verhindern können, dass die Medien davon Wind bekamen. Alles war noch am gleichen Tag, an dem sie die Mutter ausfindig gemacht hatten, veranlasst worden. Den Vater hatte man noch nicht erreicht. Þorkell hatte herausgefunden, dass er sich im Ausland aufhielt.

Erlendur und Sigurður Óli waren mit Erla zum Flughafen gefahren, wo sie sich von ihr verabschiedeten, und anschließend brachte Erlendur Sigurður Óli nach Hause. Unterwegs berichtete Erlendur ihm von seinem Gespräch mit dem Gewerkschaftsführer in Ísafjörður, in dessen Verlauf Kalmanns Name gefallen war.

»Er sagte mir, dass Leute im Auftrag von Kalmann in den Fischerdörfen im Westen hinter Fangquoten her waren. Wieso mischt sich ein Hoch- und Tiefbauunternehmer in den Quotenhandel ein, kannst du mir das sagen?«

»Kalmann ist ein reicher Mann, der jede Menge Häuser besitzt. Ist er vielleicht der Mann, den diese Charlotte erwähnt hat?«

»Möglich. Kannst du mir sagen, was dahintersteckt?«

»Ist mir völlig schleierhaft«, sagte Sigurður Óli gähnend. Er war müde nach diesem langen Tag und wollte so schnell wie möglich nach Hause und ins Bett. »Glaubst du wirklich, dass Quotenspekulationen und Immobiliengeschäfte etwas mit Birtas Tod zu tun haben?«, fragte er.

»Ich habe nicht die geringste Ahnung, was mit diesem Fall etwas zu tun hat und was nicht, das ist ja das Schlimme. Ich lasse Elínborg das überprüfen.«

»Das Mädchen hieß Anna Birta.«

»Weiß nicht, weshalb die Leute ihren Kindern unbedingt

Doppelnamen verpassen müssen«, stöhnte Erlendur. »Das klingt nicht nur affektiert, sondern hat auch zur Folge, dass alles komplizierter wird.«

Es war schon relativ spät, als Erlendur wieder ins Büro zurückfuhr, er hatte keine Lust, nach Hause zu gehen. Er musste an Eva Lind und Sindri Snær denken, an sich selbst und seine Ehe, unter die er vor vielen Jahren einen Schlussstrich gezogen hatte. Um seine Kinder stand es gar nicht so viel anders als um Birta, da gab es höchstens graduelle Unterschiede.

Im Büro wartete der Abschlussbericht des Gerichtsmediziners auf ihn, der tags zuvor eingegangen war. Die Blutproben waren im Labor des Nationalkrankenhauses untersucht worden, und im Bericht stand es schwarz auf weiß. Erlendur brauchte eine ganze Weile, um zu begreifen, was er da las, aber als es ihm klar wurde, ließ er in ohnmächtigem Zorn die geballten Fäuste auf die Tischplatte niedergehen.

Das Mädchen Birta war HIV-positiv und eigentlich noch mehr als das, sie hatte Aids in sehr fortgeschrittenem Stadium. Trotzdem hatten sich keinerlei Spuren der gängigen Medikamente in ihrem Blut gefunden. Sie schien nichts gegen die Krankheit unternommen zu haben. Es gab keinerlei medizinische Unterlagen über sie im Gesundheitssystem, sie hatte sich anscheinend keinem Test unterzogen. Es war ungewiss, ob sie selber gewusst hatte, wie es um sie stand, aber eigentlich hielt man alles andere angesichts des Stadiums der Krankheit für kaum möglich.

Erlendur starrte auf den Bericht und murmelte vor sich hin: *»Do you like girls.«*

Vierundzwanzig

Birta hatte es Janus kurz vor ihrem Tod mitgeteilt, als er wieder einmal versuchte, sie zur Vernunft zu bringen. Sie hatte es ihm ganz beiläufig und ohne irgendeine Gefühlsregung gesagt: »Ich habe Aids und werde sterben.«

In Amsterdam gab es Anlaufstellen, wo man hingehen und sich eine Blutprobe entnehmen lassen konnte, und ein oder zwei Tage später erfuhr der Betreffende, ob er infiziert war oder nicht. Sie hatte das auf einem ihrer Kurierflüge für Herbert gemacht und dort erfahren, dass sie HIV-positiv war. Birta begriff sofort, was die große, vierschrötige Frau im weißen Kittel ihr da mitteilte und was das für sie bedeutete. Eigentlich wusste sie schon, bevor sie sich dem Test unterzog, dass sie sich vermutlich mit Aids infiziert hatte. Sie spürte es an ihrer körperlichen Verfassung.

Das war ein Jahr vor ihrem Tod gewesen.

»Ich habe in Amsterdam erfahren, dass ich Aids habe«, erklärte sie ohne Umschweife. »Deswegen fühle ich mich immer so elend; die Krankheit hat bereits dieses Stadium erreicht. Keine Panik, es bringt nichts, wenn man sich darüber aufregt.«

Er saß auf dem Stuhl neben ihrem Bett und begriff nicht, was sie sagte.

»Aids, Mensch, was redest du da eigentlich?«, brach es schließlich aus ihm heraus. »Aids? Hast du Aids? Wo hast du dir das geholt?«, fragte er und merkte selber, wie idiotisch er klang.

»Wo habe ich es mir nicht geholt, solltest du eher fragen.«
»Aber stirbt man nicht daran?«
»Soweit ich weiß, bei jedem Mal«, sagte sie grinsend.
»Bei jedem Mal ... Findest du daran etwas komisch? Soll das komisch sein? Ist da irgendetwas Komisches an deinem Leben? Du lügst! Sag doch, dass du lügst. Du hast kein Aids, du fühlst dich nur schlapp. Das hängt mit deinem verdammten Lebenswandel zusammen. Aber du hast doch kein Aids. Daran stirbt man doch, kapierst du das nicht? Mit solchen Dingen soll man nicht spaßen, darüber darf man sich nicht lustig machen. Aids! Spinnst du, so zu reden!«
»Es ist keine Lüge. Ich hatte schon seit einiger Zeit den Verdacht. Bestimmt habe ich das mit irgendeiner Nadel oder beim Fi...«
»Das lügst du dir doch zusammen! Sag doch, dass du mich bloß auf den Arm nehmen willst.« Janus starrte sie fassungslos an. Er konnte einfach nicht glauben, was er mit eigenen Ohren gehört hatte.
»Hab ich dir nicht von Helga erzählt? Ich hab mich bestimmt bei ihr infiziert. Sie hatte Aids, und sie ist tot. Bei ihr habe ich zuerst gedrückt. Ich glaube, sie ist voriges Jahr gestorben.«
»Hast du wirklich Aids?«
»Sorry.«
»Sorry! Was meinst du mit *sorry*? Fällt dir nicht anderes ein, als *sorry* zu sagen?«
»Was soll ich denn sagen? Kann man da überhaupt noch was sagen? Gibt's da noch irgendwas zu sagen? Was willst du hören? Soll ich heulen und flennen und mich bemitleiden? Das tu ich schon seit langem nicht mehr.«
»Bereust du denn gar nichts? Bereust du denn nicht, dass du dich mit diesem verfluchten Gift kaputt gemacht hast? Du musst doch über die Gefahren Bescheid gewusst haben.«
»Du hast mir versprochen, kein Theater meinetwegen zu ma-

chen. Nie! Ich tu das, was ich will. Ich nehme die Folgen in Kauf. Du hast es versprochen. Und ich will, dass du mir noch eins versprichst.«

»Ich hätte eingreifen müssen. Ich hätte etwas unternehmen müssen. Ich dachte bloß, es sei noch Zeit genug. Du bist doch erst zweiundzwanzig. Ich dachte, ich könnte dir mit der Zeit helfen, aus dieser Hölle herauszukommen. Ich dachte, wir hätten genug Zeit, und mir würde es vielleicht gelingen, dich aus diesem Sumpf herauszuholen. Ich kenn mich damit aber nicht aus. Ich weiß nicht, hinter was du her bist, das habe ich nie begriffen, genauso wenig, wieso du so tief sinken konntest. Du hast mir verboten, darüber zu reden, ich durfte mich in nichts in deinem Leben einmischen. Und jetzt ist es zu spät.«

»Ich glaube nicht, dass du es hättest verhindern können, auch wenn es dir vielleicht irgendwann einmal gelungen wäre, mich von dem Zeugs abzubringen. Falls ich das von Helga habe, war ich nämlich schon infiziert, bevor wir beide uns wiedergetroffen haben. Deswegen brauchst du dir also keine Vorwürfe zu machen, du hättest mich nicht retten können. Wenn ich das selber nicht schaffe, schafft es niemand, verstehst du?«

»Ich verstehe überhaupt nichts. Ich verstehe nicht, wie du zulassen kannst, dass solche Männer wie Herbert, solche verdammten Arschlöcher wie Herbie, eine derartige Macht über dich haben können. Ich verstehe nicht, wie du auf den Strich …«

»Es hat nichts mit mir zu tun, nichts mit dir und mir. Das hab ich dir doch schon hunderttausend Mal gesagt. Und *please*, urteile nicht nach den Maßstäben einer sogenannten heilen Welt über mich. Die gibt es nämlich nicht. Und du musst mir etwas versprechen.«

»Ich habe schon viel zu viel versprochen«, sagte Janus, der immer noch nicht fassen konnte, was Birta ihm gesagt hatte. Er hatte sein Versprechen gehalten und sich nicht in ihr Leben, in den Drogenkonsum und die Prostitution eingemischt, obwohl er sich manchmal nicht hatte beherrschen können, ihr Vorwürfe gemacht und versucht hatte, sie dazu zu überreden, zum Arzt zu gehen und eine Therapie anzufangen, sich untersuchen zu lassen, zu all diesen zuständigen Stellen zu gehen, von denen es genug gab und wo alle früher oder später landeten. Auch ihre Freunde. Weshalb nicht sie? Weshalb nicht sie genau wie die anderen? War das schlimmer, als dieses entsetzliche Leben zu führen?

»Ich möchte, dass du mir versprichst, mich nicht ins Krankenhaus zu bringen, egal, wie sehr sich mein Zustand verschlechtert.«

»Aber du brauchst Medikamente, du musst dich behandeln lassen. Es ist möglich, den Verlauf der Krankheit zu verlangsamen.«

»Okay, du bringst mich aber nicht ins Krankenhaus, bevor ich es dir sage. Okay? Ich gehe, wenn es mir passt, vorher nicht.«

»Aber das geht doch nicht ...«

»Du verstehst das nicht, du bist zu naiv«, fauchte sie ihn an. »Du kapierst nicht, worüber du redest. Du wirst das nie kapieren, und du brauchst es auch nicht zu kapieren. Du brauchst mich bloß in Ruhe zu lassen.«

Janus verstummte. Er starrte auf den Fußboden. Er schloss die Augen. In der Küche lief das Radio, und leise Jazzklänge drangen zu ihnen herein. Aus der Grünanlage hinter dem Häuserblock hörte man Kinderstimmen. Die Zeit um sie beide schien stillzustehen. Erst nach langer Zeit begann sie, wieder zu sprechen, ruhig und beherrscht. Sie sprach, ohne die Augen zu öffnen, und Janus lauschte.

»Ich weiß, was du versuchst, für mich zu tun«, sagte sie, »und ich weiß es zu schätzen, wie lieb du bist und dass du mein Bestes willst, aber ich ertrage keine Einmischung, das halte ich nicht aus. Ich will mein Leben so leben, wie es mir passt. Ich will kein Mitleid, ich will keine Vorwürfe und keine Fragen. Ich will so, wie ich bin, in Ruhe gelassen werden.«

Wieder herrschte Schweigen. Die Stimmen der Kinder entfernten sich.

»Ich habe mir durchaus Gedanken gemacht«, fuhr sie schließlich fort, »aber ich habe vergessen, was eigentlich passiert ist. Falls denn irgendwas passiert ist. Muss immer etwas passiert sein? Muss es immer irgendwelche großartigen Gründe für etwas geben? Manchmal überlege ich, ob ich aufhören sollte. Freunde von mir haben es geschafft. Die meisten haben zwar wieder angefangen, aber einige sind jetzt total clean. Das würde ich bestimmt auch schaffen, ich könnte auf jeden Fall für eine kurze Zeit damit aufhören und nach ein paar Entzugstherapien vielleicht auch ganz und gar. Dann müsste ich mir einen Job suchen, aber was für einen? Soll ich noch zehn Jahre die Schulbank drücken? Als Kassiererin arbeiten? Mama hat sich ihr Leben lang für diese Kaufgenossenschaft abgerackert. Eigentlich kenne ich sie nur in ihrem Nylonkittel, und immer muss sie die Kundschaft anlächeln. Ist das vielleicht ein Leben? Was bringt einem so ein Leben? Einen Ehemann und Kinder? Mein Vater hat Mama und mich verlassen, als ich drei war, und sich seitdem nie wieder blicken lassen. Soll ich mir so einen Typ angeln? Mama und ihr neuer Mann haben zwei Kinder gekriegt, und ich war auf einmal gar nicht mehr vorhanden. Niemand hat sich um mich gekümmert, und ich habe mich auch um niemanden gekümmert. Ich will keine Einmischung, und ich ertrage es nicht, wenn sich jetzt Leute um mich kümmern, die mich früher links liegen gelassen haben.«

»Du hast dich um mich gekümmert«, sagte Janus.

»Du warst wie ich. Dich wollte keiner.«
»Ich hab aber nicht angefangen zu kiffen. Ich hab mich nicht verkauft.«
»So fängt es nicht an. Ich glaub nicht, dass irgendjemand vorsätzlich süchtig wird. Ich weiß nicht, wie das passiert. So nach und nach hört man auf, darüber nachzudenken. Es verschwindet alles irgendwie im Nebel, bis man eines Tages hochschreckt, weil man nicht mehr die Ader am Arm trifft. Was ist passiert? Wie viele Jahre sind vergangen? Wo bin ich die ganze Zeit gewesen? Doch dann vergisst man es sofort wieder.«
»Und dann kriegt man Aids.«
»Und dann ist man tot.«

Janus stand in der Räucherkammer und überlegte, ob er es über sich bringen würde, Herbert anzuzünden. Ob er ihn genug hasste, um ihn verbrennen zu lassen. Er erinnerte sich an Birtas Worte. Wieso war es so weit gekommen, dass er jetzt die Entscheidung über Leben und Tod eines Menschen treffen musste? Was war geschehen? Er wusste es selber nicht. Er wusste nur, dass er zwei Männer hasste, Herbert und Kalmann. Er wollte sich in irgendeiner Weise an denjenigen rächen, von denen er glaubte, dass sie für Birtas Tod verantwortlich waren.

Fünfundzwanzig

Es kursierten unterschiedliche Theorien darüber, wie Kalmann reich geworden war. Diejenige, die der Wahrheit wahrscheinlich am nächsten kam, bezog sich auf seine absolute Skrupellosigkeit in geschäftlichen Dingen. Er stammte nicht aus einer dieser wohlhabenden und mächtigen Familien Islands, die in der ersten Hälfte des 20. Jahrhunderts das politische Geschehen bestimmten und zu Geld gekommen waren, indem sie die einträglichsten Geschäfte wie den Ölimport, das Fischereiwesen und die Bauprojekte für die amerikanische Besatzungsmacht hübsch unter sich aufteilten. Er hatte auch nicht in eine reiche Familie eingeheiratet. Kalmann arbeitete sich aus dem Nichts empor und hatte keine einflussreichen Männer hinter sich, als er ins Wirtschaftsleben einstieg.

Auf welche Weise er ursprünglich im Wirtschaftsleben Fuß gefasst hatte, lag ziemlich im Dunkeln. Gerüchten zufolge war er an großangelegtem Schmuggel von hochprozentigem Alkohol und Drogenimport beteiligt gewesen, was ihm enorme Profite eingebracht hatte. Man wusste von ihm, dass er skrupellos war und sich die Schwächen anderer geschickt zunutze zu machen wusste. Aufgrund seiner Vorgehensweisen hatte er einen ziemlich anrüchigen Ruf, aber nichts konnte ihm gleichgültiger sein. Freundschaft und bedingungslose Loyalität ließen sich kaufen, wenn er sie benötigte.

Unzählige Geschichten existierten über ihn. Es hieß zum Beispiel, dass er von Anfang an mit illegalen Mitteln gearbeitet hatte und es immer noch tat. Bereits bei seinen ersten geschäftlichen Transaktionen brachte er seine Mitarbeiter und sogar seine Geschäftspartner dazu, Gesetze zu übertreten, eine kleine Unterschlagung hier, ein gefälschtes Dokument dort. Das bewegte sich anfangs alles in sehr kleinem Rahmen und fiel nicht weiter auf, doch bevor der Betreffende sich versah, steckte er mitten drin in einem Netz von Betrügereien und war ein wichtiges Kettenglied in dem System, das Kalmann um sich herum aufgebaut hatte und aus dem es kein Entkommen gab. Einige begriffen schnell, worauf es hinauslief, zogen sich umgehend aus den Geschäftsverbindungen zurück und schüttelten den Kopf über ihn. Sie berichteten nur im vertrautesten Kreis von ihren Erfahrungen mit diesem Mann. Die anderen, die sich auf Kalmann und seine Geschäftspraktiken einließen, versanken immer tiefer im Sumpf. Wieder andere – hierzu gehörten Kalmanns engste Mitarbeiter – hatten in dieser Hinsicht eine ähnliche Einstellung wie er.

Kalmann behielt seine Methoden auch weiterhin bei, nachdem er sich eine goldene Nase in der Baubranche verdient hatte, zunächst bei der Errichtung von Kraftwerken und später im Wohnungsbaugewerbe, obwohl es gar nicht mehr nötig gewesen wäre. Niemand hatte bislang gewagt, ihn hochgehen zu lassen. Der eine oder andere beklagte sich zwar immer mal wieder in der Klatschpresse bitter über ihn, aber wer nahm die schon ernst? Andere Medien befassten sich kaum oder gar nicht mit ihm.

Kalmann hatte seine Finger überall im Spiel. Er besaß die Mehrheit der Anteile im größten Hoch- und Tiefbauunternehmen des Landes und hatte erheblichen Profit gemacht, weil seine Angebote bei den Ausschreibungen für die großen

Kraftwerkprojekte in den siebziger Jahren stets die niedrigsten waren und den Zuschlag erhielten. Mitte der achtziger Jahre waren ihm große Areale im östlichen Teil von Kópavogur, in Hafnarfjörður und nördlich von Reykjavík zugeteilt worden, wo ein neues Wohnviertel nach dem anderen aus dem Boden gestampft wurde. Er besaß Anteile am größten Einkaufszentrum des Landes und hatte Pläne, in Zusammenarbeit mit einer englischen Ladenkette eine weitere Shopping-Mall in den Neubaugebieten in Grafarvogur zu errichten. Bei diesem Projekt handelte es sich um den dritten Komplex dieser Art, der innerhalb von kürzester Zeit im Hauptstadtgebiet entstand.

Darüber hinaus war Kalmann einer der führenden Importeure im IT-Bereich. Er besaß große Anteile an Software-Firmen und an den wichtigsten Zeitungen und Fernsehstationen, und er saß in den Aufsichtsräten von zahlreichen Aktiengesellschaften. Er war Vorstandsmitglied in einem der größten Fischereiunternehmen des Landes, das enorm schnell gewachsen war, nachdem das Quotensystem eingeführt worden war. Über seinen Anteil an diesem Unternehmen war nichts publik geworden. Er war bekannt für seine brilliante Verhandlungstechnik, und das Unternehmen hatte sich Quotenanteile an Land gezogen, wann immer welche zu haben waren.

Kalmann hatte vielfältige Beziehungen zu politischen Vereinigungen des rechten wie des linken Flügels. Er unterstützte sie mit großzügigen Zuwendungen und war mit Ministern befreundet, obwohl dergleichen nie an die große Glocke gehängt wurde. Die Bekanntschaft mit einem hochgestellten Beamten der Stadtverwaltung hegte und pflegte er sorgsam. Die Steuern, die er laut den öffentlichen Bekanntmachungen, die jeder einsehen konnte, abführte, standen in keiner Weise in Übereinstimmung mit dem, was er als einer

der reichsten Männer des Landes eigentlich zu zahlen gehabt hätte.
Er ging auf die fünfzig zu, war geschieden und hatte keine Kinder. Seine Familie war nicht groß. Seine Mutter war gestorben, als er im Konfirmationsalter war. Sein Vater lebte zwar noch, aber er sah ihn nur selten. Seine einzige Schwester arbeitete in seinem Bauunternehmen. Seine Exfrau hatte ihn aus nicht bekannten Gründen verlassen. Kalmann hatte den Ruf eines Womanizers und machte sich keinerlei Mühe, seine Affären zu verheimlichen. Er kostete alles, was ihm der Reichtum an Annehmlichkeiten zu bieten hatte, in vollen Zügen aus. Wenn er Urlaub machte, fuhr er ins Ausland und kreuzte auf Segelyachten durch südliche Gewässer oder flog in Metropolen wie New York oder London und seit neuestem auch nach Hongkong, um seine Geschäftsbeziehungen in diesen Städten zu pflegen.
Zu Beginn seiner Laufbahn ahnte er wohl nicht, wie weit er es einmal im Wirtschaftsleben bringen würde. Manchmal dachte er darüber nach, wie einfach es gewesen war, zu Geld zu kommen, wenn man Betrügereien nicht scheute und unverfroren, rücksichtslos und aggressiv genug war. Er war früh zu der Erkenntnis gelangt, dass er zu diesen Methoden berechtigt war, um den Vorsprung wettzumachen, den Familienbesitz und Beziehungen den jungen, geschniegelten Yuppies aus reichen Familien verliehen, die ihre Tentakel überall drinhatten. Er begann mit zwei leeren Händen und verachtete Geschäftspartner, die nie einen Finger krumm gemacht hatten.
Kalmann und Herbert kannten sich bereits seit Ewigkeiten, doch das wusste kaum jemand. Herbert gehörte Kalmanns Vergangenheit an, über die nur wenig bekannt war, und dieses wenige war so entstellt durch Klatschgeschichten und Lügenmärchen, dass kaum zwischen wahr und erlogen zu

unterscheiden war. Einige von diesen Geschichten hatte Kalmann selber in Umlauf gebracht. Herbert gehörte zu den wenigen Personen, die stets wussten, wie man sich aus heiklen Situationen herauslavieren konnte. Sie kannten sich seit ihrer Jugend. Herbert war immer der Retter in der Not gewesen. Falls Kalmann etwas brauchte, beschaffte Herbert es, so war es seit jeher. Beide profitierten davon, und zwischen ihnen entstand eine Art Freundschaft, obwohl weder Kalmann noch Herbert die Bedeutung dieses Wortes wirklich kannten. Wahrung gemeinsamer Interessen, das verstanden sie besser.

Die Ersten fuhren bei Kalmanns Haus vor. Das Meeting konnte beginnen, und die Männer nahmen in dem luxuriös ausgestatteten Salon Platz. Kalmann war frühmorgens aus den USA zurückgekehrt. Er hatte dort das, was zu erledigen war, hinter sich gebracht, verspürte aber anders als sonst keine Lust, seinen Aufenthalt noch etwas zu verlängern, sondern war mit der ersten Maschine nach Island zurückgeflogen. Dieses Meeting, auf dem richtungweisende Entscheidungen für die Zukunft getroffen werden mussten, duldete keinen Aufschub.

Kalmann hatte die Teilnehmer an der Tür in Empfang genommen und sie in den Salon geführt. Fünf Geschäftsleute aus unterschiedlichen Branchen. Kalmann hatte sie selber ausgewählt, denn sein neuester Plan war verwegen, die Durchführung in gewissem Sinne illegal, und unmoralisch war das Vorhaben allemal. Bei diesen Männern konnte er sicher sein, dass ihnen solche Nebensächlichkeiten kein Kopfzerbrechen bereiteten. Die Idee war simpel und genial, und wie alle guten Pläne Kalmans drehte sich alles ausschließlich um den Profit.

Kalmann ging zu diesem Zeitpunkt aber auch noch sehr vieles andere durch den Kopf, und deswegen wirkte er während des Treffens leicht abwesend. Herbert war immer noch spurlos verschwunden, und Kalmann konnte nur hoffen, dass er nicht mehr unter den Lebenden weilte. Er war sich darüber im Klaren, dass er sich viel zu lange auf diesen Idioten mit seinem amerikanischen Spleen verlassen hatte, und jetzt, wo Herbert verschwunden war, kam Kalmann die Befürchtung, dass er womöglich angefangen hatte, gegen ihn zu arbeiten. Herbert war der einzige Mensch, der ihn mit dem in Verbindung bringen konnte, was er seine Jugendsünden nannte. Noch schlimmer war es, dass er das Verbindungsglied zu Birta war.

Den Medien und somit der Öffentlichkeit war vorenthalten worden, auf welche Weise Herbert verschwunden war. Kalmann besaß jedoch gute Kontakte innerhalb der Polizei und wusste, dass Herbert in seinem Haus gekidnappt worden war. Er konnte sich natürlich nicht in die Fahndung einklinken, denn offiziell bestanden gar keine Kontakte zwischen ihm und Herbert, und die durfte es nach außen hin auch niemals geben. Deswegen blieb ihm nichts anderes übrig, als abzuwarten, bis Herbert tot oder lebendig wieder auftauchen würde. Ersteres wäre besser.

Als sie sich als Jugendliche in einem kleinen Fischerdorf in Nordisland kennenlernten, war Herbert der Anführer. Er war etwas älter als Kalmann und derjenige, der sagte, wo es langging. Schon damals fuhr er nahezu krankhaft auf alles Amerikanische ab. Sie blieben auch in Verbindung, als beide nach Reykjavík gegangen waren, und damit begann die Blütezeit ihrer Zusammenarbeit. Herberts Vater war zu Anfang der siebziger Jahre zweiter Steuermann auf einem der Frachtschiffe der isländischen Dampfschifffahrtsgesellschaft und betrieb Alkoholschmuggel in großem Stil. Das Zeug kam entweder kistenweise oder in Fünfundzwanzigliterfässern, von denen jeweils vier zusammengebunden an einer bestimmten Stelle über Bord geworfen wurden, meist unweit des Leuchtturms von Garðsskagi, dem südwestlichsten Punkt der Halbinsel Reykjanes. Herbert und Kalmann fuhren danach gemeinsam auf einem kleinen Boot, das Herberts Onkel in Sandgerði gehörte, dorthin und fischten das Zeug raus. Nicht selten schafften sie bei so einer Aktion fünftausend Liter Schnaps an Land und verkauften ihn dann in den Dörfern auf der Halbinsel Reykjanes, in Reykjavík und bis nach Borgarnes an Vergnügungslokale. Sie brauchten sich nicht einmal die Mühe zu machen, den Schnaps auf Flaschen zu ziehen. Die Besitzer dieser Lokale kauften Kalmann und Herbert alles ohne Wenn und Aber ab, denn sie kamen dadurch an Alkohol, der nur ein Drittel von dem kostete, was im staatlichen Monopolladen dafür verlangt wurde. Außerdem bereitete es ihnen eine gewisse Genugtuung, diese Institution zu umgehen.

Herbert kaufte außerdem den Trawlerbesatzungen sowohl Cannabisprodukte als auch stärkere Drogen ab, die er selber für den Endverbraucher abpackte und unter die Leute brachte. Kalmann selbst hielt sich, so gut es ging, aus dem operativen Geschäft heraus, sodass Herbert schon bald alleine für die gesamte Abwicklung zuständig war. Das war damals zur Blütezeit der Hippies, und Hasch war »in«. Die Seeleute verdienten zwar auch daran, doch Kalmann und Herbert machten mehr Profit, als sie je für möglich gehalten hätten.

In diesen Jahren fuhr Herbert zum ersten Mal nach Amsterdam. Nirgends konnte man einfacher an Drogen herankommen als in Holland, und er nahm Kontakt zu Leuten auf, die ihm alles anboten, wonach ihm der Sinn stand. Später schuf er sich ein ähnliches Netzwerk zu Drogenhändlern in Paris und London. Mit derartigen Reisen gab Kalmann sich nie ab. Er hatte ganz andere Pläne für die Zukunft.

Herbert markierte den großen Mann; er reiste nach Amerika, lebte in Las Vegas und war dort regelmäßiger Gast in den Spielhöllen. Da er unglaubliches Glück beim Spielen hatte, konnte er beträchtliche Gewinne einstreichen. Kalmann dagegen verwendete seinen Profit dazu, um im Wirtschaftsleben Fuß zu fassen. Herbert baute sich in der kläglichen Unterwelt von Reykjavík eine Art von Lehnswesen sehr isländischer Prägung auf. Angesichts der geringen Bevölkerungszahl war es natürlich nicht möglich, gewaltige Profite zu erzielen, aber dank Kalmanns Organisationstalent brachte Herbert mit Kaltschnäuzigkeit und Brutalität die Hälfte des Drogenhandels in Island unter seine Kontrolle. Mit der Zeit aber ging Kalmann mehr auf Abstand zu seinem Jugendfreund, und sie trafen sich höchstens noch einmal pro Jahr. In den letzten Jahren hatte er diesen Begegnungen mit Sorge entgegengesehen und sie eigentlich noch mehr reduzieren wollen.

Am liebsten hätte er überhaupt nichts mehr mit Herbert zu tun gehabt. Er war das schwächste Glied in Kalmanns Netzwerk und als Anhängsel aus der Vergangenheit umso gefährlicher, je mehr Macht und Einfluss Kalmann in Islands Finanzwelt gewann. Er hatte aber immer noch Verwendung für Herbert, denn er besorgte ihm die Mädchen. Mit all seinem Reichtum fiel es ihm zwar alles andere als schwer, Frauen kennenzulernen, aber er hatte eben dieses Faible für ganz junge Mädchen, um die sich niemand kümmerte, und die kannte Herbert besser als jeder andere. Kalmann wusste, dass er mit dem Feuer spielte, aber das erhöhte die Spannung. In seiner Übersättigung hatte er bislang Stimulierung in Herberts Schattenwelt gefunden, aber ihm war völlig klar, dass das auf die eine oder andere Weise zu Ende gebracht werden musste, und zwar bald.

»Kalmann!«

Von Kalmann, der tief in seine Gedanken versunken war, kam keine Antwort.

»Kalmann«, rief einer aus der Runde. Alle sahen ihn an, und er lächelte, entschuldigte sich mit Hinweis auf seinen Jetlag und übernahm wieder die Leitung des Meetings.

Sechsundzwanzig

Am Tag nachdem Erla mit dem Sarg ihrer Tochter zurück nach Ísafjörður geflogen war, wurde in den Zeitungen ein Foto von Janus veröffentlicht mit der kurzen Bitte, dass diejenigen, die etwas über den Verbleib dieses Mannes wussten, sich umgehend mit der Polizei in Reykjavík in Verbindung setzen sollten. Es handelte sich um das Bild aus Janus' Führerschein, von dem der Polizei eine Kopie vorlag. Inzwischen hatte man auch seine Mutter ausfindig gemacht, und sie erwartete den Besuch der Kriminalpolizei.

Erlendur und Sigurður Óli hatten an diesem Tag viel Zeit in Ministerien und anderen Institutionen verbracht. Im Fischereiministerium stellte sich heraus, dass Kalmann im Vorstand einer Reykjavíker Reederei saß, die Quotenanteile im Wert von fünf Milliarden Kronen besaß. Den größten Teil davon hatte man in den vergangenen Jahren durch den Aufkauf von kleinen Kuttern und Trawlern aus den Westfjorden geholt, aber auch aus den Ostfjorden und aus den Fischerdörfern auf der Halbinsel Reykjanes.

Sie mussten verhältnismäßig vorsichtig vorgehen, als sie Kalmanns beruflichen Wirkungsbereich unter die Lupe nahmen. Falls es sich herumspräche, dass die Kriminalpolizei sich mit den Aktivitäten eines so einflussreichen Unternehmers wie Kalmann befasste, würde das die Gerüchteküche noch am gleichen Tag anheizen. Sigurður Óli stattete dem Bauunternehmerverband einen Besuch ab und gab vor, an der

Universität eine Arbeit über den Bau der Kraftwerke im Hochland zu schreiben, möglicherweise seien wichtige Informationen darüber beim Verband zu finden. Man war ihm gern behilflich, und er wurde im Gefolge eines Angestellten ins Archiv gelassen. Der zeigte ihm, wo die relevanten Unterlagen zu finden waren. Nach kurzer Zeit wurde es dem Mitarbeiter zu langweilig, und er ließ Sigurður Óli allein weiterforschen.

Erlendur konzentrierte sich unterdessen auf Kalmanns Immobilien und Bauprojekte in Reykjavík. Er kannte einen vertrauenswürdigen Mann beim Katasteramt, der es nicht gleich überall herumerzählen würde, dass Erlendur Informationen über Kalmanns Aktivitäten und seinen Einfluss in diesem Bereich sammelte. Er gab vor, Hinweisen auf das Fehlverhalten eines nicht sehr hochgestellten Mitarbeiters in einer von Kalmanns Firmen auf der Spur zu sein. Die Informationen, die er erhielt, führten ihn als Nächstes zum städtischen Planungsamt von Reykjavík. Sein Augenmerk richtete sich hier vor allem auf die Grundstücksvergabe. Auch in Kópavogur und Hafnarfjörður verschaffte er sich Einblick in die Bebauungspläne der neuen und rasch wachsenden Wohngebiete an den Stadträndern.

Gegen Abend trafen Erlendur und Sigurður Óli sich und tauschten sich über die Ergebnisse ihrer Recherchen aus. Anschließend setzten sie sich ins Auto und fuhren durch Hafnarfjörður und Kópavogur und zu guter Letzt auch noch durch die neuen Viertel im Norden von Reykjavík. Schließlich hielten sie am Rand des Rimar-Viertels an und stiegen aus.

»Dieser Mann besitzt Häuser, das kann man nicht anders sagen«, erklärte Erlendur. »Weißt du, auf wen die meisten und größten Bauprojekte innerhalb des Hauptstadtgebietes in den letzten zehn Jahren eingetragen sind?«, fragte er.

»Selbstverständlich auf unseren Kalmann, oder etwa nicht?«, sagte Sigurður Óli und blickte Richtung Norden nach Kjalarnes und auf das Bergmassiv der Esja.

»Weißt du, an wen das meiste Bauland in den letzten Jahren vergeben worden ist?«

»Ebenfalls an ihn, nehme ich an.«

»Es gibt eine Holding-Gesellschaft, die sich Búlki nennt. Weißt du, wer darin die Mehrheit besitzt?«

»Wie viel ist der Mann wohl wert, in Kronen gerechnet?«

»Zu dem Zeitpunkt, als die Bauarbeiten an den großen Kraftwerken abgeschlossen worden waren und keine weiteren Projekte dieser Art anstanden, vor etwa fünfzehn Jahren also, begann Kalmann damit, überall am Rande des Hauptstadtgebiets Land aufzukaufen«, sagte Erlendur. »Auch hier, wo wir uns jetzt befinden, werden seine Häuser entstehen. Ihm wurde sogar ein riesiges Gebiet von hier bis Mosfellsbær und Kjalarnes zugewiesen. Sein Unternehmen besitzt fast das gesamte zukünftige Bauland im Umkreis.«

»Ich habe gehört, er sei der drittreichste Mann des Landes«, sagte Sigurður Óli, der immer noch über den Wert des Mannes in Kronen nachdachte.

»Ich habe mir den Bebauungsplan der Stadt Reykjavík für den Zeitraum 1992 bis 2010 angeschaut. Kalmann kann bis weit ins dritte Jahrtausend hinein bauen. Er hat die Bewilligung für das Grafarholt-Viertel, das Borgarholt-Viertel und Geldinganes ebenso wie für das Hamrahlíð-Land da vorne. In Borgarholt wird ein Einkaufszentrum entstehen, das doppelt so groß werden soll wie die Kringla. Kalmann sitzt im Vorstand des Planungsausschusses, und ihm gehört der größte Anteil an der Holding-Gesellschaft. Du kennst das ja aus den Nachrichten.«

»Aber was können wir daraus schließen?«

»Erinnerst du dich, was Birta dieser Charlotte erzählt hat?«

»Ja, wer soll denn in all diese Häuser einziehen? War das nicht so? Wer soll all diese Häuser bevölkern?«
»Merkwürdige Überlegungen für eine Drogensüchtige, die auf den Strich ging, findest du nicht?«
»Ja, das kann man wohl sagen. Worauf willst du hinaus?«
»Wer nimmt das schon ernst, was so ein Junkie an dummem Zeug daherredet. Die Sache ist bloß die, dass meiner Meinung nach ihre Fragen eigentlich überflüssig waren.«
»Wieso?«
»Ich glaube, sie wusste die Antwort.«
»Und?«
»Deswegen musste sie sterben.«

Siebenundzwanzig

Im Telefonbuch standen an die zwanzig Frauen, die Guðrún Þorsteinsdóttir hießen, aber die Mitarbeiter der Kriminalpolizei hatten die Mutter von Janus schnell unter ihnen herausgefunden. Sie war Hausfrau und nicht berufstätig. Sie wunderte sich sehr über den Anruf der Kriminalpolizei. Erlendur und Sigurður Óli machten sich auf den Weg zu ihr, nachdem sie aus dem Neubauviertel zurückgekehrt waren. Janus' Mutter lebte immer noch in derselben Wohnung an der Háaleitisbraut, in die sie seinerzeit mit Janus eingezogen war, als sie nach Reykjavík kamen.

Sie war auf den Treppenabsatz im dritten Stock hinausgetreten, um Erlendur und Sigurður Óli in Empfang zu nehmen. Erlendur als Raucher brauchte für die Treppe etwas länger als Sigurður Óli, der sie mühelos im Eilschritt nahm und oben auf seinen Kollegen warten musste. Guðrún war eine mollige Frau um die fünfzig und hatte helles, dichtes Haar. Ein rosa Pullover spannte sich über ihrem großen Busen, und die Nähte an ihrer Jeans schienen platzen zu wollen. Sie zündete sich während ihres Gesprächs eine Zigarette nach der anderen an. An einem Auge waren deutliche Spuren eines verblassenden Veilchens zu erkennen, und sie hatte eine Schnittwunde oberhalb des Nasenbeins. Sie war sehr darum bemüht, ihnen zu erklären, was es damit auf sich hatte, angeblich hatte sie eine feuerfeste Form oben aus dem Schrank holen wollen, und die war ihr aus der Hand geglitten und hatte sie im Gesicht getroffen. Nach dieser Information inhalierte sie tief und drückte ihre Zigarette aus. In der Wohnung hing ein schwacher Alkoholgeruch. Das Bild von ihrem Sohn in der Zeitung hatte sie nicht gesehen.

»Weshalb wollt ihr mit mir über Janus sprechen?«, fragte sie. »Hat er sich in Schwierigkeiten gebracht? Das ist gar nicht seine Art.«

»Nein, nichts dergleichen. Es geht nur darum, ob er ein Mädchen namens Birta kannte und wo wir ihn finden können«, sagte Erlendur und betrachtete durch das Wohnzimmerfenster den dichten Verkehr auf der Miklabraut.

»Birta. Ich kann mich an ein Mädchen in den Westfjorden erinnern, das Birta hieß. Meint ihr die?«

»Sie haben sich gekannt, bevor ihr nach Reykjavík gezogen seid«, sagte Sigurður Óli.

»Ich kann mich gut an Birta erinnern. Sie hat meinem Janus sehr geholfen.«

»Das wurde uns auch berichtet«, warf Erlendur ein.

»Janus war ein ganz normales Kind, er wurde aber viel gehänselt und war ein Außenseiter. Ziemlich einsam und verschlossen war er, der gute Junge. Birta hat aber immer zu ihm gehalten. Und wenn die Schulkameraden ihn ärgerten, hat sie ihnen ordentlich Bescheid gesagt.«

»Weißt du, ob die Verbindung zwischen ihnen bestehen blieb, nachdem ihr nach Reykjavík gezogen seid?«

»Nein, ich glaube nicht. Soweit ich weiß, ist die Verbindung zwischen ihnen völlig abgebrochen.«

»Wie lang ist es her, seit du zuletzt von Janus gehört hast?«

»Es ist eine Weile her«, sagte Guðrún und zündete sich eine neue Zigarette an. »Er ist sehr früh von zu Hause ausgezogen«, sagte sie und strich sich vorsichtig über das blaue Auge. »Nach der Schulzeit hat er sofort angefangen zu arbeiten, er wollte auf eigenen Beinen stehen. Er hat im Schlachthof gearbeitet, bis die den ganzen Betrieb nach Hvolsvöllur verlegten. Danach hat er im Hagkaup-Supermarkt angefangen, da war er im Lager beschäftigt, aber dort hat er es nicht lange ausgehalten, sondern hat lieber Gelegenheitsjobs angenommen. Janus ist ein guter Junge. Weshalb stellt ihr alle diese Fragen?«

»Wann hast du das letzte Mal von ihm gehört?«, wiederholte Sigurður Óli, ohne auf ihre Frage einzugehen.

»Es ist so ungefähr zwei Wochen her. Er wohnt da oben in Breiðholt, das wisst ihr sicher. Ich habe bei ihm angerufen und wollte ihn bitten, etwas für mich zu erledigen. Er ist immer sehr hilfsbereit.«

»Hat er dir gegenüber Birta erwähnt?«

»Er hat nie über Birta gesprochen, weshalb hätte er das auch tun sollen? Sie haben sich seit Jahren nicht gesehen, oder? Worum geht es eigentlich?«

»Das Mädchen, das tot auf dem Friedhof gefunden wurde, du hast doch davon gehört?«

Guðrún nickte.

»Das war Birta. Wir haben Grund zu der Annahme, dass sie ermordet wurde.«

»War Birta das Mädchen auf dem Friedhof? Um Gottes willen! War sie nicht schlimm zugerichtet, wurde das nicht in den Nachrichten gesagt? Ihr glaubt doch wohl nicht, dass mein Janus das getan hat, das ist völlig ausgeschlossen. Mein Janus würde niemandem etwas antun können, und schon gar nicht Birta, das ist völlig ausgeschlossen. Sie waren befreundet. Das Mädchen hat ihm das Leben gerettet! Ihr dürft so etwas nicht von meinem Janus glauben. Das dürft ihr nicht!«

»Janus steht nicht im Verdacht, jemandem etwas angetan zu haben, geschweige denn einen Mord begangen zu haben«, erklärte Erlendur in beruhigendem Ton. »Wir möchten uns nur gern mit ihm unterhalten, vielleicht hat er ja etwas über sie gewusst oder über diejenigen, mit denen sie vor ihrem Tod verkehrte. Mehr ist es nicht. Würdest du ihm das ausrichten, wenn du von ihm hörst? Wenn er sich meldet, sag ihm bitte, dass wir gern mit ihm sprechen würden und dass es nicht darum geht, dass er unter Mordverdacht steht.«

»Wir hätten niemals in diese elende Stadt ziehen sollen«, sagte Guðrún plötzlich und zündete sich mit zitternden Händen die nächste Zigarette an. »Ich hätte niemals mit Janus hierherkommen dürfen. Hätte mich nie von diesem verdammten Mistkerl dazu verleiten lassen sollen. Er war es, der nach Reykjavík wollte, mein Mann. Er ist Seemann. Janus hat sich in der Stadt nie wohlgefühlt.«

»Weißt du, wo er im Augenblick sein könnte? Wo hat er sich häufig aufgehalten? Hatte er Freunde, bei denen er unterkommen könnte?«

»Nein. Janus hat nicht viele Freunde. Er ist Einzelgänger. So war er nicht immer, aber so ist er geworden. Ich habe keine Ahnung, wo er hingeht, wenn er nicht zu Hause ist«, sagte Guðrún.

Sigurður Óli war für den Abend mit Bergþóra bei ihr zu Hause verabredet. Erlendur brachte ihn zunächst zu seiner Wohnung, wo er duschte, sich eine Jeans und das dunkelgrüne Polohemd mit dem kleinen Krokodil anzog. Erlendur hätte nie begriffen, weshalb so ein Detail bei einem Kleidungsstück von Bedeutung war.

Bergþóra nahm ihn an der Tür in Empfang. Sie hatten seit seiner Abreise in die Westfjorde mehrfach miteinander telefoniert, und er hatte sie in groben Zügen über den Stand der Ermittlungen auf dem Laufenden gehalten. Bergþóra wusste jetzt den Namen des Mädchens, das sie auf dem Friedhof gefunden hatte, und sie war sehr neugierig, mehr über ihr Schicksal zu erfahren. Sigurður Óli versuchte, nicht allzu viel preiszugeben, denn er wusste, dass Erlendur fuchsteufelswild werden würde, falls er erfuhr, dass sein Kollege mit Leuten, die es wenig oder gar nichts anging, über interne Dinge plauderte.

Sie setzten sich an den Tisch in der Küche. Bergþóra hatte ein einfaches Pastagericht zubereitet, mit grünen, kernlosen Oliven, die Sigurður Óli besonders gern mochte.

»Ich muss oft daran denken«, sagte sie, »wie hilflos das Mädchen da in dem Blumenmeer auf Jón Sigurðssons Grab wirkte. Sie war so dünn und leichenblass.«

»Sie hat ein entsetzliches Leben gelebt. Sie war heroinsüchtig und hatte Aids. Entweder hat sie sich als Prostituierte infiziert oder durch eine Spritze. Das Erstaunliche ist bloß, dass wir nirgendwo im sozialen Netzwerk etwas über sie finden können. Es hat ganz den Anschein, als sei sie nie mit dem Gesetz in Konflikt geraten und habe sich nie in irgendwelchen Auffangstellen oder Therapiecentern blicken lassen. Das ist ziemlich ungewöhnlich, denn solche Mädchen landen doch nahezu ausnahmslos irgendwann einmal in den Maschen dieses Netzes, und mag der Grund dafür noch so unbedeutend sein.«

»Wisst ihr, wer sie da auf den Friedhof gelegt hat?«

»Nicht wirklich. Wir suchen zwar nach einem jungen Mann, einem Freund von ihr aus den Westfjorden, aber im Grunde genommen sind wir keinen Schritt weitergekommen. Möglicherweise hat er einen Mann namens Herbert überfallen und entführt.«

»Besteht dann nicht die Gefahr, dass er auch mich überfällt?«

»Es ist richtig und auch wichtig, möglichst vorsichtig zu sein.«

»Du bist ja jetzt bei mir.«

»Mmh«, murmelte Sigurður Óli mit dem Mund voll grüner Oliven. Er hatte sich schon heftig den Kopf darüber zerbrochen, wie sich ihre Beziehung weiterentwickeln würde, wenn die Ermittlungen abgeschlossen waren. Würden sie wieder ihrer Wege gehen? Würden sie in Kontakt bleiben? Er wusste auch nicht, wie Erlendur es aufnehmen würde, wenn er herausfände, dass Sigurður Óli sich auf einen heftigen Flirt mit der Zeugin in einem Mordfall eingelassen hatte.

Ihre Gedanken waren in eine ähnliche Richtung gegangen. Der Armleuchter vom Friedhof, dieser tolle Kavalier, der sofort Reißaus genommen hatte, war seit längerer Zeit die einzige Unterbrechung in ihrem praktisch männerlosen Dasein gewesen. Bis dahin hatte sie sich seit dem Studium mit niemandem mehr ernsthaft eingelassen. An der Universität hatte irgendein Islandpulloverfreak versucht, sie anzubaggern, und sie hatte schwache Erinnerungen an einen Flirt im Gymnasium, aus dem nichts geworden war. Sie hatte nicht viel Zeit in Männer investiert, es hatte höchstens ab und zu mal einen gegeben, der dann am Morgen danach im Taxi abgezogen war.

»Möchtest du einen Kaffee?«, fragte sie.

»Ja, bitte«, antwortete Sigurður Óli.

»Machst du dir etwas aus Gedichten?«, fragte sie, stand auf und machte sich an der Kaffeemaschine zu schaffen.

»Was für Gedichte?«

»Richtige Dichtung.«

»Ja.«

»Ich hab ein Faible für Bólu-Hjálmar. Er hat über Solon Islandus gedichtet und gesagt, dass Glücklosigkeit einen umfangen kann.«

»Und?«

»Dieses Gefühl verfolgt mich seit einiger Zeit immer stärker.«

»Was für ein Gefühl?«

»Ich hab den Mann auf dem Friedhof nur von hinten gesehen,

auch nur für einen Augenblick. Aber es war genau wie in dem Gedicht von Hjálmar.«
»Was?«
»Diese Glücklosigkeit. Da war irgendetwas an ihm, was mich an die Glücklosigkeit von Solon erinnerte.«
Bergþóra stand auf, um abzuräumen.
Im Vorbeigehen berührte sie Sigurður Óli, der der Versuchung nicht widerstehen konnte. Er fasste sie am Handgelenk und zog sie zu sich herunter. Sie wehrte sich nicht, und als ihre Gesichter sich schon fast berührten, fragte sie leise: »Du willst also keinen Kaffee?«
Er nickte.
»Vielleicht danach?«
Er nickte.
»Wir können ihn auch ganz weglassen.«
Er nickte.
»Ich bin aber nicht bereit, auf den Friedhof zu gehen.«
Er grinste.
»Ausgeschlossen. Wo denkst du hin!«
Sie nahm ihn bei der Hand und führte ihn ins Schlafzimmer. Als er am nächsten Morgen erwachte und sie schlafend an seiner Seite erblickte, schossen ihm zwei Gedanken fast gleichzeitig durch den Kopf.
Diese Frau wollte er nie verlassen.
Niemals.
Und dann wurde ihm flau, als er an Erlendur dachte.

Achtundzwanzig

Seit Erlendur den Obduktionsbericht über Birta gelesen hatte, verspürte er das Bedürfnis, mit Eva Lind zu reden, und nachdem er Sigurður Óli abgesetzt hatte, rief er die Nummer ihres neuen Freunds an. Eva Lind kam an den Apparat, und sie verabredeten sich in einem kleinen Lokal in der Innenstadt unweit der Austurstræti. Er traf vor ihr ein und trank ein Bier, während er auf sie wartete. Nach einer Viertelstunde betrat Eva Lind das Lokal und setzte sich zu ihm. Sie wollte nichts bestellen und erklärte, sie müsse noch wohin und könne nicht lange bleiben.

»Du hast irgendwie so traurig am Telefon geklungen«, sagte sie. »Stimmt was nicht?«

»Es hat sich herausgestellt, dass diese Birta Aids hatte«, antwortete er.

»Ach so! Deshalb machst du dir jetzt wohl meinetwegen Sorgen.«

»Ich mach mir deinetwegen ständig Sorgen, aber das scheint nicht viel zu helfen.«

»Ich habe kein Aids«, sagte Eva Lind und blickte ihm in die Augen. Er sah sofort, dass sie unter Drogen stand. Er kannte dieses selbstsichere und seltsam aufgekratzte Auftreten und wusste, dass es nicht echt war, sondern chemisch, vergiftet. Aber er verkniff es sich, dieses Thema anzuschneiden. Das hatte er schon zu oft getan und immer ohne Erfolg.

»Wieso bist du dir da so sicher?«, fragte Erlendur und spürte, wie der Zorn in ihm aufstieg. »Lässt du dich regelmäßig testen, oder ist es, weil du glaubst, dass du so etwas nicht bekommst, sondern nur die anderen Junkies und Herumtreiber? Nur die anderen Idioten, aber nicht du. Ist es das, was dich da so sicher sein lässt?«

»Sei doch nicht so bösartig«, schnaubte Eva Lind und zog die Nase hoch. »Soviel ich weiß, hab ich dir bei diesem Fall geholfen, und dafür bedankst du dich mit lauter Vorhaltungen.«

»Du musst doch begreifen, wie ich mich fühle.«

»Ehrlich gesagt habe ich keine Ahnung, und überhaupt geht mich das wohl auch kaum etwas an. Du bist gegangen, erinnerst du dich. Du warst kein Vater für mich, und ich weiß immer noch nicht, ob du es tatsächlich bist. Ich wüsste nicht, dass du irgendwelche Ansprüche geltend machen kannst. Ich wüsste nicht, dass ich dir jemals irgendetwas bedeutet habe. Du warst bloß irgendein Kerl, von dem Mama behauptete, er sei ein ekelhaftes Scheusal. Das warst du, begreifst du das? Ein Scheusal. Ich kenn dich erst seit ein paar Jahren, und zwar nur deswegen, weil ich dich aufgesucht habe. Sindri Snær und ich sind dir auf die Bude gerückt, weil wir neugierig waren auf dieses Scheusal. Und du willst dir ein Urteil über mich erlauben, als seist du der Hohepriester der zwischenmenschlichen Beziehungen?«

Eva Lind sagte das alles vollkommen ruhig und ohne irgendwelche Anzeichen von Erregung. Sie sah ihrem Vater unbefangen in die Augen, der jedoch den Blick abwenden musste. Er konnte den Worten seiner Tochter nichts entgegensetzen, und das wussten sie beide. Er hatte zwar Eva nicht zu einem Wutanfall provoziert, aber in einer tiefen Wunde von ihnen beiden gebohrt.

»Wir wissen nichts über dich«, fuhr sie fort. »Nicht das Geringste. Wie warst du, als du klein warst? Wie wurdest du genannt? Wer bist du? Woher kommst du? Was für ein Kaff ist dieses Eskifjörður? Wer ist Erlendur? Kannst du mir das sagen?«

Erlendur schwieg.

»Ich habe gerade vorhin mit Mama telefoniert«, fuhr sie fort. »Sie sagt, du hättest Sindri Snær geholt und nach Vogur gebracht. Das erste Mal seit wie viel Jahren, dass ihr miteinander sprecht? Siebzehn oder achtzehn? Zwanzig?«

»Man kann es wohl kaum ein Gespräch nennen«, warf Erlendur ein. »Sie rief an, bevor ich in die Westfjorde fuhr, und hat sich dabei hoffentlich abreagieren können.«

Eva Lind schwieg eine Weile und betrachtete ihren Vater.

»Ich weiß, dass du dich manchmal wegen mir und Sindri Snær bemitleidest und dass du dir selber die Schuld daran gibst. Darüber haben wir oft diskutiert. Aber lass es dir gesagt sein, es spielt überhaupt keine Rolle für mich, was du glaubst oder wie du versuchst, dein Versagen wieder gutzumachen. Das interessiert mich überhaupt nicht mehr. Aber kannst du dir nicht vorstellen, dass Sindri und ich uns ebenfalls bemitleidet haben? Hast du jemals einen Gedanken daran verschwendet? Glaubst du vielleicht, du bist der Einzige, der sich bemitleiden darf? Sindri und ich haben einen Weg gefunden, um zu überleben. Es ist vielleicht nicht vorbildlich, wie wir das handhaben, aber es ist eben eine Möglichkeit. Du hast uns einfach bei Mama und all diesen Kerlen zurückgelassen, mit denen sie sich eingelassen hat. Einige waren okay, andere nicht. Keiner von denen hat es lange bei ihr ausgehalten, wahrscheinlich gingen ihnen die Kinder auf den Keks. Einige haben es uns direkt ins Gesicht gesagt. Ich kann mich an einen erinnern, der Sindri so verprügelt hat, dass er zur Ambulanz musste. Und wo war da unser Scheusal? Also sitz hier bloß nicht rum und kritisiere Sindri und mich. Was wir machen, ist unser Bier. Wir fühlen uns zwar nicht immer im siebten Himmel, aber was soll's.«

»Einiges von dem, was du sagst, kann ich nachvollziehen«, sagte Erlendur nach einigem Schweigen. »Aber ich hab dich nicht nur wegen Aids angerufen. Ich wollte dich mit diesem Mädchen Birta vergleichen. Sie stammte auch aus – wie heißt es doch so schön – zerrütteten Familienverhältnissen. Ihre Eltern haben sich ebenfalls scheiden lassen. Als ich mit ihrer Mutter sprach, hatte sie keine Antwort darauf, weshalb ihre Tochter drogensüchtig geworden ist. Es begann bei ihr auf dem Gymnasium, und danach war ihr nicht mehr zu helfen. Da musste ich an dich denken und an andere Mädchen, und ich wollte gerne wissen, weshalb Mädchen und Jungen zu Drogen greifen und ihr Leben wegwerfen, um tiefer und tiefer zu sinken, bis alles zerstört ist.«

»Vergleichst du mich mit dieser Birta? Zwischen uns beiden besteht aber ein gewaltiger Unterschied. Ich drücke nicht, das hab ich noch nie getan, und das werde ich auch nie tun. Ich bin clean.«

»Genau. Du solltest dich selber hören! Du wirst etwas nie tun, und im nächsten Moment steckst du schon voll drin.«

»Bei einigen ist es weder auf irgendwelche Auslöser noch auf familiäre Hintergründe zurückzuführen, dass sie in der Gosse landen«, sagte Eva und ignorierte den zornigen Unterton ihres Vaters. »Bei anderen gibt es so was. Ich hab ein Mädchen gekannt, die hieß Helga, und sie starb an Aids. Ihr Vater hat sie missbraucht, seit ihrer Kindheit. Ein richtig feiner Pinkel und nicht etwa irgendein schmieriger Typ. Sie hat, so schnell sie konnte, die Kurve gekratzt. Bei Jungs kommt das auch vor, aber nicht so häufig. Einige sind praktisch von Geburt an auf sich selbst angewiesen und haben niemanden, der sich um sie kümmert. Sie treiben sich rum, klauen, prügeln, werden verknackt und kommen wieder raus, um gleich wieder zu klauen und zu prügeln. Sozialhelfer sülzen dann darüber, dass sie aus zerrütteten Familienverhältnissen kommen, nie was anderes als Suff und Gewalt erlebt haben und deswegen nichts als Randale und Revolte kennen. Es gibt aber auch welche, die furchtbar streng erzogen worden sind, die geschlagen wurden und nicht rauchen und keinen Alkohol anrühren durften, weil die Eltern eine totale Macke hatten, und die rebellieren ebenfalls. Und dann die, wo niemand kapiert, wieso. Gutes Zuhause, schlechtes Zuhause, das hat überhaupt nichts zu sagen. Die fangen mit Alkohol an und vielleicht mit Hasch oder irgendwelchem *safe* Dope, aber aus irgendeinem Grund haben die sich einfach *under control.*«

»Liegt es an irgendwas im Gehirn?«

»Das sagt Sindri Snær immer. Ich weiß es nicht, ich kenn mich da nicht aus. Vielleicht ist es auch was Komplizierteres, aber dieses blöde Gefasel über den familiären Hintergrund hilft da nicht weiter. Irgendetwas geht da ab, womit die nicht fertig werden können. Die sind vielleicht 'ne ganze Weile *straight*, aber dann versacken sie so bodenlos, dass sie nie wieder davon loskommen. Bei denen ist die Sucht angeboren, die kennen nichts anderes als Dope. Denen geht es nur dann gut, wenn sie breit sind, am liebsten aber völlig aus der Welt.«

»Und wo ordnest du Sindri Snær und dich in dem Ganzen ein?«

»Kannten wir was anderes als ein Scheusal?«, sagte Eva Lind, um weiter Salz in die Wunde zu streuen.

»Vielleicht bin ich ein Scheusal, aber ich verurteile euch nicht. Auch wenn ich entschieden etwas dagegen habe, was ihr euch selber antut, verurteile ich euch nicht, das habe ich nie getan. Aber ich kriege die Wut, und ich begreife nicht, wieso ihr euch so verhaltet. Ich habe immer an euch gedacht, und ich war froh, als ihr zu mir gekommen seid. Ich habe versucht, euch zu helfen. Ich habe ein ganzes Jahr damit verbracht, dich aus dem Sumpf herauszuholen, und es wäre beinahe geglückt. Vielleicht wart ihr aber auch schon zu tief gesunken.«

Eva Lind wechselte urplötzlich das Thema.

»Habt ihr schon rausgekriegt, was für eine Birta das ist?«, fragte sie und zog leicht die Nase hoch, was Erlendur nicht entging.

»Birta Óskarsdóttir. Sie stammte ursprünglich aus Ísafjörður und kam vor einigen Jahren nach Reykjavík. Hatte schon in den Westfjorden mit Dope angefangen, aber hier in der Stadt steigerte sich ihr Drogenkonsum enorm. Sie hatte einen Freund, der Janus heißt, die beiden haben anscheinend auch zusammen gewohnt. Den suchen wir, genau wie Herbert, der ist wie vom Erdboden verschluckt. Fällt dir dazu was ein?«

»Ich habe Birta nicht gekannt und genauso wenig diesen Janus, und es wär super, wenn Herbert nie gefunden werden würde. Er ist das Letzte. Er hat den Drogenhandel hier in Reykjavík richtig organisiert – und nicht nur hier, sondern auch auf dem Land. Trotzdem hat er kaum je Ärger mit dem Rauschgiftdezernat. Er tickt zwar nicht frisch, ist aber unheimlich auf der Hut; ich weiß nicht, vielleicht hat er ja auch Beziehungen zu irgendjemandem im Dezernat. Und er regiert mit eiserner Faust, was Brutaleres als den gibt's nicht. Irgendwann verschwand ein Mann, der ihm Konkurrenz machen wollte, und es heißt, dass Herbert ihn umgelegt hat. Niemand traut sich, gegen Herbert aufzumucken, aber das sind ja auch alles totale Weicheier, die für ihn dealen.«

»Elínborg hat sich nochmal diese alte Akte angesehen. Der Mann, der verschwand, hieß Stefán und hatte irgendwelche Verbindungen zur kriminellen Szene hier in Reykjavík – so spannend, wie die ist. Der Fall wurde wie eine Mordermittlung gehandhabt, und Herbert wurde vernommen, weil irgendjemand die beiden in Verbindung brachte, aber die Leiche wurde nie gefunden. Anscheinend hat sich auch niemand daran gestört, dass dieser Mann nie wieder auftauchte. Isländer haben eine merkwürdige Einstellung zu Vermisstenfällen. Sie haben sich wohl im Laufe der Zeit daran gewöhnt, dass Menschen bei Unwettern verschwinden können und eine Leiche vielleicht erst nach hundert Jahren gefunden wird. So ein Verschwinden gab dann nur Anlass zu einer weiteren unterhaltsamen Gespenstergeschichte. Wir regen uns nur in Ausnahmefällen über das Verschwinden von Menschen auf. Das ist schon in den isländischen Volkssagen so, und deswegen hält man das für normal.«

»Du weißt, wer Kalmann ist, dieser *bigshot* im isländischen Business. Ich habe immer gehört, dass Herbert und der unter einer Decke stecken, dass er womöglich sogar der Drahtzieher hinter Herbert ist. Angeblich sind sie schon seit ewigen Zeiten befreundet und immer in Kontakt geblieben. Herbert ist viel zu bescheuert, um irgendwas wirklich unter Kontrolle zu haben, höchstens mit Gewalt. Er hätte sich nie und nimmer aus eigener Kraft den ganzen Drogenmarkt unter den Nagel reißen und organisieren können, *no way*. Wenn man den ganzen Gerüchten Glauben schenkt, ist Kalmann das Hirn hinter dem Ganzen.«

»Wir haben Kalmann im Visier. Wir vermuten, dass Herbert ihm Mädchen besorgt hat und Birta eines von ihnen war. Auch Mädchen aus diesem schauerlichen Pornoclub, der ihm gehört.«

»Ich weiß, dass Herbert auch Nutten hält. Freundinnen von mir haben für ihn gearbeitet.«

»Wie läuft das ab?«

»Sie kriegen Bescheid, dass sie irgendwelche Typen in Hotelzimmern oder in Sommerhäusern besuchen sollen.«

»Und der Bescheid kommt von Herbert?«

»Das hab ich gehört.«

»Hast du auch schon mal für Herbert gearbeitet?«

»Herrgott noch mal, hör auf, dich so zu quälen!«
Sie saßen schweigend da, bis Eva Lind wieder das Wort ergriff.
»Vor einem halben Jahr hab ich mich zuletzt auf Aids untersuchen lassen. Ich drücke nicht, im Gegensatz zu Birta, und wenn ich mit jemandem ins Bett steige, pass ich auf. Was Aids betrifft, pass ich verdammt auf. So blöd bin ich nicht, so tief gesunken bin ich nicht.«
»Lässt du deine Tests in Island machen?«
»Natürlich.«
»Falls du das nicht wolltest, was würdest du dann machen?«
»Es geht ja bloß um eine Blutprobe, und im Ausland gibt es überall Anlaufstellen für Leute, die herausfinden wollen, ob sie sich infiziert haben. Falls Birta ins Ausland gefahren ist, dürfte es bestimmt kein Problem für sie gewesen sein, das abchecken zu lassen.«
»Gehen diese Kerle nicht ein ganz schönes Risiko ein, wenn sie sich mit solchen Mädchen einlassen?«
»Einigen macht das was aus, anderen nicht. Manche finden es voll geil, mit dem Feuer zu spielen. Vielleicht fehlt ihnen der ultimative Kick. Ich weiß es nicht.«
Erlendurs Handy klingelte. Es war Elínborg. Sie war gerade ganz in der Nähe des Lokals. Charlotte hatte angerufen und einen Einbruch in dem Haus, in dem sie zur Miete wohnte, gemeldet. Gestohlen worden war eigentlich nichts, aber in dem einen Zimmer hatte jemand die Fußbodendielen hochgestemmt.
»Ich wurde Lillibob genannt«, sagte Erlendur. Er hatte das Handy wieder eingesteckt und war aufgestanden.
»Was?«
»Lillibob, so wurde ich in Eskifjörður genannt.«
»Lillibob? Lillibob. Mensch, wie süß.«

Neunundzwanzig

Erlendur eilte die Pósthússtræti entlang und bog in die Kirkjustræti ein. Vor dem Haus standen zwei Einsatzwagen, und als er die Wohnung betrat, war sie bereits voller Polizisten. Elínborg und Þorkell waren ebenfalls da, Sigurður Óli jedoch war nirgends zu sehen. Er war nicht zu Hause, und sein Handy war abgestellt. Erlendur drängelte sich an den Polizisten vorbei zu Elínborg. Sie und Þorkell standen neben einem Loch im Dielenboden in dem kleinen Zimmer, in dem sie sich ganz zu Anfang mit Charlotte unterhalten hatten. Neben dem Loch lag ein Blechkasten von der Größe eines Schuhkartons auf dem Boden. Das simple Schloss war aufgebrochen worden, der Kasten leer.

Sonst schien nichts im Haus angerührt worden zu sein, obwohl das schwierig abzuschätzen war, denn es gab ja keine wirklichen Wertgegenstände in der Wohnung. Sie war genauso verdreckt und verschlampt wie bei Erlendurs erstem Besuch. Die lackierten Holzdielen, von denen einige aufgebrochen worden waren, waren normalerweise unter einem abgewetzten Teppich verborgen. In dem Hohlraum, der unter den Dielen zum Vorschein kam, hatte sich jedenfalls der Blechkasten befunden. In der Vertiefung waren deutlich frische Rattenexkremente zu erkennen. Vermutlich tummelten sich überall unter diesem Fußboden Ratten.

»Klaut da etwa jemand Dope von unserem Freund Herbie?«, fragte Erlendur und bückte sich zu dem Kasten hinunter.

»Charlotte ist im Augenblick ziemlich okay. Sie rief bei uns an, um uns Bescheid zu sagen«, erklärte Elínborg. »Sie hat sich aber aus dem Staub gemacht, bevor wir hier scharenweise und mit Sirenen anrückten. Sie hat bestimmt überhaupt nicht kapiert, was da eigentlich läuft. Sie war sehr überrascht und sagt, sie hätte niemanden bemerkt, sie hätte das so vorgefunden, und um irgendwas zu unternehmen, hat sie bei uns angerufen, denn sie dachte, dass es etwas mit Birta zu tun haben könnte.«

Die Fahndung nach Herbert lief auf vollen Touren, aber ihre Mannschaft war nicht groß genug, um all die Häuser, die Herbert besaß, rund um die Uhr zu überwachen und zu sehen, ob Herbert Heimweh bekommen hatte. Deshalb war keine Polizei in der Nähe gewesen, als der Einbruch stattfand.

»Das muss doch Herbert gehören«, sagte Þorkell. »Das ist sein Haus, und höchstwahrscheinlich hat es ihm als Versteck gedient. Er hatte hier vielleicht Geld versteckt, und jetzt hat er es sich geholt. Klarer Fall.«

»Herbert wurde aus dem Haus, in dem er wohnte, hinausgetragen«, gab Elínborg zu bedenken. »Meinst du damit, dass er das inszeniert hat, um sein Verschwinden wie eine Entführung aussehen zu lassen?«

»Oder vielleicht hat er jemandem von diesem Versteck erzählt«, entgegnete Þorkell. »Ich denke bloß laut. Dieser Fall besteht aus nichts anderem als aus lauter unbeantworteten Fragen.«

»Würde das nicht Herbert ähnlich sehen, einen Kasten voller Geld unter den Bodendielen zu verstecken?«, sagte Erlendur und kratzte sich am Kopf. Dieser Fall wird immer kurioser. »Ein junges Mädchen wird ermordet und auf das Grab von Jón Sigurðsson gelegt. Sie ist rauschgiftsüchtig und HIV-positiv, und zwar im Endstadium. Jón Sigurðsson war aus den Westfjorden, und es stellt sich heraus, dass das Mädchen ebenfalls von da stammt. Sie ist misshandelt worden. Ein Mann namens Janus, der auch aus den Westfjorden kommt und den sie einmal knapp vor dem Tod gerettet hat, verschwindet, meldet sich aber mit irgendwelchen Andeutungen bei uns. Der Mörder fährt in einem gestohlenen Auto nach Keflavík, in dem er vermutlich die Leiche transportiert hat; das Auto wird unweit von Janus' Wohnung gestohlen. Ist er der Mörder? Hat er den Mörder überrascht? Nicht weit von Janus' Wohnung liegt Herberts Villa; der wiederum steht unter dem Verdacht, sein Geld als Drogenhändler und Zuhälter zu verdienen. Es versetzt ihm einen sichtlichen Schock, als er vom Tod des Mädchens erfährt, und er ruft danach jemanden an, aber nicht von zu Hause aus, sondern von einer Telefonzelle in der Stadtmitte. Er kannte Birta, denn sie wohnte bei ihm zur Miete. Vielleicht hat er ihr die Kunden besorgt. Wir haben immer noch nicht feststellen können, wen er angerufen hat, aber kurze Zeit darauf verschwindet er; laut einer Zeugenaussage wurde er aus seinem Haus getragen und in einem Auto verstaut. Jetzt ist hier in Herberts Haus eingebrochen worden, zurück bleibt ein leerer Blechkasten. Kann sich jemand von euch einen Reim darauf machen?«

Sie sahen einander an, aber die Antworten blieben aus. Die Leute von der Spurensicherung waren eingetroffen, um den Kasten und die Umgebung auf Fingerabdrücke hin zu untersuchen. Erlendur und seine Mitarbeiter zwängten sich durch den Menschenpulk hinaus auf die Straße und an die frische Luft. Es war schon beinahe zehn. An diesem milden isländischen Sommerabend war es trotz des bedeckten Himmels sehr hell.

»Könnte nicht jemand anders als Herbert dieses Versteck benutzt haben?«, fragte Elínborg. »Hier haben doch wer weiß wie viele Leute gewohnt.«

»Das hier hat meiner Meinung nach ganz offensichtlich etwas mit Herbert und seinem Verschwinden zu tun, das steht für mich außer Frage«, sagte Erlendur. »Ich bezweifle, dass wir andere Fingerabdrücke als seine an dem Kasten finden werden.«

»Falls Herbert den Kasten geöffnet hat, ist er dann also diesem Mann entkommen, der ihn aus seinem Haus geschleppt hat?«, fragte Þorkell.

»Wir haben letzten Endes keine Ahnung, was in Herberts Haus geschehen ist«, sagte Elínborg und wehrte mit den Händen den Rauch von der Zigarette ab, die Erlendur sich angesteckt hatte. »Es könnte genauso gut sein, dass er auf diese Weise sein eigenes Verschwinden inszeniert hat. Dann hat er sich sein Geld geholt, und jetzt ist er vielleicht schon außer Landes. Setzen sich nicht alle diese Typen nach Dänemark ab? Oder nach Malaga?«

»Meine Tochter, ihr kennt sie ja alle, hat gesagt, dass Herbert und Kalmann sich schon seit ihrer Jugend kennen«, sagte Erlendur. »Wisst ihr etwas darüber?«

»Kalmann?«, sagte Þorkell nachdenklich. »Den Namen habe ich auf der Liste der Passagiere gesehen, die an dem Morgen, an dem das Mädchen auf dem Friedhof gefunden wurde, das Land verließen. Der einzige Name, den ich kannte.«

»Hat Kalmann das Land verlassen, nachdem das Mädchen tot aufgefunden wurde?«, fragte Erlendur überrascht.

»Hundertprozentig. Es waren an die vierhundert Leute, und ich kannte ein paar Namen, seiner war mit dabei. Er ist an dem Morgen nach Amerika geflogen. Kalmann. Saga Class.«

»Und warum rückst du erst jetzt mit diesen Informationen heraus, du Idiot?«, schrie Erlendur.

»Was? Ich …«

Nachdem Erlendur seinen Zorn an Þorkell ausgelassen hatte,

erklärte er, dass sie sich morgen früh auf einer Besprechung mit dem Polizeipräsidenten sehen würden, um den Fall mit ihm durchzugehen. Erlendur ging zu seinem Auto, und Elínborg folgte ihm ein Stück, ohne dass er es merkte; vor dem Hotel Borg holte sie ihn ein.

»Erlendur«, sagte sie, »ich muss dir etwas zeigen.«

»Was ist los?«, fragte er verwundert.

»Ich kam zuerst hin, in Charlottes Behausung, meine ich, und ich hab den Kasten als Erste gefunden«, sagte Elínborg verlegen. »Du weißt ja, sie hatte bei mir angerufen. Ich habe den Kasten auf dem Boden sofort gesehen, aber er war nicht völlig leer, als ich ihn fand. Da war etwas drin, was ich herausgenommen habe.«

»Herausgenommen? Weshalb?«

»Ich hatte meine Gründe«, sagte Elínborg und kramte in ihrer Handtasche.

»Bist du völlig übergeschnappt, Beweismittel zu unterschlagen?«

»Kann sein, aber ich hatte meine Gründe.«

»Was für Gründe können das denn gewesen sein, verdammt noch mal?«

»Einen Augenblick, es muss hier irgendwo sein.«

»Du bist ja wahnsinnig, dich an Beweismaterial zu vergreifen! Was ist, wenn das herauskommt? Was ist, wenn es Auswirkungen auf die Sachlage hat?«

»Oh, ich glaube, die Sachlage wird dadurch erheblich verändert«, entgegnete Elínborg, die endlich gefunden hatte, was sie suchte. Es war ein Foto, das sie Erlendur reichte. »Ich war der Meinung, dass andere das besser nicht gleich zu sehen bekämen«, fuhr sie fort, »auf jeden Fall erst, nachdem du es gesehen hast.«

Erlendur nahm das Foto entgegen und warf einen Blick darauf.

»Nein«, entfuhr es ihm unter Stöhnen. »Nein, nicht das, um Himmels willen. Verfluchte Scheiße ...«

Zur gleichen Stunde zog Janus die Lade ein kleines Stück in das Hinterzimmer hinein, gerade so weit, dass Herberts Kopf unter den Stangen auf dem Boden der Räucherkammer zum Vorschein kam. Herbert hatte ihm die Informationen gegeben, die er haben wollte, und jetzt hielt Janus Wort. Er verband Herbert gründlich die Augen, solange er noch in der Lade lag. Herbert durfte zwar gerne herausfinden, wo er gefangen gehalten wurde, doch Janus musste auf Gegenwehr gefasst sein. Ein Mann, der nichts sehen konnte, war wohl kaum imstande zu irgendwelchen Attacken.
Janus hatte sich Herberts Dokumente kurz angeschaut und sich darüber gewundert, dass er so etwas aufbewahrte. Er verstand zwar nicht alles, was da stand, aber vieles und durchaus genug, um zu wissen, dass Herbert seines Lebens nicht mehr froh werden würde, falls diese Papiere der Polizei in die Hände fielen. Zum ersten Mal seit langer Zeit lächelte er, denn er war froh, etwas gegen Herbert und hoffentlich auch gegen Kalmann in der Hand zu haben.
Janus hatte in dem Blechkasten unter anderem eine Kladde mit Namen und Terminen gefunden, und diese Eintragungen waren nicht schwer zu verstehen. Herbert hatte Leuten Mädchen besorgt und über Jahre hinweg ganz genau notiert, wer wann und wo mit wem zusammen gewesen war. Janus ging die Namen durch, kannte aber nur den von Kalmann; bei einigen kam es ihm allerdings so vor, als habe er sie in den Zeitungen gelesen oder im Fernsehen gehört, aber da er nur wenig Interesse an Nachrichten hatte, wusste er nicht ganz genau, um wen es sich handelte. Die Aufzeichnungen gingen bis 1992 zurück. Das erste Zusammentreffen zwischen Kalmann und Birta hatte vor dreieinhalb Jahren statt-

gefunden. ›Sommerhaus‹, stand in Herberts Kladde, ›Wochenende 12.–14. April‹. Birtas Name stand an erster Stelle, dann ein Mädchen namens Auður und schließlich der Jungenname Jóel. Birta hatte manchmal diesen Jóel erwähnt. Birtas Name war noch an anderen Stellen zu finden, mit verschiedenen anderen Namen und an unterschiedlichen Treffpunkten.
Janus zog die Schublade ganz hinaus und richtete Herbert auf. Als er auf die Beine kam, dauerte es geraume Zeit, bis die Durchblutung wieder normal funktionierte. Er sah fast nichts und schwankte hin und her, da er immer noch an Händen und Füßen gefesselt war. Janus stellte sich so ungeschickt an, als er ihn aufrichtete, dass Herbert sich losreißen konnte. Dabei stürzte er jedoch und prallte mit dem Kopf so hart gegen einen Holzstapel, dass er eine Platzwunde davontrug, aus der es heftig blutete.
Herbert cholerisches Temperament war durch das Eingesperrtsein in der Räucherlade nicht gemildert worden, und jetzt brach die Wut unkontrolliert und hemmungslos aus ihm heraus. Dank seines eisernen Willens hatte er da unten in der Lade an sich gehalten und klar zu denken versucht. An die Unterlagen würde er schon wieder herankommen, wenn er erst einmal wieder frei war, aber die Demütigung und die Schande waren etwas, das er nicht hinnehmen konnte. Niemals! *Never*! Herbert Rothstein ließ sich so etwas von einem verdammten Jüngelchen nicht bieten! Er hatte sich krampfhaft bemüht, das Arschloch bei Laune zu halten, aber jetzt war das Maß mehr als getrichen voll. Er war überzeugt, dass Janus ihn absichtlich gestoßen hatte, und verlor gänzlich die Kontrolle über sich. Er wusste, dass es nicht der richtige Zeitpunkt war. Er wusste, dass die Freiheit winkte. Trotzdem verlor er die Beherrschung.
»Du verfluchtes, dreckiges Arschloch, du elende Sau!«, brüllte er. »Ich bring dich um, du verdammtes Arschloch, ich

massakrier dich, du Drecksau! Ist mir scheißegal, dass deine dämliche Schnepfe krepiert ist, ich bin froh, dass sie verreckt ist, diese verdammte Nutte. Die hat doch alles für Kohle gemacht. Weißt du, was ich meine? Hörst du mir überhaupt zu? Raffst du das, du Drecksau? He, wo bist du denn, du Arschloch? Diese verfluchte Schlampe war ein dreckiges Miststück, die alles für ihren Herbie gemacht hat und Herbie mit Haut und Haar verfallen war! Ich weiß ganz genau, dass du nie mit ihrer Fotze in Berührung gekommen bist, du hässlicher Affe!«

Janus richtete Herbert auf, als sei er federleicht, und schleuderte ihn mit dem Kopf gegen die Wand. Herbert ging wieder zu Boden und verspürte einen stechenden Schmerz, als das Nasenbein brach und das Blut herausspritzte. Er war besinnunglos vor Wut und hörte nicht auf, Schmähungen gegen Birta auszustoßen. Das Blut, das aus der Wunde an der Stirn floss, hatte die Augenbinde durchtränkt. Er bemerkte nicht, dass Janus den Raum verlassen hatte, und vor lauter Brüllerei hörte er nicht die Geräusche, die Janus verursachte. Die Aluminiumgestänge schlugen gegeneinander, die Tür zur Räucherkammer öffnete sich, die Räder an den rostigen Laufschienen unter der Decke quietschten, wieder klapperten die Stangen, ein eiserner Tisch wurde über den Fußboden gezogen, und endlich tauchte Janus wieder im Hinterzimmer auf. Herbert überschüttete ihn mit Verwünschungen, doch Janus schenkte dem keinerlei Beachtung.

Er wuchtete Herbert hoch und trug ihn zu dem Gestänge, kletterte auf den Eisentisch und zog Herbert ebenfalls hinauf. Der Ofenrost hing von der Decke herunter und reichte bis an die Stelle, wohin Janus den Tisch gerückt hatte. Er band Herbert sorgfältig an dem Gestänge fest, schob es dann in den Ofen zurück und knallte die Tür hinter sich zu.

Herbert hing am Gitter festgebunden von der Decke herunter, er schwang damit wild hin und her und stieß immer noch Verwünschungen aus. Die Flüche hallten in dem Ofen wider, als die schwere Stahltür zufiel, und zum Schluss hörte Janus ihn brüllen:

»... SO FUCK THE REST OF THE WORLD!!«

Dreißig

»Alles in Ordnung mit dir, Erlendur?«

Sie saßen zu viert im Büro des Polizeipräsidenten, und der hatte bemerkt, dass Erlendur völlig abwesend war und sich kaum am Gespräch beteiligte. Elínborg warf Erlendur einen forschenden Blick zu. Sie allein wusste, was ihn bekümmerte.

Es war bestätigt worden, dass die Fingerabdrücke an dem Blechkasten von Herbert stammten. Man hatte aber noch einen weiteren Fingerabdruck gefunden, der unbekannt war. Über Herberts Fingerabdrücke verfügte die Polizei, weil er im Zusammenhang mit dem Verschwinden eines gewissen Stefán Vilmundarson in Untersuchungshaft gesessen hatte.

Sie waren auf der Besprechung übereingekommen, dass es, falls Herbert und Kalmann tatsächlich gute Bekannte waren, Grund genug gab, um sich Kalmann ein weiteres Mal vorzuknöpfen und ihn nach Herberts Verbleib zu befragen. Gegebenenfalls konnte man sich bei der Gelegenheit auch nach dem Amerikaflug erkundigen, den er am gleichen Tag angetreten hatte, an dem Birta tot auf dem Friedhof gefunden worden war, um seine Reaktion darauf zu testen.

Das einzige Problem war, dass sie nicht wirklich etwas in der Hand hatten, was Kalmann mit Herbert in Verbindung brachte. Herbert galt zwar als mutmaßlicher Drogenboss, aber er hielt sich vollkommen im Hintergrund. Und noch weniger lagen Beweise für eine Verbindung zu Birta vor. Sie konnten nicht einfach bei diesem Mann aufkreuzen, ihn freundlich begrüßen, bei ihm Platz nehmen und ihn aus heiterem Himmel fragen, was ihn an dem Tag, an dem Birta ermordet aufgefunden worden war, nach Amerika geführt und wann er zuletzt mit seinem Freund Herbert gesprochen hatte. Da Kalmann drei Tage später aus den USA zurückgekehrt war, ging es nicht darum, dass er sich abgesetzt hatte.

Selbst wenn Eva Lind und womöglich auch noch andere Kontaktpersonen der Polizei in der Drogenszene aussagten, davon gehört zu haben, dass Kalmann und Herbert dick befreundet waren und zusammenarbeiteten, konnten sie dies nicht ins Spiel bringen, ohne dass etwas Konkretes vorlag. Nicht ohne irgendwelches Beweismaterial, das die beiden in Verbindung brachte.

All das schärfte ihnen der Polizeipräsident bei der Besprechung ein, als sie am Tag nach dem Einbruch in Herberts Mietshaus in seinem Büro saßen. Erlendur und Sigurður hielten ihn regelmäßig über den Stand der Ermittlungen auf dem Laufenden. Der Polizeipräsident, ein korpulenter Mann, der auf die sechzig zuging, war alles andere als angetan von der Vorstellung, dass sie Kalmann unter die Lupe nehmen wollten. Falls die Polizei sämtlichen Gerüchten, Klatschgeschichten, Verleumdungen und all diesem Gemunkel und Getratsche auf den Grund gehen wollte, das in Island jahraus, jahrein kursierte und bekannte Persönlichkeiten zu Selbstmördern, Ehebrechern und Perversen abstempelte, wäre Island ein Polizeistaat ersten Ranges.

»Mit mir ist alles in Ordnung«, sagte Erlendur, der auf dieser Besprechung kaum etwas von sich gegeben hatte. »Ich habe heute Nacht schlecht geschlafen, das hängt mit dieser verdammten Helligkeit nachts zusammen.«

»Kalmanns Name ist im Rahmen der Ermittlungen sehr wohl

aufgetaucht, und zwar in ganz direktem Zusammenhang«, sagte Sigurður Óli.

»Kalmann gehört zu den reichsten Unternehmern dieses Landes, und selbstverständlich zerreißen sich die Leute ihre Mäuler über ihn«, sagte der Polizeipräsident. »Wenn nichts vorliegt, was ihn direkt mit dem Verschwinden von diesem Herbert oder dem Tod des Mädchens in Verbindung bringt, lasst ihr ihn gefälligst ihn Ruhe. Ich bin der Erste, der euch zu ihm schickt, wenn etwas Konkretes vorliegt.«

»Es besteht die vage Möglichkeit, dass er das Mädchen Birta gekannt hat«, sagte Erlendur.

»Inwiefern?«, fragte sein Vorgesetzter.

»Falls es stimmt«, sagte Sigurður Óli, »dass Herbert und Kalmann irgendwann einmal in engem Kontakt standen und womöglich immer noch stehen, und falls es nota bene einem anderen Gerücht zufolge stimmt, dass Herbert ein *pimp* ist, Entschuldigung, dass er Männern Mädchen besorgt, dann ist durchaus nicht auszuschließen, dass Herbert Kalmann solche Mädchen besorgt hat, unter anderem diese Birta. Falls das der Fall gewesen ist, haben wir eine Verbindung zwischen Kalmann und Herbert.«

»Die Beweislage hierfür ist ja wohl außerordentlich dünn und wird mit jedem Wort von dir dünner«, entgegnete der Polizeipräsident.

»Selbstverständlich sind das Spekulationen, aber diese Namen sind aufgetaucht«, sagte Erlendur. »Wir bemühen uns nach besten Kräften, die Verbindung nachzuweisen.«

»Was habt ihr denn in den Westfjorden herausgefunden?«, fragte der Polizeipräsident.

»Ich habe das Gefühl«, sagte Erlendur, der jetzt zum ersten Mal die Gedanken, die ihn schon seit geraumer Zeit beschäftigten, in Worte zu fassen versuchte, »dass Birtas Tod auf eine andere und wichtigere Weise etwas mit den Westfjorden zu tun hat als nur aufgrund der Tatsache, dass sie von dort stammt. Dass sie auf das Grab von Jón Sigurðsson gelegt wurde, enthält eine deutliche Botschaft. Wir sind von Anfang an davon ausgegangen, dass der Mörder oder der, der sie dorthin gebracht hat – es muss sich nicht zwangsläufig um dieselbe Person handeln –, etwas damit sagen wollte. Das war der Leitgedanke bei unseren Ermittlungen. Ich bin überzeugt, dass derjenige uns noch etwas mehr und wesentlich Bedeutenderes sagen wollte als nur, dass das Mädchen aus den Westfjorden stammt. Meiner Meinung nach hat er darauf hinweisen wollen, dass dort die Antworten auf weitere Fragen zu finden sind, von denen wir nicht wissen, wie sie lauten, vielleicht haben sie auch nicht direkt etwas mit diesem Fall zu tun, aber ich habe angefangen, mir darüber Gedanken zu machen. Als Sigurður Óli und ich dort unterwegs waren und mit den Menschen in diesen Fischerdörfern gesprochen haben, hörten wir ständig das Gleiche: Überall sind die Quoten aufgekauft worden, die Leute aus den Westfjorden wandern wie nie zuvor nach Reykjavík ab. Aber in einigen Orten, in denen es früher eine nahezu klassenlose Gesellschaft gab, gibt es jetzt sehr reiche Menschen. Einigen fallen Millionen und Abermillionen in die Hände, während andere leer ausgehen. Im Westen sind die Leute stinksauer auf die Regierung, die so etwas zulässt, ohne einzugreifen. Man ist sauer auf diejenigen, die Schiffe mit Quoten aus der Region verkauft haben, und auf die, die mit Fangquoten spekulieren und nie selber zur See gefahren sind. Von allen Landesteilen sind die Westfjorde am schlimmsten von dieser Entwicklung betroffen. Selbstverständlich haben noch andere Faktoren dazu geführt, dass die Bevölkerung aus dieser Gegend abwandert, Konkurse, Rezession und auch die Abgeschiedenheit, mit der sich die Leute vielleicht nicht mehr abfinden wollen. Ich bin aber der Meinung, dass derjenige, der das Mädchen auf dem Grab von Jón Sigurðsson platziert hat, es irgendwie verdächtig findet, was für Auswirkungen die Spekulation mit Quoten in den Westfjorden gehabt hat. Ich glaube, er wollte unsere Aufmerksamkeit darauf lenken, und vielleicht nicht nur unsere, sondern die der ganzen Nation.«

»Was meinst du damit, ›verdächtig‹?«, fragte der Polizeipräsident. »Was willst du eigentlich damit sagen?«

Da Erlendur sich weder mit Elínborg noch mit Sigurður Óli über diesen seinen Verdacht ausgetauscht hatte, starrten die beiden ihren Kollegen jetzt mit offenem Mund an. Sigurður Óli war sich nicht sicher, worauf Erlendur hinauswollte, auch wenn ihm einiges von dem, was er sagte, bekannt vorkam. Erlendur zündete sich eine Zigarette an, bevor er fortfuhr. Die Mitternachtssonne hatte ihn fast die ganze Nacht wach gehalten, sodass seine Gedanken wieder und wieder um den Mord an Birta gekreist waren. Er suchte nach einem Aspekt, der das Mädchen Birta, Herbert, Jón Sigurðsson, Kalmann, die Westfjorde, Janus, den Blechkasten, Drogen und Bauunternehmertätigkeit, Vergangenheit und Gegenwart miteinander verband, und langsam, aber sicher hatte sich eine Theorie herauskristallisiert, die vielleicht zu absurd war, um wahr zu sein, doch es war das Einzige, was ihm bisher dazu eingefallen war.

»Bislang habe ich dafür noch keinerlei Beweise, es handelt sich nur um ein Gefühl, das sich während unserer Reise durch die Westfjorde verstärkt hat. Intensiver habe ich mich erst damit befasst, als Kalmanns Name ins Spiel kam. Elínborg erfuhr von dieser Charlotte, die mit Birta befreundet war, dass Birta irgendwas darüber gesagt hat, wer in all diesen Häusern wohnen sollte, oder so etwas Ähnliches. Das ist so ungefähr das Einzige, was wir über dieses Mädchen Birta wissen. Charlotte hat ausgesagt, dass sie zu einem Mann ging, der viele Häuser besitzt – und damit hat sie vermutlich Häuser hier in Reykjavík oder Kópavogur gemeint, in den neuen Vierteln, wo auch riesige Einkaufszentren entstehen sollen. Diese Worte sind sicher aus irgendeinem Zusammenhang gerissen, sie stammen aus dem Munde einer Rauschgiftsüchtigen, man weiß nicht, was sie zu bedeuten haben. Das wüssten wir vermutlich immer noch nicht, wenn Sigurður Óli nicht zufällig von einem Hotelbesitzer in den Westfjorden genau dasselbe gehört hätte. Birta ist mindestens zwei Jahre nicht in den Westfjorden gewesen, aber es kann natürlich sein, dass sie hier in Reykjavík Leute von dort getroffen hat, die dann solche Vermutungen ihr gegenüber äußerten und die Birta wiederrum an Charlotte weitergegeben hat. Sie könnte sie aber auch von anderer Seite gehört und sich selbst darüber den Kopf zerbrochen haben, obwohl es seltsam anmutet, dass eine Drogenabhängige wie sie sich Gedanken über die Bauwut in Reykjavík macht. Findet ihr nicht, dass das alles ziemlich seltsam klingt? Wieso zum Kuckuck interessiert sich ein Junkie für den Boom im Wohnungsbau? Und inwieweit kann man so was ernst nehmen?«

»Worauf willst du eigentlich hinaus, Erlendur?«, fragte der Polizeipräsident.

»Ich weiß es nicht, das ist es ja. Ich habe mir die ganze Nacht den Kopf darüber zerbrochen, aber ich komme zu keinem Ergebnis. Ich bin mir aber sicher, dass Birta ermordet worden ist, weil sie etwas wusste, was sie nicht wissen durfte. Sie erfuhr etwas, was sie nicht erfahren durfte. Sie hatte Kenntnis von etwas, wovon sie keine Kenntnis haben sollte und durfte. Deswegen wurde sie ermordet, sie wurde zum Schweigen gebracht. Das sagt mir mein Gefühl, ich kann es aber mit nichts untermauern, es sei denn damit, dass Kalmann der größte und umtriebigste Bauunternehmer im Großraum Reykjavík ist. Er baut all diese Häuser, von denen Birta nicht wusste, wer sie beziehen sollte. Außerdem hat er durch seine Reederei in Reykjavík Quoten aus den Westfjorden in großem Stil aufkaufen lassen. Birta hat irgendetwas im Zusammenhang mit diesem Mann herausgefunden, etwas, was nicht bekannt werden durfte. Häuser und Quoten. Quoten und Häuser. Irgendetwas ist daran faul.«

Nachdem Erlendur geendet hatte, saßen alle schweigend da und dachten über das Gesagte nach. Sie schraken auf, als der Chef der Spurensicherung anklopfte und das Zimmer betrat.

»Die vom Telefonamt haben sich endlich gemeldet«, sagte er. »Unser Antrag war irgendwo in deren System stecken geblieben, aber jetzt haben sie sich endlich um die Sache gekümmert. Das Gespräch aus der Telefonzelle vor dem Telefonamt ging an das Mobiltelefon eines gewissen Kalmann, der sich in New York befand.«

Alle schauten Erlendur an, der erst einmal eine ganze Weile schweigend dasaß. Er betrachtete alle der Reihe nach, als sei er sich nicht sicher, ob er weitermachen sollte oder ob es fürs Erste reichte. Alle Blicke waren aber weiterhin auf ihn gerichtet. Der Polizeipräsident räusperte sich.

»Eins habe ich euch noch nicht gesagt«, erklärte Erlendur. »Ich habe bei meinen Verwandten in Eskifjörður angerufen. Die Reederei Viðey, die Kalmann gehört, hat in den letzten zwei Jahren auch Quoten in den Ostfjorden aufgekauft.«

Einunddreißig

Janus hatte zwar auch früher manchmal an den Augenblick zurückgedacht, als er im Laderaum des Schiffs gestorben war, aber nie so häufig wie in den Wochen und Monaten, nachdem er erfahren hatte, wie es um Birta stand. Früher war er nachts aus dem Schlaf hochgeschreckt und hatte nach Atem gerungen, wenn er das Gefühl des Erstickens in nicht enden wollenden Albträumen immer wieder durchlebte.

An dem Tag damals waren Birta und er zum Kiosk gegangen, um sich einen Videofilm auszuleihen und Süßigkeiten zu kaufen. Dort trafen sie auf ein paar Jungen aus der Schule, die sich einen Spaß daraus machten, Janus nach Kräften zu piesacken. Die Clique hatte vor dem Kiosk herumgelümmelt, und kaum waren Janus und Birta um die Ecke gebogen, fingen sie beim Anblick von Janus sofort an zu johlen. Er näherte sich ihnen zögernd, blieb dann stehen und sah die Jungen an, trat einen Schritt zurück, dann noch einen, langsam und ruhig. Janus erfasste intuitiv die aggressive Stimmung in der Bande, er wusste, dass sie zu allem fähig waren, und spürte am ganzen Körper, dass er sich in Gefahr befand. Ihm war kalt, und seine Knie wurden unwillkürlich weich. Daher blieb er erst stehen und wich dann ein wenig zurück. Birta war schon im Kiosk, weil sie sein Zögern nicht bemerkt hatte. Der Bande entging seine Unsicherheit jedoch nicht, es gab ihnen nur noch mehr Auftrieb. Die Tatsache, dass Janus zurückwich und schließlich die Beine in die Hand nahm und um die Ecke

rannte, steigerte nur noch den Jagdtrieb in ihnen, und sie nahmen sofort die Verfolgung auf.
Als Birta die Jungen verschwinden sah, begriff sie, was da los war. Sie sauste aus dem Kiosk, rannte am Haus entlang und um die Ecke, wo sie sah, dass die johlende Meute bereits die nächste Straße überquert hatte, Janus hatte ein paar Meter Vorsprung und lief, so schnell er konnte, in Richtung Hafen. Er legte zwar ein ordentliches Tempo vor, aber er war klein für sein Alter, und deswegen schrumpfte sein Vorsprung rasch. Birta rannte hinter den Jungen her. Hoffentlich konnte er sich bei den Booten im Hafen verstecken oder die Seeleute dort dazu bringen, ihm zu helfen! Wenn er es doch nur schaffen würde, die Jungen abzuhängen, wenn er nur … Wenn er nur …
Birta verlor Janus aus den Augen, als er um die Ecke des Gefrierhauses bog, und da war der Vorderste in der Bande Janus schon ganz dicht auf den Fersen. Die kriegen ihn, dachte sie, die kriegen ihn.
Sie brauchte einige Zeit, bevor sie atemlos und schnaufend das Gefrierhaus erreichte. Sie rannte um die Ecke, überquerte den Platz davor und lief in Richtung des Kais. Der war jetzt um die Kaffeezeit menschenleer, denn alle, die am Hafen zu tun hatten, machten gerade eine Viertelstunde Pause in der Kantine, schlürften Kaffee und mampften Brote. Sie sah die Jungen am Ende des Kais in einem Pulk zusammenstehen. Janus war nirgends zu sehen. Sie schrie seinen Namen und rannte auf die Gruppe zu. Beim Näherkommen erkannte sie, dass die Jungen alle in ein am Kai vertäutes Schiff hinunterstarrten, das vollgeladen war mit Lodde. Loddefänger waren ein seltener Anblick in den Westfjorden, denn in der ganzen Region gab es nur eine einzige Fischmehlfabrik. Die Jungen standen stumm da und starrten in das Schiff hinunter.

Zwei der Jungen bemerkten sie und stießen die anderen an; einer nach dem anderen drehte sich zu ihr um. Die aufgepeitschte Stimmung war verschwunden, und sie beobachteten schweigend, wie sie sich näherte. Einige schielten noch einmal hinter sich in das Schiff, und dann rannten alle wie auf Kommando weg, sausten an ihr vorbei und verschwanden hinter dem Gefrierhaus. Sie lief, so schnell sie konnte, zum Ende des Kais und konnte gerade noch rechtzeitig stoppen. Der Schiffsladeraum stand offen und war randvoll mit Lodden.

Janus war nirgends zu sehen. Als er vom Kiosk losrannte, war er unschlüssig gewesen, in welche Richtung er laufen sollte. Es gab nur zwei Möglichkeiten, in die Stadt oder zum Hafen. Er wählte die letztere, denn dort waren möglicherweise Menschen, die ihm helfen konnten, bevor die Bande ihn einholte. Nach Hause war es viel zu weit. Deshalb sauste er blitzschnell über die Straße und rannte in Richtung Hafen und Kaianlagen. Die ganze Zeit hörte er das Schreien und Johlen der Meute hinter sich. Er spürte, dass sie immer näher kamen, und als er um die Ecke des Gefrierhauses bog, hörte er das Keuchen der vordersten Jungen schon ganz in seiner Nähe. Als er auf dem Kai ankam, war ihm klar, wie aussichtslos seine Lage war. Am Ende des Kais lag der Loddefänger vertäut, jetzt gab es kein Entkommen mehr. Er drehte sich schnaufend und nach Atem ringend um. Als die Jungen sahen, dass Janus sich selber in eine Falle manövriert hatte, verlangsamten sie das Tempo. Er würde ihnen nicht entkommen.

Drohend näherten sie sich unter Rufen, Schreien und Beschimpfungen, während er versuchte, die Ohren davor zu verschließen. Er warf einen Blick hinter sich in das Boot, die Luken zum Laderaum standen weit offen, und die Fische quollen beinahe heraus. Dann fielen seine Blicke wieder auf seine Verfolger. Als die Jungen an der Spitze schon ihre Hände nach ihm ausstreckten, drehte er sich um und sprang.

Es war nicht seine Absicht gewesen, in den Laderaum zu springen, aber ein Bein landete in der offenen Luke, und im nächsten Augenblick versank er in diesem Gemisch aus eiskalten, toten Fischen und Meerwasser, sank tiefer und immer tiefer, als sei er in dünnflüssigem Morast gelandet. Eiseskälte drang von allen Seiten in ihn ein, und er versuchte zu schreien. Es gelang ihm, wieder aufzutauchen, und er versuchte brüllend und strampelnd, den Kopf oben zu behalten, aber sobald er nach Luft schnappte, füllte sich der Mund mit Lodden und Meerwasser, und er ging gleich wieder unter. Als es ihm ein weiteres Mal gelang hochzukommen, sah er seine Verfolger oben über den Rand der Kaimauer starren und hoffte für einen Moment, dass sie ihm helfen, ihm ein Seil zuwerfen würden, um ihn hochzuziehen, aber nichts dergleichen geschah, und er versank wieder.

Er war völlig außer Atem vom Laufen, und sehr bald ging ihm die Luft aus. Nach kurzer Zeit kam es ihm so vor, als würde er das Bewusstsein verlieren. Er hatte das Gefühl zu platzen, seine Ohren sausten, ihm wurde schwarz vor Augen. Voller Entsetzen spürte er den Würgegriff des Erstickens. Er schnappte nach Luft, die es nicht gab. Er schlug um sich, aber je mehr er sich bewegte, desto schrecklicher war dieses Gefühl. Zum Schluss war er sicher, dass er sterben musste.

Auf einmal schien es ihm besser zu gehen, er wusste aber nicht, warum. Er war im Laderaum versunken, bekam keinen Atem mehr und hatte keine Kraft, um sein Leben zu kämpfen. Das brachte ihm Erleichterung, er brauchte nicht mehr zu kämpfen, um Luft zu bekommen. Er empfand keine Kälte mehr, sondern es hielt ihn eine seltsame Ruhe umfangen, und gleichzeitig spürte er, wie sein Leben erlosch. Das Erstickungsgefühl war verschwunden, an seine Stelle trat ein anderes, angenehmeres Gefühl, wie manchmal abends, wenn er sich todmüde im Bett ausgestreckt hatte, kurz bevor er in den Schlaf hinüberglitt. Er konnte sich erinnern, welcher Gedanke ihm in diesem Augenblick durch den Kopf schoss: War das der Tod? Ruhe und Wärme und Dunkelheit durchströmten ihn.

Er war tot, als er auf dem Grund des Laderaums ankam.

Wo ist Birta?, war sein letzter Gedanke, bevor er starb.

Sie starrte in das Boot hinunter und schrie seinen Namen. Sie konnte ihren Freund nirgends erblicken. Sie drehte sich um und sah, wie die Meute sich zerstreute, und brüllte hinter ihnen her: »Wo ist Janus? WO IST JANUS?« Einer der Jungen blieb stehen, als er sie rufen hörte. Er schrie: »Er ist in den Laderaum gesprungen!« In den Laderaum?, dachte sie. Ist er im Laderaum? Unter all den toten Fischen? Sie zögerte keine Sekunde. Auf dem Schiffsdeck lag ein Strick, den sie an der Reling festknotete und sich um den Bauch band, dann sprang sie hinunter. Sie strampelte sich bis zum Boden des Laderaums vor und tastete mit beiden Händen nach Janus. Mit geschlossenen Augen hielt sie den Atem an und suchte so lange, bis sie ihn fand. Sie war atemlos vom Laufen, das Herz hämmerte ihr in der Brust, ihre Ohren dröhnten, und die Kälte war unerträglich. Sie umschlang Janus mit einem Arm, wusste aber, dass sie nicht dazu imstande war, ihn allein nach oben zu schaffen, er schien bleischwer zu sein. Da spürte sie plötzlich einen Ruck am Seil, es straffte sich, und sie wurde nach oben gezogen. Sie hielt Janus umklammert und holte tief Luft, als sie endlich nach einer Ewigkeit wieder an die Oberfläche kam. Man hievte sie und Janus aus dem Laderaum und legte sie aufs Deck. Sie hustete, würgte und spuckte, doch Janus lag bewegungslos und mit geschlossenen Augen neben ihr.

Der Mann, der sie aus dem Laderaum hochgezogen hatte, wusste, was zu tun war. Er begann sofort mit Herzdruckmassage und Beatmung, aber ohne Erfolg. Er wiederholte das einige Male, wollte nicht aufgeben, blies, atmete tief, blies, wieder und wieder. Birta lag, vor Kälte zitternd, auf dem Deck und nahm wie im Nebel wahr, dass noch andere Männer hinzukamen. Sie sah auch, dass Janus immer noch kein Lebenszeichen von sich gab.

Plötzlich aber schoss ein Schwall Meerwasser aus ihm heraus, er rang nach Atem, hustete und erbrach sich. Er kam für einen Augenblick zu sich, verlor dann aber wieder das Bewusstsein. Auf dem Weg ins Krankenhaus kam er im Krankenwagen noch ein weiteres Mal zu Bewusstsein und sah Birta, in eine Decke gewickelt, neben sich. An mehr konnte er sich später nicht erinnern.

Janus wusste, wie es war zu sterben.

Es war eigentlich genauso, wie er es in diesen Zeitschriften gelesen hatte, wo von Menschen berichtet wurde, die gestorben und wieder ins Leben zurückgeholt worden waren. Er hatte zwar kein Licht und keinen Tunnel gesehen, aber sich selbst. Er hatte die ganze Zeit denken und sich klarmachen können, was geschah, genauso, wie er sich manchmal ganz genau dessen bewusst war, dass er träumte. Vielleicht war das die Seele, die den Körper verließ. Ihm war nicht mehr kalt gewesen, und das Gefühl des Erstickens war gewichen, stattdessen war er befreit vom Atmen. Er hatte gespürt, wie er aus dem Laderaum hochgehievt wurde, und von oben sah er den Mann, der Birta und ihn hochzog, er sah sich selbst in ihren Armen, sah sich leblos an Deck liegen und den Mann, der ihn zu beatmen versuchte, und Birta ganz in der Nähe, die würgte. Es war wie in einem Traum.

Urplötzlich erwachte er und blickte dem Mann ins Gesicht, der sich über ihn beugte. Er zitterte vor Kälte und konnte we-

gen des Meerwassers in den Lungen immer noch nicht atmen. Dann musste er husten und spucken, er würgte und erbrach sich. Als er das nächste Mal erwachte, befand er sich im Krankenwagen, und Birta war bei ihm.
Dann verlor er wieder das Bewusstsein.

Zweiunddreißig

Erlendurs Ausführungen über die Westfjorde hatte nicht nur den Polizeipräsidenten, sondern auch seine Kollegen überrascht. Sie waren der Meinung, dass sie viel zu wenig in der Hand hatten, um derartige Schlussfolgerungen zu ziehen. Trotzdem beharrte Erlendur auf seiner Theorie. Je mehr er über das Mädchen Birta und diesen Janus in den Westfjorden nachdachte, desto überzeugter war er, dass ihr Tod in einem größeren Zusammenhang gesehen werden musste.

Das Foto, das Elínborg gefunden hatte, bewahrte er in der Innentasche seines Jacketts auf, wohl wissend, dass er früher oder später darauf reagieren musste, viel länger ließ sich das nicht hinauszögern. In dieser Situation konnte er nur eines tun, er hatte keine andere Wahl. Er beschloss jedoch, diesen Tag noch vergehen zu lassen, bevor er seine Entscheidung bekannt gab.

Als Erlendur nach dem Treffen mit dem Polizeipräsidenten in sein Büro kam, lag Herberts Heft mit den Namen der Mädchen und den Terminen sowie den Namen der Freier auf Erlendurs Schreibtisch. Er fragte weitere Kollegen, wie es dorthin gelangt war, aber niemand wusste etwas darüber. Niemand hatte bemerkt, dass ein Unbekannter in das Gebäude gekommen war. Da es so gut wie keine Sicherheitsvorkehrungen gab, konnte praktisch jeder, der wollte, im Hauptdezernat ein und aus gehen und sich in den Büros umtun, dachte Erlendur missbilligend.

Er blätterte in dem abgegriffenen Notizbuch im A5-Format, der von außen nicht beschriftet war. Die wenigsten Namen kannte er, aber er sah die Namen von Birta und Charlotte und den von Kalmann, außerdem den Namen eines Kabinettministers und eines hohen Beamten in der Stadtverwaltung. Erlendur vermutete, dass das wohl Herberts Buchhaltung war. Der Block bestätigte die bisherigen Hinweise auf eine Verbindung zwischen Herbert und Kalmann. Es bewies darüber hinaus eindeutig, dass Herbert hinter der organisierten Prostitution in Reykjavík stand. Erlendur ging den Block von vorne bis hinten durch und atmete erleichtert auf, als er nirgendwo den Namen von Eva Lind fand.

Erlendur überlegte immer noch, wer ihm das Notizbuch auf den Schreibtisch gelegt haben könnte, als das Telefon klingelte. Er nahm den Hörer ab.

»Du hast das Foto gesehen?«, fragte eine Stimme am anderen Ende der Leitung.

»Wer spricht dort?«, fragte Erlendur.

»Hast du auch das Notizbuch von mir bekommen?«, fuhr der Mann fort.

»Janus!« Erlendur sah auf das Display. Das Gespräch wurde aufgenommen.

»Kennst du den Mann auf dem Foto?«, fuhr Janus fort.

Erlendur stand mit dem Hörer in der Hand langsam auf. In diesem Augenblick betrat Sigurður Óli das Büro. Erlendur deutete auf den Hörer und formte mit den Lippen Janus' Namen. Sigurður Óli sah die Nummer auf dem Display und schoss aus dem Zimmer.

»Wir wissen von dir, Janus«, sagte Erlendur, um das Gespräch von dem Foto abzulenken. »Wir wissen, dass du mit Birta befreundet warst. Es ist unerhört wichtig, dass du zu uns kommst und mit uns sprichst. Ich weiß auch, dass ihr schon in den Westfjorden befreundet wart. Ich weiß, dass sie dir das Leben gerettet hat.«

»Du siehst, dass Herbert die Typen mit Mädchen versorgt hat«, sagte Janus, der sich durch Erlendurs Worte nicht beirren ließ. »Du siehst, wo die Mädchen sich mit ihnen trafen und wann. Du siehst, was für Scheißkerle das sind. Was wirst du unternehmen?«

»Wir befassen uns selbstverständlich damit, aber das Wichtigste ist, dass du hierherkommst und mit uns redest. Wir müssen uns miteinander unterhalten. Weißt du etwas über Herbert? Weißt du, wo er sich aufhält?«

»Herbert steckt hinter dem Ganzen, hinter dem Rauschgift und der Prostitution. Ich habe noch mehr Unterlagen in der Hand, die ich euch zukommen lassen werde.«

»Das ist ja alles gut und schön, aber wir müssen mit dir reden.«

»Später«, sagte Janus, »ich rede später mit dir.«

Erlendur hatte das Gefühl, dass Janus bald auflegen würde.

»Hat Herbert deine Freundin mit Heroin versorgt?«, fragte er schnell.

»Er hat sie mit allem versorgt, was sie wollte, und sie tat alles, was er von ihr verlangte.«

»Weißt du, wo Herbert sich aufhält?«

»Außerdem habe ich Informationen darüber, wer im Drogengeschäft mit Herbert unter einer Decke steckt, ich kenne den Verteiler, die Dealer und sogar die Prozente, die sie bekommen; darüber hinaus habe ich auch die Namen von einigen Polizeibediensteten, die Herbert anscheinend in der Hand hat. Das ist alles in meinem Besitz, und ich werde es dir mit größtem Vergnügen aushändigen.«

»In diesem Notizbuch wird Kalmann häufig erwähnt. Weißt du, was der im Schilde führt?«

»Ich habe die Zusammenhänge immer noch nicht so ganz

durchschaut, aber Birta hat auf jeden Fall einiges darüber gewusst. Ich habe das bloß nicht so richtig begriffen, wenn sie darüber redete, wer in all diese Häuser einziehen sollte, das kapierte ich damals einfach nicht. Aber inzwischen glaube ich zu wissen, was sie damit sagen wollte.«

»Wo bist du, Janus?«, fragte Erlendur. »Wo sollen wir dich abholen?«

»Mach dir meinetwegen keine Gedanken, sondern lieber wegen Herbert, diesem Dreckskerl.«

Erlendur sprach hastiger.

»Weswegen hast du Jón Sigurðsson gewählt?«

Die Antwort war nicht zu verstehen. Janus sagte zwar etwas, aber Erlendur hörte es nicht. Als er die Frage wiederholte, hörte er nur noch das Tuten am anderen Ende der Leitung. Er legte den Hörer auf.

Sigurður Óli erschien in der Tür. »Das ist die Telefonnummer von einem kleinen Schallplattengeschäft in der Innenstadt. Zwei Wagen sind schon dorthin unterwegs.«

»Janus möchte, dass wir diesbezüglich etwas unternehmen«, entgegnete Erlendur und warf ihm das Notizbuch zu. Sigurður Óli blätterte darin.

»Es hat den Anschein, als sei Janus durch Herbert an gewisse Unterlagen herangekommen«, fuhr Erlendur fort. »Dieser Block ist der Nachweis für die Verbindung zwischen Kalmann und ihm. Wir brauchen Herbert als Zeugen.«

»Glaubst du, dass Janus vorhat, Herbert umzubringen?«

»Ich bezweifele sehr, dass sie dicke Freunde sind.«

»Was ist mit Kalmann?«, fragte Sigurður Óli. »Glaubst du, dass er wegen Janus in Gefahr schwebt?«

»Ich glaube, wir sollten diesem umtriebigen Großunternehmer einen Höflichkeitsbesuch abstatten«, sagte Erlendur und setzte sich seinen Hut auf. »Etwas Besseres kann ich mir für den heutigen Tag nicht vorstellen.«

»Was ist mit Janus?«
»Mein Gefühl sagt mir, dass Janus sich schon wieder melden wird.«

Es war noch ziemlich früh am Vormittag, als sie im Dienstwagen vor Kalmanns Villa vorfuhren. Sie waren davon ausgegangen, dass er um diese Uhrzeit noch nicht ins Büro gefahren war, und damit lagen sie richtig. Er nahm sie an der Tür in Empfang, gekleidet in einen makellosen, blaugrauen Business-Anzug, den Sigurður Óli wesentlich besser einzuordnen wusste als Erlendur.
Kalmann schien nicht sonderlich überrascht zu sein, am frühen Vormittag zwei Kriminalbeamte zu Besuch zu bekommen. Nachdem sie sich ausgewiesen hatten, führte er sie in seinen Salon und erklärte, allein zu leben, was mit Vor- und Nachteilen verbunden sei. Er war genausogroß und ebenso sonnengebräunt wie Sigurður Óli, doch seine Bräune stammte wohl aus mediterranen Gegenden und nicht aus dem Sonnenstudio. Seine dunklen Haare trug er glatt zurückgekämmt, und er war sorgfältig rasiert. Die Augen unter den schmalen Brauen waren braun, die Nase schmal und der Mund klein, er hatte ein ausgeprägtes Kinn und leicht eingefallene Wangen. An den beiden Ringfingern seiner kleinen Hände steckte jeweils ein Goldring. Sein Auftreten ließ die Unerbittlichkeit eines Mannes erahnen, der sich auf seine Position nicht nur sehr viel einbildete, sondern auch bereit war, sie mit Zähnen und Klauen zu verteidigen.
Erlendur und Sigurður Óli nahmen in dem elegant eingerichteten Salon Platz. In einer Ecke stand ein weißer Flügel, Gemälde hingen an den Wänden, die Möbel waren allesamt Designermöbel. Auf den Tischen und Regalen standen wertvolle Kunstgegenstände. Fotos, die Kalmann mit führenden Persönlichkeiten des Landes und Direktoren auslän-

discher Unternehmen, sogar mit Staatsoberhäuptern zeigten, fehlten nicht. Merkwürdiger Ersatz für Familienbilder, dachte Sigurður Óli.

»Was verschafft mir die Ehre, Besuch von der Kriminalpolizei zu bekommen?«, sagte Kalmann mit gespielter Überraschung. Er betrachtete die beiden Männer mit subtiler Verachtung. Sie würden es nicht mit Kalmann aufnehmen können, diese beiden Bürohengste aus dem öffentlichen Dienst. Trotzdem war seine Selbstsicherheit durch Herberts Verschwinden etwas angeknackst. Möglicherweise hatte der sich freiwillig gestellt, auch wenn Kalmann sich das nur schwer vorstellen konnte. Herbert hatte sich ihm gegenüber einmal mit Informationen gebrüstet, die er an einem sicheren Ort aufbewahre, und es hatte fast wie eine Drohung geklungen. Kalmann wusste sehr genau, dass Herbert nicht davor zurückschrecken würde, seine eigenen Klöten zu verkaufen, falls er in Bedrängnis kam und es die eigene Haut zu retten galt.

Erlendur beschloss, das Gespräch vorsichtig anzugehen und abzuwarten, wie es sich entwickeln würde.

»So merkwürdig das klingen mag, dein Name ist im Zusammenhang mit dem Mord an der jungen Frau auf dem Friedhof aufgetaucht, von dem du sicherlich gehört haben wirst«, sagte er. »Ein Mann namens Herbert hat dich auf deinem Handy angerufen, kurz nachdem wir ihn verhört haben. Und dieser Herbert ist seitdem verschwunden, sozusagen wie vom Erdboden verschluckt, und es wird nach ihm gefahndet. Wir hätten gern gewusst, was er mit dir zu besprechen hatte, nachdem wir uns mit ihm unterhalten hatten. Weshalb hat er dich angerufen, und was für eine Verbindung besteht da zwischen euch?«

»Seid ihr sicher, dass es meine Nummer war?«, fragte Kalmann, während er ein edles Zigarettenetui zur Hand nahm, es elegant öffnete, sich eine Zigarette zwischen die Lippen steckte und sie mit einem zum Etui passenden Feuerzeug anzündete.

»Herbert rief aus einer Telefonzelle vor dem Telefonamt an. Er fuhr dazu extra aus Breiðholt in die Innenstadt. Aus irgendwelchen Gründen wollte er offensichtlich nicht von seinem eigenen Anschluss aus anrufen. Das Telefonamt hat die Standortdaten verifiziert, du warst in New York. Was wurde da zwischen euch besprochen? Weshalb hat Herbert dich angerufen, nachdem er vom Tod des Mädchens erfahren hatte?«

»Und ihr kommt deswegen tatsächlich in aller Herrgottsfrühe hierher, als stünde wegen derartiger Lappalien der Weltuntergang bevor? Das hättet ihr euch sparen können. Ich wurde in New York mehrfach angerufen, sowohl auf dem Zimmertelefon als auch auf meinem Handy, und da kommt es immer wieder vor, dass jemand sich verwählt. Manchmal legt der andere Teilnehmer gleich wieder auf, und man hört nur das Besetztzeichen. Ich kann mich nicht erinnern, dass irgendein Herbert mich angerufen und über den Tod irgendeines Mädchens geredet hat. Ich kenne keinen Herbert, und falls er meine Handynummer angewählt hat, ist das nicht mein Problem. Hat sich eben verwählt, das passiert doch dauernd.«

»Du kennst also keinen Herbert?«, fragte Sigurður Óli.

»Ich beschäftige über sechshundert Angestellte, deswegen kann ich nicht mit Bestimmtheit sagen, ob möglicherweise irgendein Herbert darunter ist. Im Augenblick fällt mir niemand ein. Wer ist dieser Mann?«

»Herbert könnte man als einen guten Bekannten der Polizei bezeichnen«, sagte Erlendur. »Ein Mann, mit dem wir uns im Laufe der Zeit das eine oder andere Mal befassen mussten, und zwar im Zusammenhang mit Drogenhandel und Prostitution. Einige halten ihn für einen Kotzbrocken, andere für einen Spinner. Weshalb ruft dieser Mann deine Nummer an?«

»Wie ich bereits gesagt habe, das muss ein Zufall gewesen sein.«

»Einfach ein komischer Zufall?«

»Zufälle sind immer komisch.«

»Was hattest du am letzten Wochenende in New York zu tun?«, warf Sigurður Óli ein.

»Ist das etwas, was euch tatsächlich angeht? Ich hatte eine Besprechung wegen einiger Bauvorhaben, die von meiner Firma und von anderen hier in Reykjavík projektiert sind. Ich kann euch die Namen der Leute nennen, die auf dieser Sitzung waren, wo sie stattfand und wann, aber ich finde dieses Gepräch vollkommen absurd, und es ist mir völlig schleierhaft, worauf ihr hinauswollt.«

»Du hast enorme Bauprojekte in Reykjavík laufen«, sagte Erlendur. »All diese neuen Wohngebiete und dann auch dieses riesige Einkaufszentrum, doppelt so groß wie die Kringla. Da bist du doch der Bauherr, nicht wahr?«

»Ich und andere. Ich weiß nicht, was das mit der Sache zu tun haben soll.«

»Und Herbert hat dich nie in New York angerufen?«

»Was fällt euch eigentlich ein, mich mit diesem Mann in Verbindung zu bringen? Drogen und Prostitution! Lasst euch ja nicht einfallen, diese alten Klatschgeschichten über mich aufzuwärmen, dass ich angeblich einer Schmugglerorganisation angehörte. Es ist schon grauenhaft, was dieser Klatsch einem antun kann und wie hilflos man ihm ausgesetzt ist. Habt ihr nicht auch gehört, dass ich beispielsweise schwul bin, mindestens zweimal einen Selbstmordversuch unternommen habe, auf kleine Mädchen stehe und nach Thailand fliege, um Boys zu vernaschen? Wusstet ihr das nicht? All diese Geschichten sind über mich im Umlauf, und ich kann nichts dagegen tun. Ich kann mich einfach nicht dagegen wehren, das Getratsche ist mächtiger. Besonders hier in Island. Isländer sind die schlimmsten Klatschmäuler auf der ganzen Welt, alle durch die Bank verrückte Tratschweiber. Diese Nation ist eine einzige Gerüchteküche!«

Nach Kalmanns Suada herrscht zunächst einmal Schweigen. Er hatte mit unbeweglicher Miene und unveränderter Tonlage gesprochen, er resümierte einfach wie ein Mann, der es leid ist, ständig irgendwelche Leute auf die Wahrheit hinzuweisen, die ihm aber nie Glauben schenkten.

Erlendur wollte die Existenz von Herberts Notizbuch noch nicht ins Spiel bringen. Sie würden wiederkommen und sich intensiver mit ihm befassen und sehen, wie er auf die Eintragungen reagieren und versuchen würde, sich da herauszulavieren. Darauf freute er sich schon jetzt. Im Augenblick wollte er nur noch in Erfahrung bringen, wie Kalmann auf Birtas Namen reagieren würde, und fragte Kalmann deshalb, ob er ein Mädchen dieses Namens kenne.

»Nein, ist mir nicht bekannt«, erklärte Kalmann und drückte umständlich die Zigarette in einem großen Aschenbecher aus. »Was hat es mit der Dame auf sich?«

»Es ist das Mädchen, das tot auf dem Friedhof gefunden wurde.«

»War sie bei mir angestellt?«

»Ich weiß nicht, ob man das so ausdrücken kann«, sagte Erlendur.

»Es so ausdrücken kann?«, entgegnete Kalmann. »Was willst du damit andeuten?«

»Sie kannte diesen Herbert.«

»Also, jetzt lass dir mal zwei Sachen gesagt sein, lieber Freund, und versuch, die in deinen Schädel reinzukriegen: Ich habe das Mädchen auf dem Friedhof nicht gekannt, und ich kenne keinen Herbert.«

»Es wird verdammt Spaß machen, diesen Typ hochgehen zu lassen«, sagte Sigurður Óli, als er und Erlendur wieder im Wagen saßen. »Wir hätten ihm die Nuttenbuchhaltung zeigen sollen.«

»Verwählt«, sagte Erlendur und ahmte Kalmanns Tonfall nach. »Für wen hält der uns eigentlich?«

»Sollen wir ihm die Kladde nicht jetzt schon zeigen? Es gibt doch keinen Grund, damit zu warten.«

»Dazu ist noch genügend Zeit. Janus hat auch noch andere Papiere erwähnt. Wir werden zunächst untersuchen, was es damit auf sich hat. Anschließend knöpfen wir uns Kalmann wieder vor, und dann können wir ihm sagen, was wir von seinen miesen Ausflüchten halten.«

Eine Dreiviertelstunde später hielt ein anderes Auto vor Kalmanns Haus, und ihm entstieg ein breitschultriger Mann mit kurzgeschorenem Haar, der zum Eingang stapfte. Unter seinem grauen Trainingsanzug zeichneten sich mächtige Muskelpakete ab. Auf der Oberlippe waren Milchreste zu erkennen.

Er drückte auf die Klingel, und Kalmann ließ ihn ins Haus.

Am Nachmittag desselben Tages erhielt Kalmann in seinem Büro einen Anruf aus New York. Anspannung lag auf seinem Gesicht, als er auf dem Display sah, woher der Anruf kam. Dieser Gesichtsausdruck verschwand urplötzlich und wich stattdessen einer gequälten Grimasse; die Brauen senkten sich, und die Knöchel der Hand, die den Hörer umklammerten, wurden weiß.

Dreiunddreißig

Noch am selben Abend nahm Janus wieder Verbindung zu Erlendur auf. Sigurður Óli hörte auf einer Nebenleitung mit, und in weniger als einer Minute hatten sie den Anruf lokalisiert: Janus rief aus einer Telefonzelle in der Nähe des Hafens an. Ein Streifenwagen, der sich in der Nähe befand, wurde sofort hingeschickt, und weitere machten sich ebenfalls auf den Weg dorthin. Doch die Polizisten kamen zu spät. In dem Telefongespräch hatte Janus um ein Treffen mit Erlendur gebeten, und zwar mit ihm allein. Er nannte Ort und Zeit und machte Erlendur klar, dass es kein Treffen geben würde, falls die restliche Polizei eingeschaltet würde.

»Aber du hast doch nichts zu befürchten«, sagte Erlendur. »Es geht nicht darum, dich zu verhaften. Du kannst völlig unbesorgt ins Dezernat kommen und mit uns reden. Du kannst uns vertrauen.«

»Hast du die Namen in dem Heft gesehen? Hast du gesehen, was für Leute Herbert da verbucht hat? Ich habe noch mehr Unterlagen, die ich dir heute Abend aushändigen will. Da wurden noch mehr Fotos gemacht. Ich hab noch ein anderes Bild von diesem Kerl. Ich weiß zwar nicht, wie er heißt, aber du kennst ihn wahrscheinlich. Ich vertraue niemandem.«

Im nächsten Moment hatte Janus aufgelegt und die Beine in die Hand genommen. Kurze Zeit später fuhr der Streifenwagen bei der Telefonzelle vor, und zwei Polizisten in Uniform sprangen heraus, aber Janus war bereits über alle Berge.

»Er kann uns doch vertrauen, der Junge«, bemerkte Erlendur zu Sigurður Óli.
»Sollten wir nicht versuchen, ihn heute Abend zu schnappen, wenn du dich mit ihm triffst?«, fragte Sigurður Óli.
»Warten wir ab, was der Junge uns zu sagen hat und was wir noch von ihm ausgehändigt bekommen. Wir werden da kein Räuber- und Gendarmspiel inszenieren, um ihn in die Enge zu treiben, oder eine Verfolgungsjagd veranstalten, um ihm Angst einzujagen. Janus arbeitet mit uns, nicht gegen uns, das hat er von Anfang an getan. Er will mit uns sprechen, aber zu seinen Bedingungen. Dagegen habe ich nichts. Ich treffe mich mit ihm, und vielleicht kann ich ihn dazu bringen, mit diesem Versteckspiel aufzuhören, damit wir seine Aussage zu Protokoll nehmen können. Vielleicht aber auch nicht. Ich bin durchaus bereit, ihm diesen Spielraum noch für einige Zeit zu lassen. Warten wir einfach ab.«
»Von was für einem Foto hat er eigentlich gesprochen?«, überlegte Sigurður Óli. »Hat Herbert Fotos von seinen Kunden gemacht und sie womöglich dazu benutzt, jemanden zu erpressen? Aus irgendeinem Grund beherrscht er hier den Drogenmarkt und führt sich auf, als sei er *Man of the Year* in der Finanzwelt.«
»Es wird sich herausstellen, was Janus noch für uns hat«, entgegnete Erlendur.

Der Treffpunkt, den Janus Erlendur vorgeschlagen hatte, war der Segelflugplatz auf Sandskeið etwa zwanzig Kilometer östlich von Reykjavík. Sigurður Óli wies noch einmal darauf hin, dass es die einfachste Sache der Welt sei, ihn dort zu schnappen, aber Erlendur wollte nichts davon hören.
Janus hatte sich ein weiteres Auto organisiert. Den Polizeistatistiken zufolge wurden jährlich etwa zweihundert Autos

in Reykjavík gestohlen, und davon gingen in diesem Jahr bereits drei auf Janus' Konto.

Erlendur verließ die Stadt in seinem eigenen Wagen. Er hatte strikte Anweisung gegeben, dass niemand ihm folgen sollte und Polizisten dort nichts zu suchen hatten. Er wollte keine Kontrolle, denn es ging ihm darum, Janus zu zeigen, dass er der Kriminalpolizei vertrauen konnte. Als er beim Segelflugplatz angekommen war, fuhr er mitten auf die Landebahn, brachte das Auto zum Stehen, schaltete den Motor aus und wartete.

Er wartete eine Stunde, eineinviertel Stunde. Anderthalb. Das Wetter war nach dem Regen tagsüber sehr mild, und die Sonne stand hoch im Westen. Erlendur stieg aus dem Auto. Während des Wartens hatte er eine halbe Schachtel geraucht, und so langsam kam er zu dem Schluss, dass Janus ihn zum Narren gehalten hatte. Er spähte in alle Richtungen, aber die einzigen Autos, die zu sehen waren, bretterten auf der Ringstraße in einem Kilometer Entfernung vorbei. Leute auf dem Weg in die Sommerferien, den Wagen vollgestopft mit Kindern, die, kaum dass sie die Stadt verlassen hatten, bereits quengelten, dass am nächsten Kiosk Halt gemacht werden müsse. So stellte Erlendur es sich jedenfalls vor, denn aus eigener Erfahrung kannte er das nicht.

Er setzte sich wieder ins Auto und wollte gerade den Motor anlassen, als er ganz am Ende der Landebahn eine Staubwolke erblickte und einen dunklen Punkt, der sich rasch näherte und größer wurde, bis schließlich ein Auto ins Blickfeld kam, das direkt vor Erlendurs Wagen anhielt. Erlendur stieg wieder aus, ging zum Beifahrersitz des anderen Wagens und setzte sich wie verabredet hinein.

Sie gaben sich die Hand. Janus war von Kopf bis Fuß verdreckt. Erlendur glaubte, Ruß in seinem dichten Haar zu erkennen. Weiße Streifen in seinem kohlschwarzen Gesicht schienen darauf hinzudeuten, dass er geweint hatte. Auch die

Hände waren schwarz von Ruß, und der Geruch, der von ihm ausging, kam Erlendur außerordentlich bekannt vor.
»Ist das geräucherter Speck, wonach du riechst? Wo hast du dich aufgehalten?«
»Da und dort«, entgegnete Janus.
»Wie bist du an dieses Foto herangekommen, das du in Herberts Haus hinterlassen hast?«, fragte Erlendur, direkt zur Sache kommend.
»Es war in diesem Blechkasten. Kennst du jemanden darauf?«
»Der Mann auf dem Foto ist ein hohes Tier in der Stadtverwaltung, er hat mit der Grundstückvergabe zu tun. Die beiden Kinder, ich weiß es nicht, ich kann dir wahrhaftig nicht sagen, was für arme Kinder das sind.«
»In dem Kasten waren noch andere Dokumente. Ich hab sie dabei.«
»Wie bist du an diesen Kasten herangekommen?«
»Darüber sprechen wir vielleicht später.«
»Wir haben uns beträchtliche Sorgen deinetwegen gemacht. Weshalb dieses Versteckspiel? Weshalb wolltest du nicht einfach kommen, um mit uns zu reden? Was für ein Spiel spielst du eigentlich?«
Janus schwieg. Er hatte sich nie zuvor mit einem Kriminalbeamten unterhalten.
»Wir würden gern wissen, wo wir dich einsortieren sollen. Uns liegt nichts gegen dich vor, wir wissen nur, dass du genau wie Birta aus den Westfjorden stammst und mit ihr befreundet warst. Du hast ganz sicher etwas mit dem Verschwinden von Herbert zu tun, und jetzt hast du es auf Kalmann abgesehen, und, nach dem Foto zu urteilen, auch auf andere prominente Persönlichkeiten. Einfach so, und noch dazu im Alleingang. Hat dir mal jemand die schöne Geschichte von David und Goliath erzählt?«

»Für mich ist das wie ein Unfall, in so einer Situation zu landen. Ich wünsche mir nichts sehnlicher, als das Ganze hinter mir zu haben. Und das wird bald der Fall sein.«
»Was gedenkst du zu tun?«
»Seid ihr bei Kalmann gewesen?«
»Der hat alles abgestritten«, antwortete Erlendur. »Er kennt keinen Herbert und keine Birta und hätte sich wohl auch selber nicht gekannt, wenn ich ihm einen Spiegel hingehalten hätte. Das Notizbuch, das du uns überlassen hast, habe ich ihm allerdings noch nicht gezeigt. Ich freu mich schon auf seine Reaktion, wenn ich das tue.«
Janus streckte seine Hand nach dem Rücksitz aus, griff nach einem Stapel Papiere und begann, darin zu blättern.
»Birta hat mir gesagt, dass Herbert sich damit gebrüstet hat, alles über Kalmann zu wissen. Herbert hätte darüber geredet, dass er irgendwelche Dokumente aufbewahrte und dass Kalmann deswegen besser *nice* zu Herbie sein müsste. In dem Stil redet er, *nice*. Ey, *man*. *Fucking hell*. Die ganze Palette.«
»Ja, ich weiß, er redet wie ein abgehalfterter Rocker aus Keflavík. Hast du uns Herbert vor der Nase weggeschnappt?«
Janus schwieg.
»Wer sonst kann dir von seinen Unterlagen erzählt haben als er selber? Die hast du doch wohl kaum per Post dorthin zugestellt bekommen, wo du dich in den letzten Tagen mit deinem geräucherten Speck aufgehalten hast.«
»Vielleicht sag ich dir irgendwann mal, wie ich an diese Sachen gekommen bin«, antwortete Janus. »Jetzt spielt nur die Tatsache eine Rolle, dass sie in meinem Besitz sind. Es geht um Drogen, den Import und den Vertrieb. Birta hat den Kurier für Herbert gemacht. Wusstet ihr das?«
»Nein, wir wissen so gut wie gar nichts über Birta. Du hast ihr helfen wollen, oder?«

»Ich habe versucht, sie davon abzubringen. Es war völlig zwecklos.«

»Ich kenne das aus eigener Erfahrung. Unfassbar, dass solche Menschen nicht zur Vernunft kommen können.«

»Das Foto, das ich in dem Kasten ließ, hast du das?«

»Ja, ich habe es dabei«, antwortete Erlendur, mit belegter Stimme. Er holte das Foto, das er bislang niemandem gezeigt hatte, aus der Jackentasche. Nur er und Elínborg wussten von seiner Existenz, aber ihm war klar, dass es nicht sehr viel länger geheim zu halten war.

»Ich habe noch ein anderes, das ist fast identisch«, sagte Janus und reichte Erlendur ein Foto aus dem Stapel. Es war offensichtlich bei der gleichen Gelegenheit gemacht worden wie das Foto, das Erlendur in der Hand hielt. Es zeigte einen nackten Mann zwischen vierzig und fünfzig, der mit einem jungen Mädchen und einem Jungen im gleichen Alter im Bett lag. Der Mann schien mit den Händen am Kopfende des Betts festgebunden zu sein. Erlendur starrte auf das Bild und wurde von dem gleichen Gefühl der Ohnmacht erfasst wie vor zwei Tagen beim Hotel Borg, als Elínborg ihm das andere Foto gezeigt hatte. Er starrte auf den angebundenen Mann, den Jungen und das Mädchen. Der Junge saß rittlings auf dem Mann, das Gesicht des Mädchens war dicht bei seinem. Sie waren kaum mehr als Kinder, höchstens siebzehn. Alle drei starrten so erstaunt in die Kamera, als habe der Fotograf sie überrascht. Das Zimmer sah so aus, als befände es sich in einem Reykjavíker Hotel. Erlendur presste die Finger so stark zusammen, dass die Fingerkuppen weiß wurden. Er schüttelte den Kopf, als wolle er es nicht wahrhaben.

»Ich glaube, der Junge heißt Jóel«, sagte Janus. »Birta hat ihn gekannt. Ich weiß nicht, wer das Mädchen ist. Könnte Herbert dieses Bild benutzt haben, um den Mann zu erpressen?«

»Es hat ganz den Anschein«, antwortete Erlendur sehr langsam, matt und beinahe träge. »Trotzdem glaube ich nicht, dass Herbert ganz allein dahintersteckt. Möglicherweise hat man ihn nur dazu benutzt, das Foto zu beschaffen. Er kennt Kinder, die bereit sind, für Geld alles zu machen.«

»Glaubst du, dass Kalmann da gemeinsame Sache mit ihm macht?«

»Diese Kerle schrecken offensichtlich vor nichts zurück, diese Businesshaie, diese verfluchten Schweine. Ich habe den Verdacht, dass diese Fotos auch mit den Quotenaufkäufen zu tun haben, das ist im Lauf der Ermittlungen immer deutlicher geworden. Diese Fotos wurden zu einem bestimmten Zweck aufgenommen.«

»Inwiefern?«

»Sieht nach einer typischen Erpressungssituation aus, bloß glaube ich nicht, dass sie Geld von dem Mann haben wollten, sondern etwas anderes. Etwas, was mit seiner Position zu tun hat.«

Vierunddreißig

Herbert merkte, dass es ihm nach und nach gelang, die Fesseln an den Händen durchzuscheuern. Er war kräftig gebaut und hatte es unter großer Anstrengung geschafft, den Strick an die scharfen Kanten des Gestänges zu bringen und ihn dort auf und ab zu reiben.

In der Räucherkammer herrschte nach wie vor tiefste Finsternis. Herbert konnte sich trotz der strammen Fesseln noch etwas bewegen. Kurz nachdem Janus ihn in den Ofen befördert und die Tür zugeschlagen hatte, war die Lade darunter herausgezogen worden, und in dem schwachen Schimmer, der durch die Öffnung für die Lade drang, konnte Herbert erkennen, dass Janus sie mit Brennmaterial vollstopfte, das im Hinterzimmer gelagert war, mit Holzstückchen, Reisig und Schafsdung. Anschließend füllte er alles sorgfältig mit Sägespänen auf. Herbert war klar, dass Janus eine Räucherung vorbereitete.

Aber dann geschah nichts. Janus machte keine Anstalten, Feuer zu legen, er schob die Lade nur herein, und damit schloss sich die Öffnung. Geraume Zeit verstrich, ohne dass Herbert irgendein Geräusch hörte. Anscheinend war Janus gegangen.

Als Janus ihn an das Gestänge gefesselt hatte, war Herbert sofort aufgefallen, wie scharf die Kanten waren, und als er nichts mehr von Janus hörte, begann er gleich damit, sich in die Nähe einer scharfen Kante zu schieben und die Fesseln durchzuscheuern. In der Finsternis der Räucherkammer bewegte er den Strick unermüdlich auf und ab, bis ihm der Schweiß übers Gesicht lief. Seine Handgelenke schmerzten so sehr, dass er das Gefühl hatte, sie würden sich ablösen. Trotzdem machte er hartnäckig weiter, Janus im Stillen verfluchend. Sein Hass auf Janus gab ihm die Kraft weiterzumachen. Er musste sich befreien. Er musste sich an diesem *fucking cocksucker* rächen.

Herbert dachte auch daran, dass er die Dokumente wieder an sich bringen musste, bevor Janus sich entschied, was er damit machen wollte. Er hatte sich gezwungen gesehen, Janus davon zu erzählen, es war die einzige Möglichkeit für ihn gewesen, aus der Räucherlade herauszukommen. Hätte er nicht die Beherrschung verloren, als er in dem Hinterzimmer stürzte, wäre er mit Sicherheit schon frei.

Während die Hände sich auf und ab bewegten, überlegte Herbert, was Janus wohl mit diesen Papieren vorhatte. Was ging in diesem verfluchten Arschloch vor?

Und dann dieser verdammte Kalmann. Herbert waren die Machenschaften von Kalmann und seinen Geschäftsfreunden schleierhaft. Er wusste nur, dass es irgendetwas mit der Vergabe von Baugrundstücken in der Umgebung von Reykjavík zu tun hatte, möglicherweise auch mit Aufkäufen von Land. Kalmann hatte Herbert und den Milchbart zu einem Bauern in der Nähe von Mosfellsbær geschickt, der alles andere als begeistert auf Kalmanns Angebot für sein Land reagierte. Das war ein tropfnasiger alter Knacker gewesen, der auf einem heruntergewirtschafteten Hof mit zwei Kühen, fünfzig Schafen und einem alten Gaul lebte, der sich in einer Würstchendose wohler gefühlt hätte, so hatte sich der Milchbart ausgedrückt und gewiehert, bis er einen Hustenanfall bekommen und sich prophylaktisch noch zwei Pillen reingeschoben hatte.

Der alte Knacker fiel aus allen Wolken, als Herbert und sein Kumpan bei ihm auftauchten und anfingen, über ein großartiges Preisangebot zu faseln, und ob er das nicht lieber akzeptieren wollte, als so bescheuert zu sein, in einem Haus, das völlig im Arsch war, und einer Wirtschaft, bei der nichts herumkam, ein armseliges Dasein zu fristen. »Verdammt noch mal«, sagte Herbert, »du kannst dir eine super Wohnung in so einem Seniorenblock leisten und nach Lust und Laune die ganzen alten Tussis vögeln. Mit deiner Potenz stimmt doch hoffentlich noch alles?«

»Es steht überhaupt nicht zur Debatte, dass ich das Land verkaufe«, hatte der Kerl entgegnet und ihnen gesagt, dass sie sich vom Acker machen sollten. »Egal, was ihr mir bietet, ich verkaufe nicht, und jetzt verpisst euch!«

»Nennt man das vielleicht Gastfreundschaft?«, fragte Herbert und sah den Milchbart an.

Zwei Tage später ging die heruntergekommene Scheune, die zum Hof gehörte, mit dem Pferd darin in Flammen auf. Der Bauer unterzeichnete den Kaufvertrag von einem von Kalmanns Unternehmen, zog in ein Seniorenapartment in Reykjavík und redete nie über diesen Vorfall, noch nicht einmal mit seinen beiden Kindern. Die waren froh, dass er endlich den Hof los war und in einer anständigen Wohnung in der Stadt lebte; sie hatten kein Gespür für den wahren Wert von diesem Grund und Boden, sahen nicht in die Zukunft, wie Kalmann es tat. Das war vor fünfzehn Jahren gewesen. Die Stadt hatte sich inzwischen in Richtung dieser Ländereien ausgedehnt, und dort würden bald die mithin teuersten Grundstücke in Reykjavík erschlossen werden.

Wenn Druck ausgeübt werden musste, nahm Kalmann früher meist Herbert in Anspruch. Im Lauf der Zeit gelangte er aber zu der Ansicht, dass es nicht gut war, sich zusammen mit ihm blicken zu lassen oder in irgendeiner Form mit ihm in

Verbindung gebracht zu werden. Herbert hatte die Fotos von einem hohen Tier in der Stadtverwaltung gemacht. Schon lange bevor der Mann diesen hohen Posten ergattern konnte, hatte Herbert ihm Mädchen beschafft, und er gehörte zu Herberts Stammkunden, bis es zu dem Vorfall kam.

Kalmann rief Herbert an und war in Schwierigkeiten. Er musste diesen Mann in der Stadtverwaltung auf seine Seite ziehen, doch dieser unterbelichtete Typ begriff einfach nicht, um was es ging. Deswegen musste also nachgeholfen und festgestellt werden, ob er nicht doch einsichtig würde. Vielleicht hätte Herbert irgendeine Idee? Und ob der eine hatte. Herbert setzte sich mit Jóel in Verbindung. Ihm war es scheißegal, mit wem diese hohen Tiere rumvögelten, ihm ging es nur ums Geld. Von dem Mädchen, das Jóel mitgenommen hatte, erfuhr er erst, als er zur Tür hereinplatzte und wild drauflos knipste.

Auf einmal lösten sich die Fesseln an den Handgelenken, und die Hände waren frei. Aus den Wunden, die Herbert sich durch das Scheuern an den Stangen zugezogen hatte, blutete es, aber Herbert verspürte keinen Schmerz. Nach kurzer Zeit hatte er auch die Füße von den Fesseln befreit und sprang hinunter auf das Gitter der Räucherlade. Es hallte im Ofen wider, als er unten auftraf. Herbert riss sich die blutige Augenbinde ab, die Janus ihm umgebunden hatte, und begann, die Tür des Ofens aufzutreten.

Fünfunddreißig

Erlendur fuhr nicht wie vereinbart zum Dezernat zurück, um Bericht über sein Treffen mit Janus zu erstatten. Ihr Gespräch im Auto hatte sich lange Zeit um Birta und Herbert gedreht und darum, in welcher Form sie für ihn gearbeitet hatte. Erlendur bekam die Unterlagen ausgehändigt, und sie verabredeten, dass Janus am nächsten Tag ins Dezernat kommen solle, damit ein ordnungsgemäßes Protokoll erstellt werden konnte. Erlendur vertraute ihm. Janus wiederum erklärte, Erlendur zu vertrauen. Nachdem sie sich verabschiedet hatten, fuhren beide wieder nach Reykjavík zurück.

Erlendur unternahm keinen Versuch, Janus zu verfolgen, als sie die Stadt erreicht hatten, sondern fuhr direkt zu seiner Tocher Eva Lind. Vor dem Haus angekommen blieb er noch eine ganze Weile nachdenklich im Auto sitzen, bevor er ausstieg. Er zerbrach sich den Kopf über diese Angelegenheit, kam aber zu keinem Ergebnis. Es gelang ihm auch nicht, sich zu beruhigen, ganz im Gegenteil. Je mehr er darüber nachdachte, desto mehr regte er sich auf. Gewusst hatte er es natürlich schon seit langem, aber es mit eigenen Augen zu sehen war zu viel für ihn. Der Zorn übermannte ihn.

Als er die Klingel betätigte, kam der neue Mann im Leben seiner Tochter zur Tür. Die nach hinten gekämmten Haare waren wie geleckt. Er trug ein weißes Oberhemd, und die geschmackvolle Krawatte wies einen perfekten Knoten auf. Er wusste sofort, wer Erlendur war, war aber unschlüssig, ob er den Kriminalbeamten wegen der späten Störung zusammenstauchen oder es lieber auf die sanfte Tour versuchen sollte, um später eventuell Nutzen daraus zu ziehen. Konnte ja nicht schlecht sein, so einen Typen zu kennen. Ihm blieb aber keine Zeit, eine Entscheidung zu treffen, denn Erlendur enthob ihn dieser Mühe.

»Raus mit dir, du Pfeife«, schnauzte er, packte ihn beim Schlips und beförderte ihn auf den Bürgersteig. Dann knallte er die Tür von innen zu.

Eva Lind kam aus der Küche in den Flur. Sindri Snær, der Ausgang vom Therapiecenter hatte, folgte ihr auf den Fersen.

»Wieso machst du denn so ein Theater?«, fragte sie.

»Schnauze«, sagte Erlendur.

»Was ist denn mit dir los?«, fragte Sindri Snær.

»Du hältst auch die Schnauze. Du bist nicht viel besser. Ihr seid beide total heruntergekommen,verlotterte Blindgänger, und außer Stoff und Fusel habt ihr nichts im Kopf, verdammt nochmal!«

»Mannomann, du kümmerst dich ja momentan ganz schön intensiv um uns«, sagte Eva Lind, die sich nicht aus der Ruhe bringen ließ. »Gibt's was Neues?«

»Was weiß denn ich«, sagte Erlendur und zog das Foto heraus, das Janus ihm gegeben hatte. »Keine Ahnung, ob das was Neues für dich ist, aber für mich ist es das!«, schrie er und schleuderte das Foto in ihre Richtung. »Das hat mir gerade noch zu meinem Glück gefehlt, verdammt nochmal!«

Eva Lind hob das Foto vom Fußboden auf und sah es sich an. Sindri Snær trat zu ihr und betrachtete es ebenfalls. Erlendur stiefelte fuchsteufelswild ins Wohnzimmer und warf sich in einen der in Plastik verpackten Chesterfield-Stühle.

»Oh Mann, bist du das?«, fragte Sindri Snær.

»Woher hast du das?«, fragte Eva Lind, die versuchte, es von ihrem Bruder wegzuhalten.

»Was machst du da eigentlich?«, fragte Sindri und griff nach dem Foto, aber sie riss es ihm weg.
»Wo hast du das Foto her?«, fragte Eva Lind nochmals und sah ihren Vater an.
»Wie alt bist du da eigentlich auf dem Foto?«, fragte Erlendur und blickte seiner Tochter wütend in die Augen.
»Neunzehn. Wem gehört das Foto?«
»Neunzehn«, schrie Erlendur. »Das ist gelogen! Du bist höchstens siebzehn. Du bist noch ein Kind.«
Eva Lind schaute ihren Bruder an, dann wieder ihren Vater. Sie ging zu ihm und setzte sich neben ihn auf die Sessellehne.
»Stammt dieses Foto von Herbert?«, fragte sie.
»Ja, es stammt aus seiner Sammlung. Und es hängt mit dem Mordfall zusammen, an dem ich gerade arbeite. Wegen dieses Fotos bin ich jetzt befangen und muss mich aus dem Fall zurückziehen. Aber das interessiert mich im Augenblick nur am Rande. Wieso bist du in so eine Situation hineingeraten, wie ist das möglich? So eine kleine Göre wie du!«
Eva Lind sah ihrem Vater lange in die Augen.
»Ich weiß es nicht«, kapitulierte sie schließlich seufzend. »Ich schwör's, ich weiß es nicht. Und ich versuche, nicht allzu viel darüber nachzudenken. Vergangenheit ist Vergangenheit. Man soll sich nicht an die Vergangenheit klammern. Der Junge bei mir da auf dem Foto heißt Jóel, wir waren damals befreundet und haben allen möglichen Scheiß gemacht. Jóel hatte Verbindung zu Herbert, der ihm Kunden besorgt hat. Es dreht sich nämlich nicht nur um Mädchen. Jóel hat mir davon erzählt und gesagt, dass es einfach Spaß machen würde, so hat er sich ausgedrückt, einfach Spaß. Und außerdem bringt es jede Menge, sagte er. Jóel hatte nämlich immer Kohle bis zum Abwinken, ich war ewig blank. Er erzählte mir von diesem Kerl, der unheimlich gut bezahlt, und dass der

ihn gefragt hat, ob er keine Freundinnen hätte. Jóel fragte mich, ob ich mal mitkommen würde. Der Typ würde ganz bestimmt doppelt so viel bezahlen, und wir würden fifty-fifty teilen.«

Eva Lind verstummte. Erlendur starrte sie an. Sindri Snær hatte sich ebenfalls gesetzt und wusste nicht, wo er hinschauen sollte.

»Ich bin nur das eine Mal mit Jóel dahin gegangen«, sagte Eva Lind und warf das Bild auf den Tisch. »Das war im Hotel Loftleiðir. Jóel und ich sind zum Haupteingang rein und haben den Aufzug in den zweiten oder dritten Stock genommen, und da wartete der Kerl in einem Zimmer auf uns. Niemand hat uns gesehen. Und Jóel hatte recht, der Typ hatte Geld satt. Aber auf einmal kam da jemand ins Zimmer reingestürmt, knipste wild drauflos, mit Blitz und allem, und war im nächsten Moment wieder verschwunden. Wir hatten keine Ahnung, wer das war, weil es dauernd geblitzt hat. Danach haben wir diesen Typ nie wieder getroffen. Der platzte vor Wut und ging auf Jóel los, aber dann habe ich mich dazwischengeworfen, und irgendwie haben wir's geschafft, da rauszukommen.«

Schweigen herrschte im Zimmer. Alle hingen ihren Gedanken nach.

»Im Übrigen geht es dich einen Dreck an, was ich tue und treibe, Alter!«, fügte Eva Lind hinzu, die sich wieder gefangen zu haben schien.

»Nein, man darf sich auf keinen Fall bei euch einmischen, wenn's um Suff und Drogen geht. Himmel, Arsch und Zwirn, reißt euch doch endlich mal am Riemen, und hievt euch aus dieser Scheiße hoch, vor allem du«, sagte er, indem er auf Eva Lind deutete, »versucht doch mal, was aus eurem Leben zu machen, ihr armseligen Versager.«

Wieder langes Schweigen.

»Du kennst also diesen beschissenen Typen?«, fragte Erlendur endlich.
»Der ist wohl eine wichtige Nummer?«, fragte Eva Lind zurück. »Ich hab ihn nur dieses eine Mal getroffen, danach nie wieder.«
»Wann war das?«
»Vor ungefähr vier oder fünf Jahren. Okay, ich war siebzehn.«
»Hat Herbert die Treffen mit diesem Mann arrangiert?«
»Das hat Jóel gesagt.«
»Wo steckt dieser Jóel jetzt?«
»Lange nicht gesehen. Ich hab gehört, dass er eine Zeit lang im Knast war, aber ich hab keinen Schimmer, weswegen. Der hat immer aufgepasst, dass er sich nicht strafbar gemacht hat.«
»Und wie lief das damals ab?«
»Herbert hat sich mit Jóel in Verbindung gesetzt, wenn irgendwas abging, und Jóel war immer für alles zu haben. Mit Jungs oder mit Mädchen. Er ist bi. Weißt du, was das bedeutet?«
»Und?«
»Und nichts. Wir sind zu dem Kerl hin, und der hat gut gelöhnt, und zwar im Voraus.«
»Dieses verdammte Schwein«, stieß Erlendur hervor. »Was für ein ekelhafter Widerling! Nicht zu fassen, wie solche Kerle es zu etwas bringen.«
»Sind es nicht immer genau solche Typen, die es zu was bringen?«
»Hat Herbert noch mehr solche Treffen für dich arrangiert?«
»Nein, nie«, erklärte Eva, klang aber nicht sehr überzeugend. Erlendur wusste ganz genau, wenn jemand versuchte, ihn anzulügen. Er ging aber nicht darauf ein. Sein Zorn und seine

Wut begannen abzuklingen. Wie Eva Lind ihr Leben gestaltete, war zwar nicht neu für ihn, aber ihm war dies nie zuvor so direkt vor Augen geführt worden. Er hoffte nur, dass ihm so etwas nicht noch einmal widerfahren würde.

»Du hast doch nicht etwa auch mit diesem Kalmann geschlafen?«

»Pliiis, jetzt hör doch auf mit deinen Zwangsvorstellungen«, stöhnte Eva Lind.

»Ich muss das da Sigurður Óli übergeben und mich aus dem Fall zurückziehen, so viel steht fest.«

»Kannst du das Foto nicht einfach verschwinden lassen?«, schlug Sindri Snær vor. »Muss unbedingt jemand davon wissen?«

»Ich habe noch nie Beweismaterial vernichtet.«

»Irgendwann muss man ja mit allem anfangen«, sagte Eva Lind.

»Reicht es nicht, wenn ihr beide das als Lebensmotto habt!«, stieß Erlendur hervor.

»Dir ist nicht der Gedanke gekommen, dass diese Typen, hinter denen du her bist, genau das bezwecken?«

»Das verdammte Bild ist nicht auf diesem Weg in meine Hände gekommen«, sagte Erlendur. »So etwas raffiniert Eingefädeltes würde ich Herbert nie zutrauen, so viel Weitblick hat der nicht.«

»Aber Kalmann? Habt ihr den abgecheckt?«

»Halt dich aus dieser Ermittlung raus. Das geht dich überhaupt nichts an.«

»Ja, genau. Soviel ich weiß, habe ich euch aber ganz schön weitergeholfen.«

»Oh ja«, sagte Erlendur leise. »Viel zu sehr. Was für eine reizende Situation. Wie soll man mit euch beiden am Hals bloß seinem Beruf ordentlich nachgehen? Ich halt das nicht aus, ich halt das einfach nicht aus«, stöhnte er.

»Wärst du seinerzeit nicht so geil gewesen, Alter, säßen wir gar nicht hier.«
»Ich fürchte, dasselbe gilt für dich, Mädchen«, entgegnete Erlendur.

Als Janus wieder in das ehemalige Räucherhaus des Schlachthofs zurückkehrte, war Herbert verschwunden. Die große Schiebetür, die ins Haus führte, stand sperrangelweit auf. Anscheinend hatte er die Tür zum Räucherofen aufgetreten. An dem Gestänge im Räucherofen fand Janus ein Stück von dem Strick, mit dem er ihn gefesselt hatte. Er war den größten Teil des Tages weggewesen und konnte deshalb nicht einschätzen, wie lange es her war, seit Herbert freigekommen war, und genauso wenig, was es für ihn selbst bedeutete, dass der Mann frei herumlief, den er so gedemütigt hatte. Erst nach geraumer Zeit wurde ihm klar, dass es wohl nicht ratsam war, noch länger im Räucherhaus zu bleiben. Er schickte sich an, das Haus zu verlassen, und wollte zu Fuß zur Wohnung seiner Mutter gehen, um dort die Nacht zu verbringen und sich am nächsten Morgen mit Erlendur im Dezernat zu treffen.
Aber es war zu spät. Er hatte zu lange gebraucht, um sich der Gefahr bewusst zu werden, in der er schwebte. Als er aus dem Haus gehen wollte, kam ihm ein Mann in der Schiebetür entgegen, den er nur zu gut kannte. Es war Herberts Freund, der Milchbart, der so etwas wie den Leibwächter für Herbert spielte. Er füllte beinahe den Türrahmen aus und betrat das Räucherhaus ganz gemächlich. Auf der Oberlippe war die Andeutung eines eingetrockneten Milchbarts zu erkennen.
Janus wich langsam zurück und bewegte sich in Richtung des Hinterzimmers. Ihm fiel das Fenster dort ein, und er drehte sich blitzschnell auf dem Absatz um und rannte los. Der

Milchbart kam in unverändert langsamem Tempo hinter ihm her. Janus raste in das Zimmer und stoppte so blitzartig, dass er beinahe vornübergestürzt wäre. Dort stand Herbert, der zum Fenster hereingekommen war und ihn mit dem Baseballschläger in der Hand und der Baseballkappe auf dem Kopf erwartete. Ansonsten trug er noch dieselben Sachen, die er angehabt hatte, als Janus ihn in den Ofen befördert hatte. Sein Gesicht war voller Ruß, das Haar unter der Kappe stand steif vor Dreck in alle Richtungen ab, und seine Hände waren blutig.

»Wohin so schnell des Weges, *man*?«, sagte Herbert und schlug mit dem Schläger leicht gegen die Innenfläche seiner Hand. »Jetzt fängt der Spaß doch gerade erst an.« Der Milchbart stand jetzt in der Tür zum Hinterzimmer. Janus war starr vor Entsetzen.

»Es ist vorbei«, sagte er. »Ich habe mit der Polizei gesprochen und ihnen die Papiere ausgehändigt, die ich bei dir gefunden habe. Sie wissen alles. An deiner Stelle würde ich abhauen«, fügte er in einem lahmen Versuch hinzu, Herbert Angst einzujagen. Das war hoffnungslos, Herbert zeigte keinerlei Reaktion, außer dass er Janus unverwandt anschaute und grinste.

»Nein, die wissen noch nicht alles, *man*«, sagte er. »Noch nicht. Die wissen noch nicht, dass du tot bist.«

Sechsunddreißig

Als Erlendur kurz nach Mitternacht endlich ins Büro kam, warteten Sigurður Óli, Elínborg und Þorkell immer noch auf ihn. Den Papierstapel, den Janus ihm übergeben hatte, hatte er dabei. Er gab keine Erklärung dafür ab, weshalb er so spät kam, sondern begann sofort damit, sie in groben Zügen darüber zu informieren, was Janus in diesen Papieren entdeckt hatte. Er teilte ihnen auch mit, dass er sich aus persönlichen Gründen, die er dem Polizeipräsidenten gegenüber darlegen würde, aus dem Fall zurückziehen müsse.

»Was soll denn der Blödsinn?«, sagte Sigurður Óli. »Du musst dich zurückziehen? Was ist denn los?«

»Ich werde das später erklären«, sagte Erlendur, »lassen wir es im Augenblick dabei bewenden.«

»Du kannst doch nicht plötzlich mittendrin aufhören«, sagte Sigurður Óli und sprach unwillkürlich lauter. »Was soll denn dieser Quatsch eigentlich?«

Elínborg saß schweigend daneben und hörte zu.

Als Erlendur merkte, dass Sigurður Óli nicht lockerlassen würde, fragte er, ob er ihn nach Hause bringen könnte. Morgen würden sie dann sehen, wie es weiterginge. Alle standen auf und sahen verständnislos zu, wie Erlendur sich den Hut aufsetzte und das Zimmer verließ. Sigurður Óli folgte ihm zum Auto, und sie fuhren los. Es dauerte eine ganze Weile, bis Erlendur das Schweigen brach.

»Du kennst meine Tochter, Eva Lind. Du weißt, in was für

einem schlimmen Zustand sie ist. Mir ist seit geraumer Zeit bekannt, dass sie sogar nicht davor zurückschreckt, auf den Strich zu gehen, um an Geld für Stoff heranzukommen. Ich mache erst gar nicht den Versuch, dir zu beschreiben, wie ich darunter leide beziehungsweise gelitten habe. Ich habe mich zwar darum bemüht, sie davon abzubringen, aber ich habe kaum Einfluss auf sie, wahrscheinlich, weil ich zu spät in ihrem Leben aufgetaucht bin. Dasselbe gilt für Sindri Snær.«

Sigurður Óli fuhr schweigend weiter, denn er war sich nicht sicher, worauf Erlendur hinauswollte. Genau wie die anderen im Dezernat wusste er, dass Erlendurs Tochter drogenabhängig war. Mehr als einmal war sie bei Razzien festgenommen worden. Erlendur hatte nie um eine Sonderbehandlung für sie gebeten. Soviel Sigurður Óli wusste, war Eva Linds Situation auch nie im Kollegenkreis zur Sprache gekommen. Erlendur selbst redete nie über seine Tochter, genauso wenig wie über seinen Sohn, seine frühere Ehe oder überhaupt sein Privatleben. Niemals schnitt er diese Themen an. Er hatte schon früher hin und wieder in unbedeutenderen Fällen Evas Hilfe in Anspruch genommen, wenn jemand, von dem sie gehört hatte oder den sie sogar persönlich kannte, unter dem Verdacht stand, Computer gestohlen zu haben, in Privathäuser eingebrochen oder in andere typische Delikte innerhalb der Drogenszene verwickelt zu sein. Weder Sigurður Óli noch die anderen Kollegen hatten feststellen können, dass dabei etwas herausgekommen wäre. Wenn das Mädchen etwas über Kleinkriminalität dieser Art wusste, schwieg sie sich aus. Im gegenwärtigen Fall hatte Eva Lind ihnen allerdings geholfen und die Ermittlungen damit beschleunigt.

»Ich weiß bloß, dass Eva Lind uns in diesem Fall behilflich gewesen ist«, sagte Sigurður Óli.

»Zu behilflich«, entgegnete Erlendur. Sie bogen auf den Parkplatz vor dem Häuserblock in Breiðholt ein, wo Erlendur wohnte. Sigurður Óli brachte den Wagen zum Stehen und stellte den Motor ab. Erlendur griff in seine Tasche, zog das Foto von Jóel und Eva Lind im Hotelzimmer heraus und reichte es Sigurður Óli.

»Sie war damals erst siebzehn«, fuhr er fort. »Der Junge bei ihr heißt Jóel. Den müsstet ihr ausfindig machen können. Den Mann kennst du vielleicht, er ist ein hohes Tier in der Stadtverwaltung. So hoch, dass sein Name sogar manchmal in den Nachrichten genannt wird. Das Foto wurde wahrscheinlich dazu verwendet, um ihn gefügig zu machen. Es hat vermutlich etwas mit der Vergabe von Grundstücken zu tun, auf diese Weise wurden innerhalb der Verwaltung die Wege für Kalmann geebnet. Ich will, dass du dieses Foto in Verwahrung nimmst und es im Rahmen der Ermittlungen nur dann bemühst, wenn es absolut erforderlich ist. Falls es dazu kommt, musst du vielleicht nicht unbedingt gleich verraten, wer das Mädchen ist. Meinst du, dass du mir den Gefallen tun kannst?«

»Ist das wirklich deine Tochter?«, fragte Sigurður Óli leise und betrachtete das Bild. »Ich hätte sie nicht erkannt, wenn du es mir nicht gesagt hättest. Du musst dich beschissen fühlen.«

»Bestimmt fühle ich mich nicht beschissener als sie, das arme Kind.«

Sie saßen noch eine ganze Weile im Auto, gingen den Fall durch und beschlossen, Kalmann gleich am nächsten Morgen einen Besuch abzustatten. Sigurður Óli überredete Erlendur dazu, noch mit ihm zu Kalmann zu gehen und sich erst danach aus dem Fall zurückzuziehen. Ein weiteres Team würde sich zu dem hohen Beamten der Stadtverwaltung begeben, der auf dem Foto zu sehen war.

Sigurður Óli schwieg eine Weile, während er überlegte, wie er Erlendur am besten beibringen könnte, dass er mit der

Zeugin Bergþóra geschlafen hatte. Er musste es ihm früher oder später sagen. Es wäre unerträglich, wenn Erlendur es auf anderem Wege herausfinden würde.

»Worüber denkst du nach?«, fragte Erlendur.

»Ich denke an Bergþóra, unsere Zeugin vom Friedhof. Ich muss dir etwas sagen.«

»Was denn?«

»Ähm, ich war bei ihr an dem Abend, als ihr den Kasten in Herberts Haus gefunden habt.«

»Und?«

»Sie hatte mich zum Essen eingeladen.«

»Und du hast mit ihr gevögelt?«

»Wir haben miteinander geschlafen.«

»Du hast mit unserer einzigen Zeugin gevögelt!«

»So war es nicht. Du brauchst das nicht in den Dreck zu ziehen.«

»In den Dreck zu ziehen? Ich?«

»Ich mag Bergþóra sehr.«

»Sie ist eine Zeugin, du Idiot.«

»Das weiß ich.«

»Habt ihr euch über die Reykjavíker Friedhöfe ausgetauscht?«

»Halt die Schnauze.«

»Du meinst wohl: Ruhe in Frieden.«

Siebenunddreißig

Früh am nächsten Morgen gingen sie wieder die Stufen zu Kalmanns Villa hoch und klingelten. Als keine Reaktion erfolgte, klingelten sie noch einmal. Endlich hörte man Geräusche von drinnen, und Kalmann erschien im Morgenmantel in der Tür. Sein Haar war ungekämmt, und er starrte sie mit zusammengekniffenen Augen an.

»Was, ihr schon wieder? Offensichtlich schmiere ich nicht die richtigen Leute«, flachste er und ging zurück ins Haus. Erlendur und Sigurður Óli folgten ihm und schlossen die Haustür hinter sich.

»Was kann ich für euch gegen Verbrechen und Korruption kämpfende Kreuzritter tun?«, rief Kalmann ihnen aus dem Wohnzimmer zu. Er hatte in einem ausladenden Ledersofa Platz genommen und schlug die Beine übereinander. »Ist es nicht reichlich unverschämt, jemanden so früh am Morgen zu wecken und ins Kreuzverhör zu nehmen?«

»Es handelt sich keineswegs um eine offizielle Vernehmung, und deine rechtliche Situation ist nicht die eines Tatverdächtigen, aber du möchtest vielleicht trotzdem deinen Rechtsanwalt hinzuziehen. Wir haben Zeit. Bei unseren Ermittlungen im Mord an dem Mädchen ist ein weiteres Mal dein Name aufgetaucht …«, begann Erlendur, aber Kalmann unterbrach ihn.

»Wie geht es eigentlich deiner Tochter? Wie war doch noch ihr Name?«

Er wartete auf eine Antwort von Erlendur. Seit ihrem letzten Treffen hatte Kalmann sich Informationen über den Mann beschafft, der die Ermittlungen in dem Mordfall leitete, und dabei herausgefunden, dass er etliche Schwachstellen hatte, und diese war seine schwächste. Er genoss es zu sehen, wie Erlendur sich zusammenreißen musste, um Kalmann nicht den Gefallen zu tun, eine Reaktion zu zeigen. So zu tun, als sei nichts vorgefallen. Es gelang ihm nicht besonders gut.

»Eva Lind, nicht wahr?«, fuhr Kalmann fort. »Ein bemerkenswertes Mädchen.«

»Wir haben hier einige Namen, zu denen wir dich befragen müssen«, warf Sigurður Óli ein. »Ich wiederhole noch einmal, dass wir bereit sind zu warten, falls du deinen Rechtsanwalt hinzuziehen willst.«

»Neulich musste ich an Eva Lind denken«, sagte Kalmann, der Sigurður Óli keines Blickes würdigte. »Ich weiß nicht mehr, was der Grund dafür war, aber ich erinnerte mich auf einmal an eine Geschichte über sie, die mir ein Freund erzählt hat. Wie war das noch? Eva Lind hat sich Stoff besorgt, also Drogen, sie ist doch abhängig, nicht wahr? Sie hatte aber kein Geld, und als sie gefragt wurde, wie sie bezahlen wollte ...«

»Du bist im Vorstand der Reederei Viðey«, unterbrach Erlendur ihn kurzerhand.

»Moment, lass mich doch die Geschichte zu Ende erzählen. Sie ist gut.«

»Diese Firma ist mehrheitlich in deinem Besitz, obwohl das nicht allgemein bekannt ist«, fuhr Erlendur unbeirrt, aber etwas lauter fort. Er hatte nicht vor, sich durch Kalmann aus der Fassung bringen zu lassen. »Unsere Nachforschungen haben ergeben, dass deine Firma sehr rührig gewesen ist, Quotenanteile aufzukaufen, vornehmlich in den Westfjorden.«

»Das mit Eva Lind ist wohl ein wunder Punkt bei dir?«, warf Kalmann ein und machte keinen Versuch, das Grinsen zu unterdrücken, das sich auf seinem Gesicht breitgemacht hatte. »Ich habe gehört, was für eine vorbildliche junge Dame sie in allem ist, was sie sich vornimmt. Und es gibt wohl kaum etwas, was sie sich nicht vornehmen würde, wenn man sie hübsch darum bittet.«

Erlendur sah Kalmann so lange in die Augen, bis er die abgrundtiefe Widerwärtigkeit darin erkannte. Er wusste, dass nichts, was er sagen würde, diesem Mann etwas ausmachen würde. Seine Spannung ließ nach, und die Schultern lockerten sich. Kalmann wich seinem Blick aus und sah zu Sigurður Óli hinüber.

»Du besitzt die Mehrheit bei Viðey, nicht wahr?«, hakte Sigurður Óli nach.

»Das wissen nicht sehr viele«, gab Kalmann zu. »Ich habe erst vor etwa zehn Jahren begonnen, mich für Fischfang zu interessieren, vielleicht ist es auch fünfzehn Jahre her. Das Quotensystem hat mich darauf gebracht, unter anderem. Mit dem Fischfang hat man nämlich erst zu Geld kommen können, nachdem die Quotenanteile eingeführt worden waren. Die Schwätzer, die gegen dieses System protestieren, scheinen das nicht kapieren zu wollen.«

»Dir lag außerordentlich viel daran, Quotenanteile in den Westfjorden aufzukaufen«, fuhr Erlendur fort. »Unsere Ermittlungen haben ergeben, dass dein Unternehmen im Verlauf von einigen wenigen Jahren Quoten im Wert von zweieinhalb Milliarden Kronen gekauft hat.«

»Höchst interessant«, bemerkte Kalman. »Aber weshalb muss ich mir eigentlich diesen Sermon anhören?«

»Wenn du gestattest, fahre ich fort, und du lässt mich einfach gegebenenfalls wissen, wenn dir irgendetwas bekannt vorkommt. Ungefähr um dieselbe Zeit, als der Handel mit Quotenanteilen freigegeben wurde, befand sich die Bauindustrie im Hauptstadtgebiet in einer Krise, und die Bauunternehmen gingen reihenweise pleite. Diese Entwicklung gab es zwar auch auf dem Land, aber Reykjavík war am schlimmsten betroffen. Es wurde kaum noch etwas Neues gebaut, und ebenso gingen die Pläne für den Bau von weiteren Kraftwerken den Bach hinunter, als sich herausstellte, dass im Ausland kein Interesse daran bestand, die Aluminiumhütte in Straumsvík zu vergrößern, und dass in nächster Zeit keine anderen Aluminiumwerke entstehen würden; der Preis für Aluminium war sozusagen im Keller. Große Baumaschinen standen herum, und viele Menschen im Baugewerbe verloren ihre Arbeit. Immobilienhändler gingen bankrott. Die Hoch- und Tiefbauindustrie stand vor dem Ruin.«

Kalmann sah Erlendur an und schwieg.

»Deswegen kam irgendwo die Idee auf, mitten in der Krise neue Wohngebiete in Reykjavík aus dem Boden zu stampfen«, fuhr Erlendur fort. »Den Maschinenpark für den Bau von Kraftwerken auszutauschen gegen Maschinen, die die neuen Wohngebiete von Hafnarfjörður, Kópavogur und die neuen Siedlungen in Grafarvogur nördlich von Reykjavík in Richtung Kjalarnes bauen sollten. Großartige Planungen für ganz neue Stadtviertel mit Geschäften und Schulen, schönen Straßen und Erholungsgebieten, Reihenhäusern, riesigen Wohnblocks und tollen Eigenheimen. Und als Krönung des Ganzen: zwei neue Einkaufszentren, das eine in Kópavogur und das andere in dem neuen Wohnviertel in Borgarholt. Jedes für sich doppelt so groß wie die Kringla. Und wer soll all diese großartigen Einkaufszentren füllen? Wer soll in all diese Wohnkasernen einziehen? Woher sollen all diese Menschen kommen?«

Erlendur machte eine kurze Pause und fuhr dann fort: »Das Einzige, was bei all diesen Planungen fehlte, waren die Menschen. Dieser fantastische Schachzug von Bauunternehmern und Immobilienhändlern in Reykjavík konnte nur dann verwirklicht werden, wenn es Menschen gab, die in die Wohnungen in den neuen Häusern einzogen und in den Einkaufszentren einkauften. Woher diese Menschen nehmen, wer sollte in all die geplanten Häuser einziehen? Das waren seltsamerweise die Fragen, die sich ein junges, zugedoptes Mädchen auf den Straßen von Reykjavík stellte. Findest du das nicht merkwürdig?«

Kalmanns einzige Antwort bestand in einem Grinsen.

»Woher die Leute nehmen, darüber spekulierten die Baulöwen. Und dann kam ihnen die Erleuchtung. Wo es keine Quotenanteile gibt, gibt es auch keine Menschen, eine simple Regel. Sie verschwinden mit den Quoten. Seit dem Zweiten Weltkrieg gibt es diesen Zustrom in die Stadt, den musste man jetzt bloß noch intensivieren, und zwar erheblich. Die Bauunternehmer und Immobilienspekulanten zerbrachen sich den Kopf über die Mittel, mit denen sie die Leute dazu bringen konnten, nach Reykjavík zu ziehen. Und sie nahmen sich die Quotenanteile vor. Sie investierten gezielt in Fischfangbetriebe und setzten es durch, dass dem Quotenhandel keinerlei Beschränkungen auferlegt wurden. Ihnen gelang, was niemand je für möglich gehalten hatte: Sie rissen sich praktisch sämtliche Quoten aus den Fischerdörfern in den Westfjorden unter den Nagel. Die Leute begriffen das gar nicht, sie hatten gar keine Chance, diese neue Realität des Quotensystems zu verstehen. Und dann traf genau das ein, womit die Geldmenschen hier in Reykjavík gerechnet hatten. Wenn der Quotenanteil weg war, gab es keine Lebensgrundlage für die ländlichen Regionen mehr. Immer mehr Menschen sahen keine andere Wahl, als nach Reykjavík zu ziehen, statt in ihrer angestammten Heimat ein erbärmliches Dasein zu fristen. Sie kapitulierten und versuchten, ihre Häuser zu verkaufen, sich hier in der Stadt etwas zu kaufen, wo es Arbeit gab. Vielleicht war die Region der Westfjorde besonders anfällig und bot deswegen eine hervorragende Zielscheibe. Die Baulöwen brauchten in der Tat nur eine Entwicklung zu beschleunigen, die unausweichlich schien. Dort war die Abgeschiedenheit von jeher ein Problem, die Fischereibetriebe standen auf wackeligen Beinen, Schluss mit der Vergeudung von Zuschüssen aus öffentlichen Mitteln. Die jungen Leute wollten nach Reykjavík. All das und noch mehr trug dazu bei, die Westfjorde zum optimalen Opfer zu machen.«

Wieder machte Erlendur ein kleine Pause. Kalmann und Sigurður Óli hatten ihm aufmerksam zugehört, doch Kalmann zeigte keinerlei Reaktion.

»Als die Quotenanteile weg waren, sahen sich Hunderte von Familien gezwungen, aus den Westfjorden ins Eldorado Reykjavík zu ziehen. Die Menschen nahmen das wie jedes andere Naturgesetz hin. Städte wachsen ja immer auf Kosten der ländlichen Regionen, das läuft überall auf der Welt so ab. Niemand regt sich darüber auf. So ist halt der Lauf der Dinge, denken die meisten. Wenn die Entwicklung zu bedrohlich wird, unternehmen die Regierungsbehörden kraftlose Versuche, das Leben der Menschen durch Straßenbaumaßnahmen zu erleichtern. Tunnel wurden durch Berge gegraben. Erst nahm man ihnen die Lebensgrundlage, dann baute man Straßen!«

»Ich sehe nicht, was daran kriminell sein sollte«, sagte Kalmann mit einem Mal, nachdem er sich Erlendurs Predigt stumm angehört hatte. »Wie du gesagt hast: In diesen Jahren strömten alle nach Reykjavík, und die Leute brauchten Wohnungen. Die Stadt wuchs. Wir haben die Häuser gebaut. Wo ist das Verbrechen?«

»Ihr habt die Landflucht inszeniert. Es drehte sich um eine vorprogrammierte Flucht, organisiert von Finanzhaien in Reykjavík, die ihren Vorteil darin sahen, die Stadt zu vergrößern. Die Leute wurden im Grunde genommen dazu gezwungen, ihre Heimat zu verlassen. Und diese Entwicklung ist keineswegs abgeschlossen. Jetzt ist der Rest des Landes dran. Ich weiß, dass du angefangen hast, im östlichen Landesteil Quoten aufzukaufen. Ich habe Verwandte in Eskifjörður, die mir sagten, dass dein Name immer wieder im Zusammenhang mit Quotenaufkäufen auftaucht.«

»Bringst du da nicht etwas durcheinander, mein Guter«, sagte Kalmann und lachte trocken. »Seit wann ist es kriminell, sich als Reeder und Geschäftsmann zu betätigen?«

»Jetzt kommt Variante eins«, fuhr Erlendur unbeirrt fort. »Einer von euch begann, sich mit diesen fantastischen Plänen zu brüsten, wie optimal dieses Konzept gewesen sei, und zwar einem Mädchen gegenüber, von dem er wusste, dass es aus den Westfjorden stammte. Vielleicht hat sie es selbst einmal demjenigen gegenüber erwähnt. Er kaufte sich nämlich manchmal die Dienstleistungen von Prostituierten oder besser gesagt von jungen Mädchen. Jung mussten sie sein und möglichst aus der Gosse, möglichst ungeschliffen und bemitleidenswert. Die hat ihm immer ein Kumpel aus guten, alten Zeiten besorgt, als die beiden noch im großen Stil Schmuggel betrieben. Aus irgendwelchen Gründen fand der Mann besonderen Gefallen an diesem Mädchen und bat seinen Freund immer wieder, sie zu ihm zu schicken. Er bezahlte gut, und das Mädchen war drogenabhängig. Sie brauchte Geld. Sie arbeitete auch für den Kumpel als Kurierin und dergleichen. Da hatte dieser Mann ein lebendiges Beispiel für diese Landflucht vor sich, die er selber in die Wege geleitet hatte, da hatte er die ganzen Westfjorde personifiziert vor sich. Dieser Mann hat keine Familie und lebt ein bemitleidenswertes Leben ganz allein mit sich selbst und seinem Reichtum. Ihn langweilt das Angebot von schönen Frauen, denen er von Berufs und seiner einflussreichen Position wegen begegnet. Er wollte etwas anderes, etwas Jüngeres, Unkultivierteres und vielleicht auch Schwächeres. Das Ganze hat etwas durch und durch Perverses.«

Kalmann sagte keinen Ton.

»Der Mann hatte ausgefallene sexuelle Bedürfnisse. Brutalität animierte ihn. Irgendetwas an diesem Mädchen forderte ihn heraus. Er machte sich über sie her, schlug zu, verletzte sie. Er war auch bereit, mit der Gefahr zu spielen und Risiken einzugehen. Manchmal prügelte er das Mädchen regelrecht durch. Da er verdammt gut bezahlte, wusste er, dass sie immer wieder zu ihm zurückkehren würde, egal, wie er sie behandelte. Dabei konnte es vorkommen, dass er sich mit diesem Wohnungsbaukonzept brüstete, wie genial es war, was für eine exorbitante Idee, die sofort einschlug, nachdem er begonnen hatte, sie zu realisieren. Wie seine Reichtümer sich von Tag zu Tag mehrten, weil er ein so begnadeter Geschäftsmann war. In der Art hat er dem Mädchen etwas vorgefaselt, geil vor lauter Machtgier. Sie hörte zwar nicht so genau auf das Gerede des Mannes, da ihr andere Dinge durch den Kopf gingen, aber trotzdem wurde ihr langsam klar, was dieser Mann ihr da sagte, was seine Worte bedeuteten. Vielleicht fing sie an, mit ihm zu diskutieren. Vielleicht drohte sie ihm, das Ganze publik zu machen, aber der Mann lachte sie aus und fragte, ob sie tatsächlich so blöd sei zu glauben, dass man sie ernst nehmen würde mit irgendwelchem Gefasel über eine Verschwörung von Spekulanten in Reykjavík. Nichtsdestotrotz nervte ihn das, und bei ihrem letzten Zusammentreffen ging er zu weit. Er schlug zu fest zu. Vielleicht hatte ihn etwas, was sie sagte, aber nicht hätte sagen sollen, in Wut gebracht. Er brachte sie um. Vielleicht unabsichtlich. Vielleicht absichtlich.«

»Blödsinn«, sagte Kalmann, dessen Blicke zwischen Erlendur und Sigurður Óli hin und her wanderten. »Totaler Blödsinn. Ihr habt keine Ahnung, wovon ihr redet.«

»Du darfst uns gern korrigieren«, sagte Erlendur.
»Du hast gesagt, Variante eins«, sagte Kalmann. »Wie lautet Variante zwei?«
»Der Mann hat sie umgebracht, um sich daran aufzugeilen. Es hatte gar nichts mit den Quotenspekulationen zu tun, es ging schlicht und ergreifend um seine perversen Neigungen.«
Sie blickten einander eine Weile in die Augen.
»Er hat sie nicht umgebracht«, erklärte Kalmann schließlich und strich seinen blauseidenen Hausmantel mit dem chinesischen Dekor glatt. Das Grinsen auf seinem Gesicht war verschwunden. »Es war umgekehrt. Sie hat ihn umgebracht. Es stimmt, dass der Mann bestimmte Präferenzen im Hinblick auf Sex hatte; er schlug bei ihrem letzten Zusammentreffen länger und heftiger zu, aber dafür gab es einen Grund, und der war ein anderer als dieses kindische Geschwätz über Landflucht und Bauboom. Auf diesem letzten Treffen gestand sie ihm in der Hitze des Gefechts, wie es um sie stand. Der Mann war verständlicherweise geschockt, aber umgebracht hat er sie nicht. Sie hat ihm die Wahrheit ins Gesicht geschrien, ihm gesagt, dass sie mit dem Virus infiziert war. Sie hatte Aids.«
»Und der Mann flog in die Vereinigten Staaten, um den Test machen zu lassen«, schaltete sich Sigurður Óli ein.
»Dieser Mann hatte den Service des Mädchens über längere Zeit in Anspruch genommen. Als ihm klar wurde, dass sie sich ihm auch weiterhin zur Verfügung gestellt hatte, nachdem sie von ihrem Zustand wusste, überfielen ihn verständlicherweise Wut und Angst. Er flog noch am gleichen Wochenende in die USA. Als prominente Persönlichkeit in Island war es einfacher für ihn, den Test dort machen zu lassen, hier hätte sich das bald herumgesprochen. Er flog in eine amerikanische Privatklinik, in der er sich auch schon vorher

hatte behandeln lassen. Gestern erhielt er telefonisch den Befund. Er ist das, was man HIV-positiv nennt.«

»Und brachte das Mädchen deswegen um«, sagte Sigurður Óli.

»Ganz und gar nicht. Sie war am Leben, als er sie zuletzt sah.«

Achtunddreißig

Als Janus das Bewusstsein wiedererlangte, hatte er das Gefühl zu ersticken. Er bekam kaum Luft, und das, was er einsog, bestand nur zu einem geringen Teil aus Sauerstoff. Seine Augen brannten entsetzlich, und er fühlte sich wie seinerzeit im Laderaum des Schiffs, als er ertrank. Herbert und der Milchbart hatten ihn so zusammengeschlagen, dass es überall weh tat. Sein Arm musste gebrochen sein. Der ganze Kopf war voller Blut, die Augen hinter dicken Schwellungen versunken, die Nase gebrochen, und Bauch und Seiten schmerzten. Unerträgliche Schmerzen am ganzen Körper.

Ihm kam es so vor, als würden seine Füße in Flammen stehen.

Er verlor wieder das Bewusstsein, aber nur für kurze Zeit. Er versuchte, die Augen zu öffnen, aber das ging nicht. Tiefe Finsternis umgab ihn. Er wusste nicht, ob er irgendwo lag und aufrecht festgebunden war. Er versuchte, sich zu bewegen, aber nichts geschah. Er hatte aber das Gefühl, ein wenig zu schaukeln, so als hänge er in der Luft, und unter ihm war diese furchtbare, sengende Hitze.

Er hatte geglaubt, sie würden nie aufhören. Der Schläger sauste immer wieder und so lange auf ihn nieder, bis Herbert anfing zu schnaufen. Sein Schwall von Flüchen verebbte. Der Milchbart hielt sich zurück, bis Herberts Kräfte ihn verließen und er zum Schluss einfach mit dem Baseballschläger in der Hand zu Boden sank. Dann übernahm der Milchbart, der

Janus so schwere Hiebe in den Unterleib und an den Kopf versetzte, dass der das Bewusstsein verlor und umkippte wie ein nasser Sack.

Nicht die körperlichen Schmerzen waren das Schlimmste, sondern das nur allzu bekannte Erstickungsgefühl, das ihn überfiel und lähmte. Wie heftig er auch nach Luft schnappte, er atmete keinen Sauerstoff. Zuerst dachte er, sie hätten ihm eine Plastiktüte über den Kopf gezogen, und versuchte, sie abzuschütteln. Aber da war keine Plastiktüte.

Und die Augen! Mein Gott, wie die brannten. Es war, als versuchte jemand, sie ihm mit einer kleinen Nagelfeile auszustechen.

»Hilfe!«, versuchte er, mit schwacher Stimme zu rufen, aber kein Laut drang aus ihm heraus. Er atmete die rauchgeschwängerte Luft durch Mund und Nase ein, schnappte danach, japste, sog sie ein, schmeckte aber nur den heißen, beißenden Rauch. Er spürte, wie Schuhe und Hosen versengt wurden, und sein Fleisch schien zu schmoren.

Bevor ihm wieder die Sinne schwanden, kreisten seine letzten Gedanken um Birta zu Hause bei ihm in der Wohnung in Breiðholt, nachdem sie von Kalmann zurückgekommen war, und um das, was er getan hatte.

Er hatte ihr gesagt, dass er wusste, wie es war, zu sterben.

Jetzt war er sicher in der Hölle.

Er musste in der Hölle sein wegen dem, was er Birta angetan hatte.

Neununddreißig

»Merkwürdig, dass er sich nicht über die Gefahr im Klaren war?«, sagte Sigurður Óli und blickte Kalmann an, der ihnen in seinem chinesischen Hausmantel gegenübersaß.

»Oh doch, er war sich über die Gefahr im Klaren«, erklärte Kalmann. »Das machte es ja umso reizvoller. Er drang selten in sie ein, aber manchmal konnte es dazu kommen.«

»Was geschah mit Birta?«, fragte Erlendur.

»Ich weiß nicht, ob irgendwas von dem, was ich hier erzähle, tatsächlich passiert ist, aber so eine Geschichte ist mir zu Ohren gekommen. Das Mädchen, das ihr Birta nennt, wurde vom Ferienhaus am Þingvellir-See mit leichten Blessuren wieder nach Reykjavík zurückverfrachtet, aber lebendig. Der Mann, mit dem sie zusammen war, ging davon aus, dass sie bei einem ihrer Freunde von früher lebte, einem ziemlich schrägen Typen, aber treu wie Gold. Möglicherweise liebte er dieses Mädchen. Wie dem auch sei: Diese Birta war lebendig, als sie den Mann verließ, und mehr als das: Sie wollte zu ihrem Freund, aber erst nachdem sie sich Heroin besorgt hatte. Als Nächstes erfuhr der betreffende Mann, dass sie nicht nur tot war, sondern höchstwahrscheinlich ermordet, und auf das Grab von Jón Sigurðsson gelegt wurde.«

»Du kannst dir das alberne ›der betreffende Mann‹ sparen«, sagte Sigurður Óli in verächtlichem Ton. »Wir können eine direkte Verbindung zwischen dir, Birta und diesem Herbert

Baldursson nachweisen, nach dem wir dich bereits früher befragt haben.«

Sigurður Óli nahm das Notizbuch zur Hand und schwenkte ihn vor Kalmanns Gesicht.

»In dieser kleinen Kladde hier finden sich einige hochinteressante Eintragungen«, fuhr er fort. »Hier stehen die Namen der Mädchen, die für Herbert arbeiteten, und hier sind die Namen der Männer, die ihre Dienste in Anspruch nahmen, oder wie würden Männer wie du sich da ausdrücken. Hier stehen auch die genauen Daten und Treffpunkte. Um es kurz zu machen, aus diesen Eintragungen geht hervor, dass du im Zeitraum von drei Jahren zwölf Mal das Mädchen Birta getroffen hast, meistens in deinem Ferienhaus am Þingvellir-See, aber auch hier in dieser Villa. Du hast auch andere Mädchen durch Herbert vermittelt bekommen, die hier nur mit ihren Beinamen vermerkt sind, aber die finden wir schon, auch wenn es einige Zeit in Anspruch nehmen wird.«

»Herberts kleines Nuttenbuch«, sagte Kalmann und starrte auf den Block in Sigurður Ólis Hand. Einen Augenblick überlegte er, ob er auf stur schalten und behaupten solle, alles, was in dem Buch stehe, sei pure Erfindung eines gewissen Herberts, den er überhaupt nicht kenne, und was auch immer dieser Mann behauptete, alles seien Lügen und Hirngespinste, und dass Herbert sich die Mühe gemacht habe, diese Kladde anzulegen, um damit irgendwelche Einfaltspinsel zu erpressen. Aber dann verspürte er keine Lust dazu. Gönnen wir ihnen doch, dass ich das eingestehe, dachte er.

»Wahrscheinlich ist das mein einziges wirkliches Laster«, sagte er. »Diese Mädchen, solche wie Birta. Ich hatte ein kleines Faible für sie.«

»Arschloch«, sagte Erlendur leise und dachte an seine Tochter.

»Keine Sorge, mit deiner Tochter hatte ich nichts, auch wenn ich gern …«
Erlendur war aufgestanden.
»Das macht er doch, um dich zu provozieren«, sagte Sigurður Óli. »Achte nicht darauf.«
Erlendur rührte sich nicht vom Fleck. Kalmann würdigte ihn keines Blickes. Er schien tief in seine Gedanken versunken zu sein und starrte mit abwesendem Blick vor sich hin.
»Du hast gesagt, du kennst Herbert nicht«, sagte Erlendur.
»Von Kennen kann keine Rede sein. Er besorgt mir nur die Mädchen.«
Kalmann verstummte für eine Weile. Erlendur und Sigurður Óli warfen sich Blicke zu.
»Da war irgendetwas an Birta, das mich reizte«, erklärte er schließlich. »Ich weiß nicht genau, was es war. Sie war, wie soll man das ausdrücken, ein völlig hoffnungsloser Fall. Sie war dem Rauschgift verfallen, und nichts und niemand konnte sie daran hindern, sich völlig zu zerstören. Sie war ein Junkie par excellence. Darin liegt ein gewisser Triumph. Man sieht nicht so oft einen derartigen Willen zur Selbstzerstörung. Die Menschen um mich herum würden sich gegenseitig umbringen für eine Anerkennung meinerseits, für ein Lob auf einer Besprechung, eine zusätzliche Gratifikation im Dezember, für eine von mir gewährte Beförderung oder dafür, zu meinen Partys eingeladen zu werden. Und das genieße ich, daraus mache ich gar keinen Hehl. Ich genieße es, dieses Aufblitzen in ihren Augen zu sehen, die tragikomische Dankesbezeugung durch einen feuchten Händedruck. Birta hasste mich abgrundtief, aber ich bezahlte sie gut. Sie hat nie die geringste Achtung vor mir gehabt, sondern mir ganz im Gegenteil häufig genug zu verstehen gegeben, was sie von mir hielt, wie unerträglich sie mich fand, wie pervers. Vielleicht hatte sie recht. Meines Erachtens war es eine Art Hass-

liebe zwischen uns, obwohl ich zugeben muss, dass ich wahrscheinlich mehr davon profitierte als sie.«

Erlendur und Sigurður Óli sahen ihn an, ohne ein Wort zu sagen.

»Ich habe sie nicht umgebracht. Ich habe sie manchmal verletzt, aber ich habe sie nicht umgebracht, und deswegen verpisst euch jetzt gefälligst«, sagte Kalmann, der sein normales Selbst wiedergefunden zu haben schien. »Was das andere betrifft, eure komischen Ausführungen über die Westfjorde und die bösen Spekulanten aus Reykjavík, darauf gebe ich nicht viel. Wir haben nur die Entwicklung ein wenig beschleunigt, nichts weiter. Das ist meines Erachtens kein Verbrechen. Wir benötigen all diese kleinen Fischerdörfer rings ums Land nicht mehr. Die Leute mögen ja selber auch nicht mehr da leben.«

»Die Leute wollen da leben, wo sie und ihre Vorfahren geboren und aufgewachsen sind, wo sie sich auskennen«, sagte Erlendur. »Es geht um viel mehr als nur um Geld. Es geht darum, dass man da sein Auskommen haben kann, wo man leben möchte, ohne dass Geldhaie in Reykjavík sich einmischen. Ohne dass Verschwörungen angezettelt werden, um ganze Landstriche zu entvölkern, damit bei einigen Drahtziehern im Hintergrund die Kassen klingeln. Ohne dass die Menschen ihrer Lebensgrundlage beraubt werden aus der gleichen überheblichen Arroganz heraus, mit der du sagst, dass die Leute keine Lust mehr haben, dort zu leben. Du und deinesgleichen, ihr lasst das einfach nicht zu. Ihr müsst eure Konsumtempel füllen.«

»Wer hat dich zum Gewissen der Welt gemacht?«, fragte Kalmann.

»Weißt du, was ich glaube? Ich glaube, du bist schlimmer als dieser Idiot Herbert. Er ist bloß ein gewissenloser Ganove, der nicht bis drei zählen kann. Er ist stupide. Die Entschuldigung hast du nicht. Bei dir liegt das ein bisschen anders. Alles, was du tust, ist raffiniert ausgeklügelt, um deine perversen Bedürfnisse nach Unterwerfung, Macht, Reichtum und Unterdrückung zu befriedigen, nach allem, was dein Herz in deinem armseligen Leben schneller schlagen lässt. Du hast Spaß daran, mit Menschen zu spielen, auch wenn du dich dabei auf ein Risiko einlässt. Du hast Spaß daran, zu sehen, welche Angst die anderen vor dir haben und wie sie sich vor Unterwürfigkeit winden und drehen. Du weißt ganz genau, wie du das bewerkstelligen kannst und was dir das bringt. Du kennst die Schwächen der Menschen und weißt genau, hinter was du her bist. Was du Birta angetan hast, hast du auch den Westfjorden angetan. Das hast du ganz genau gewusst, und das war die Befriedigung, die du empfunden hast, wenn du sie geschlagen hast.«

Vierzig

An diesem Morgen waren die Einwohner im Skuggahverfi nicht wenig erstaunt, Rauch aus dem alten Räucherhaus des Schlachthofs aufsteigen zu sehen, dem einzigen Gebäude des großen Genossenschaftsbetriebs, das noch stehen geblieben war. Sie hatten nichts darüber gehört, dass dort wieder geräuchert werden sollte. Aber denkbar war ja alles, und deswegen schöpften sie angesichts des Rauchs und des vertrauten Geruchs von geräuchertem Lammfleisch, der das ganze Viertel durchzog, keinen Verdacht.

Mit Ausnahme einer Frau, die im zweiten Stock eines dreigeschossigen Hauses auf dem Veghúsastígur wohnte. Nichts entging ihr, und sie musste sich immer in alles einmischen. Aus ihrem Küchenfenster, das nach Norden zur Skúlagata ging, konnte sie die Inseln auf dem Sund und jenseits davon die Esja, den Hausberg von Reykjavík, sehen. Die Dame sah sehr viel fern, oft bis tief in die Nacht hinein, und stand immer erst gegen Mittag auf. Dann kochte sie sich einen Kaffee, belegte zwei Scheiben Toast mit Käse, setzte sich mit der Zeitung hin und las.

Während der Kaffee in der neuen Maschine, die ihre Tochter ihr zu Weihnachten geschenkt hatte, durchlief und der Kaffeeduft durch die Küche zog, freute sie sich, wie schon so oft, an ihrer schönen Aussicht. Dabei bemerkte sie, wie sich der blaue Rauch aus dem hohen Schornstein des Räucherhauses zum Himmel kräuselte, und wunderte sich sehr darüber. Sie hatte zeit ihres Lebens im Skuggahverfi gewohnt, sie beobachtete das Leben und Treiben auf der Straße und wusste ganz genau, dass der Schlachthof das Feld geräumt und seinen Betrieb mitsamt der Räucherei nach Hvolsvöllur verlegt hatte. Deswegen nahm sie an, dass das Haus in Brand gesteckt worden war.

Sie bemerkte noch etwas anderes. Sie hatte sich schon lange den Kopf darüber zerbrochen, weshalb nur das Räucherhaus stehen geblieben war, als man seinerzeit sämtliche anderen Gebäude des Unternehmens dem Erdboden gleichmachte, riesige Stahlkugeln gegen die stabilen Wände katapultierte und den Schutt, der mit Schaufelbaggern auf Laster geladen worden war, zusammen mit der siebzigjährigen Geschichte des Schlachthofs abtransportierte. Jetzt sah sie aber, dass der Abriss endlich vollendet werden sollte. Ein großer Kranwagen stand vor dem Räucherhaus, und von seinem Ausleger baumelte eine von diesen beängstigenden Stahlkugeln, mit denen Häuser zertrümmert wurden. Außerdem war ein Bagger vorgefahren, und nicht weit entfernt stand ein Lastwagen.

Falls es aber tatsächlich in dem Haus brannte, konnte das nicht gefährlich sein?, überlegte die Frau, griff schnurstracks zum Telefon und verständigte die Polizei. Darin hatte sie Routine, denn sie hatte sich häufig mit ihr in Verbindung gesetzt und sich über diese und jene Unsitten beschwert, über ruhestörenden Lärm in der Nacht, über Leute, die sich in ihrem Garten bewegten, als wäre es ihr eigener, sogar am helllichten Tag.

»Hallo, es brennt in dem alten Räucherhaus an der Skúlagata«, sagte sie im gleichen Augenblick, als der Hörer abgenommen wurde. »Ihr solltet euch beeilen. Sie sind im Begriff, das Haus abzureißen.«

Vor dem Räucherhaus gab es eine Diskussion zwischen den

Fahrern des LKW und des Kranwagens und dem Baggerführer. Sie hatten ebenfalls bemerkt, dass Rauch aus dem Schornstein des Hauses aufstieg, das sie abreißen und wegtransportieren sollten. Sie hatten versucht, in das Haus zu gelangen, aber es war verschlossen gewesen. Hier waren seit Monaten und Jahren keine Menschen mehr aus und eingegangen. Sie hatten versucht, ein Fenster zu finden, aber das war mit Spanplatten vernagelt, und sie konnten nichts sehen. Schließlich beschlossen sie, trotzdem ihren Auftrag in Angriff zu nehmen.

Der Kranwagenführer ließ den Motor an, und der Ausleger ging hoch. Die anderen beiden warteten ab. Der Mann setzte die Kugel ins Schwingen, sie prallte an der Westseite auf, wo die große Schiebetür war. Die dicke Wand gab zwar ein wenig nach, ging aber nicht zu Bruch. Die konnten damals noch Häuser bauen, dachte der Kranwagenführer. Die Kugel schlug noch einmal an derselben Stelle auf, und jetzt entstand in der Wand über der Tür ein Loch.

Der Morgen war bereits fortgeschritten, als Erlendur und Sigurður Óli Kalmanns Villa verließen. Als sie vor Erlendurs Haus angekommen waren, blieben sie noch eine Zeit lang im Auto sitzen und besprachen die nächsten Schritte, die in die Wege geleitet werden sollten. Der Polizeifunk war eingeschaltet, und sie hörten die Durchsagen über Zusammenstöße und häusliche Streitigkeiten. Schließlich wurde auch gemeldet, dass Rauch aus dem Schornstein des alten Räucherhauses an der Skúlagata aufstieg; man ging davon aus, dass irgendjemand das Haus in Brand gesteckt habe, die Feuerwehr sei dorthin unterwegs.

Erlendur bekam die Mitteilung nur mit halbem Ohr mit, da er Sigurður Óli Ausführungen zuhörte, denen zufolge aus Kalmanns Worten zu schließen war, dass Janus der letzte

Mensch gewesen sein musste, der Birta lebend gesehen hatte. Auf einmal aber kombinierte Erlendur ein Wort, das er früher gehört hatte, mit dem, was über Funk gemeldet wurde. Es kam ihm schlagartig in den Sinn.

»Was hat Janus' Mutter noch gesagt, wo hat er gearbeitet, als er mit der Schule fertig war?«, fragte er Sigurður Óli.

»Kann mich nicht erinnern«, antwortete der.

»War das nicht beim Schlachthof *Suðurland*, bevor die ihren Betrieb nach Hvolsvöllur verlegten? War er da nicht fürs Räuchern zuständig?«

»Kann gut sein. Wieso?«

»Aus dem Schornstein des alten Räucherhauses an der Skúlagata qualmt es. Findest du das nicht merkwürdig?«

»Hä?«

»Irgendwo muss sich Janus aufgehalten haben. Vielleicht im alten Räucherhaus. Er roch auch irgendwie komisch, als ich ihn beim Segelflughafen traf, nach Räucherspeck oder geräuchertem Lammfleisch.«

Zwei Feuerwehrautos und ein Krankenwagen standen bereits vor dem Haus, als Sigurður Óli kurze Zeit später mit quietschenden Reifen in die Skúlagata einbog. Es handelte sich um einen normalen Einsatz der Feuerwehr, denn über irgendwelche erhöhte Gefahr war nichts verlautet. Der Kranwagen schwenkte seine Stahlkugel nicht mehr. Der ganze Westgiebel mitsamt der Schiebetür war eingestürzt, und durch die Öffnung konnte man die drei großen Stahltüren des Räucherofens sehen. Ein Auto, das hinter der Schiebetür gestanden hatte, war stark beschädigt. Noch bevor Sigurður Óli den Wagen zum Stillstand gebracht hatte, war Erlendur bereits herausgesprungen und rannte auf das Räucherhaus zu. Aus den Augenwinkeln sah er, wie die Feuerwehrleute die Spritze an einem Hydranten anbrachten. Er erreichte die zerstörte Giebelwand und quetschte sich an dem Auto vorbei. Er achtete nicht auf die Rufe der Feuerwehrleute, dass es äußerst gefährlich sei, das Haus zu betreten. Es rieselte von der Betonwand, und das Haus war voll von Rauch.

Erlendur hielt sich ein Taschentuch vor Mund und Nase und näherte sich den Öfen. Er stieß die erste Tür auf, vor der er stand, aber drinnen war es stockfinster. Als er die Tür zur mittleren Kammer öffnete, schlugen ihm immense Hitze und dicke Rauchschwaden entgegen. Seine Augen begannen zu tränen, und er wurde von einem nicht enden wollenden Hustenanfall geschüttelt. Er machte einen Satz in den Ofen hinein, sah unter sich die Glut in dem Schiebekasten und spürte die Hitze an seinen Füßen. In dem dichten Qualm fand er ganz im Inneren des Ofens Janus, der an ein Gestänge gebunden war. Erlendur schrie um Hilfe, bekam aber kaum einen Laut heraus.

Er wusste nicht, ob er Janus herunterholen oder auf einen Arzt warten sollte. Er sah sofort die schweren Brandwunden an Janus' Beinen, denn dessen Hose war weggebrannt. Sigurður Óli tauchte neben ihm auf.

»Können wir dieses Gestell aus der Räucherkammer rausziehen, weg von der Glut?«, schrie Erlendur und sah zu Janus hoch. Ihre Schuhsohlen begannen zu schmelzen.

»Da müssen wir uns aber verdammt beeilen.«

Sie zogen an dem Gestänge, und nachdem sie es ganz langsam aus dem Ofen herausgeruckelt hatten, schlossen sie die Tür hinter sich. Janus bewegte sich nicht und gab keinen Laut von sich. Sigurður Óli rannte nach draußen, um nachzusehen, ob ein Arzt mit dem Krankenwagen gekommen war. Das war nicht der Fall. Die Krankenpfleger rannten mit ihm zurück ins Haus. Sie hatten Taschenlampen dabei, die sie auf Janus richteten. Der Anblick, der sich ihnen bot, war grauenvoll.

Janus' Kopf, durch die Schläge völlig entstellt, war blutverschmiert, und die Augen waren vor lauter Schwellungen nicht zu sehen. Ein Arm hing seltsam verdreht neben dem Körper, er schien ausgerenkt zu sein. Der Kopf lag auf der Brust. Seine Kleidung bestand nur noch aus Fetzen, und der Körper war übersät mit Brandwunden, am schlimmsten betroffen waren die Beine. Man hatte ihn mit einem Strick um die Brust an dem Gestell festgebunden.

Die Rettungshelfer forderten per Funk Verstärkung an. Die Feuerwehrleute kamen einer nach dem anderen in das Haus, konnten aber nirgendwo offenes Feuer entdecken. Zwei von ihnen trugen die Brandspritze. Sie kontrollierten auch das Hinterzimmer, stießen aber überall nur auf Rauch und abermals Rauch.

Weitere Sanitäter tauchten auf und mit ihnen ein Arzt mit der Spezialausrüstung für Verbrennungen. Die Sanitäter stellten eine hohe Leiter auf, zwei von ihnen kletterten hinauf und zerschnitten den Strick, mit dem Janus angebunden war. Unten nahmen ihn zwei Männer mit Spezialhandschuhen entgegen, er wurde sofort in eine hypotherme Hülle gebettet und auf die Krankenbahre gelegt. Der Arzt versuchte, ein Lebenszeichen zu entdecken.

Erlendur und Sigurður Óli standen in einiger Entfernung, die Hände in den Hosentaschen vergraben, und verfolgten die Aktionen der Rettungshelfer und der Feuerwehr. Die Polizei war ebenfalls eingetroffen, und bald waren viele Menschen vor dem ehemaligen Räucherhaus versammelt, die schweigend zusahen, wie Janus auf die Krankenbahre gelegt wurde.

Der Arzt horchte nach dem Herzschlag. Er legte Janus zwei Finger an den Hals und horchte noch einmal. Die Leute standen um ihn herum. Der Rauch im Haus verzog sich langsam. Die sommerliche Helle drang durch die zertrümmerte Giebelwand hinein und beleuchtete die Szenerie vor dem Räucherofen.

»Er lebt noch«, rief der Arzt. »Er ist am Leben! Raus mit ihm, raus, raus, raus.«

Erlendur trat zu der Bahre hin, auf der Janus reglos lag. Er blickte auf das blutige und geschwollene Antlitz hinunter und sah, dass sich die Lippen bewegten. Er bückte sich zu Janus hinunter, bis sein Ohr fast die Lippen berührte, und machte eine abwehrende Bewegung mit der Hand. Im Räucherhaus herrschte tödliche Stille.

»I...«

Die Laute von Janus' Lippen waren kaum zu hören.

»w-ill ...«

Erlendur hielt die Hand immer noch ausgestreckt.

»ster-ben ...«

»Raus!«, rief der Arzt und schob Erlendur zur Seite.

Die Leute traten zur Seite, und es bildete sich eine Gasse aus dem Räucherhaus hinaus. Der Arzt legte Janus eine Sauerstoffmaske an. Zwei Sanitäter nahmen die Bahre hoch und liefen mit ihr zum Krankenwagen.

Einundvierzig

Janus Wunsch zu sterben ging nicht in Erfüllung. Er wurde einen Monat lang künstlich im Koma gehalten, solange seine Wunden heilten, und er lag weitere zwei Monate zur Behandlung der Verbrennungen im Krankenhaus. Das rechte Bein musste unterhalb des Knies amputiert werden, das andere vermochten die Ärzte mit Haut- und Adertransplantationen zu retten. Er litt an den Folgen einer schweren Rauchvergiftung, Lungen und Atemwege waren stark in Mitleidenschaft gezogen. Man ging davon aus, dass der Schornstein, der trotz jahrelanger Nichtbenutzung noch gut abzog, ihm das Leben gerettet habe. Da die Schiebekästen zu beiden Seiten offen gestanden hatte, war ein Durchzug entstanden. Außerdem hatte das Brennmaterial nur zum Teil Feuer gefangen, nur an einigen Stellen in der Lade brannte es, an anderen war das Feuer wieder erloschen.

Erlendur erkundigte sich in regelmäßigen Abständen nach Janus' Befinden und besuchte ihn im Krankenhaus; manchmal brachte er ihm eine Kleinigkeit mit, und manchmal setzte er sich zu ihm, und sie schwiegen miteinander. Als Janus wieder zu Bewusstsein gekommen war, hatte Erlendur ihm in groben Zügen den Gang der Ermittlungen erzählt, und als Janus' Heilungsprozess Fortschritte machte, konnten sie sich immer länger miteinander unterhalten. Dabei erfuhr Erlendur, was nach Herberts Verschwinden geschehen war und wie er Janus übel zugerichtet und im Räucherofen festgebunden hatte. Während Janus' Krankenhausaufenthalts wurde fortwährend nach Herbert gefahndet, aber erfolglos. Nach fast zwölf Wochen im Krankenhaus gelang es Erlendur endlich, Janus dazu zu bringen, über Birta zu reden.

An diesem Tag hatte man ihn in seinem Krankenbett zum Aufenthaltsraum gerollt, und Erlendur war dorthin mitgegangen. Draußen pfiff der Oktoberwind und fegte das Laub über Wege und Straßen, und die Sonne stieg von Tag zu Tag weniger den Horizont hinauf. Erlendur freute sich auf den Winter mit Kälte, Dunkelheit und immer kürzer werdenden Tagen, die ihm lieber waren als diese endlos hellen Nächte des Sommers.

Die Krankenpflegerin platzierte das Bett so, dass Janus die Aussicht über die Fossvogur-Bucht genießen konnte, und verließ die beiden dann. Auf der Station waren kaum Menschen.

»Heute Morgen wurde mir die Prothese angepasst«, sagte Janus.

»Die machen diese Dinger heute schon so, dass man sich wünschen würde, man hätte Bedarf dafür«, erklärte Erlendur.

»Wohl kaum.«

»Nein, wohl kaum.«

»Gibt's was Neues in Bezug auf Herbert?«

»Alles, was ich weiß, habe ich von Sigurður Óli. Ich muss mich mit anderen Fällen befassen, weil meine Tochter auf ziemlich unerfreuliche Weise in diesen Fall verwickelt ist. Ich hatte dir ja gesagt, dass Herbert absolut nicht aufzufinden ist, er ist wie vom Erdboden verschluckt. Alle, die in den letzten zwanzig Jahren mit ihm in Berührung gekommen sind, wurden vernommen, aber er ist und bleibt verschwunden. Seine schon etwas betagte Mutter ist seinetwegen außer sich vor Sorge. Kannst du das verstehen? Soweit wir sehen können, hat er das Land nicht verlassen. Uns ist bekannt, dass ein Onkel von Herbert bei der Eimskip-Reederei arbeitet, und wir dachten, dass der Herbert vielleicht an Bord geschmuggelt und ihn nach Bremerhaven gebracht hat oder in einen dieser Häfen, die die Reederei anläuft. Aber der Onkel fiel aus allen Wolken und schwörte Stein auf Bein, dass Herbert sich nicht mit ihm in Verbindung gesetzt habe. Wir schaffen es kaum, all die Klatschgeschichten, die bei uns auf den Tisch flattern, zu bearbeiten. Laut der allerneuesten wurde er umgebracht und irgendwo in einer Baugrube in der neuen Siedlung in Grafarvogur vergraben. Mir ist es scheißegal, ich wäre im Gegenteil heilfroh, wenn wir diese Gestalt nicht mehr wiedersehen müssten.«

»Aber der Typ, der bei ihm war?«

»Dieses Fleischpaket? Es gibt Leute, die behaupten, der habe Herberts Drogengeschäfte nun übernommen. Er streitet hartnäckig ab, im Räucherhaus gewesen zu sein, und er hat ein Alibi. Seine Kumpels aus dem Kraftsportverein haben ausgesagt, er habe mit ihnen trainiert.«

Sie schwiegen eine Weile. Janus sah über die Fossvogur-Bucht hinaus auf den Ozean.

»Kalmann behauptet, Birta sei am Leben gewesen, als sie ihn verließ«, sagte Erlendur vorsichtig. Bislang hatte er es vermieden, Janus gegenüber den Namen Birta zu erwähnen.

»Was ist mit Kalmann und seinen Plänen?«, fragte Janus, um das Gespräch von Birta abzulenken. Erlendurs Ansichten über die Quotenankäufe und die Volksumsiedlung waren schon vorher zwischen ihnen zur Sprache gekommen.

»Es gab keine solchen Pläne.«

»Und das Foto?«

»Für den Mann auf dem Foto wurde in einem geschickten Schachzug eine andere Position gefunden, er wird nicht mehr für die Stadt tätig sein.«

»Es gab aber Pläne.«
»Nein, nicht offiziell und auf keinen Fall welche, die nachweislich kriminell waren. Jeder kann Quotenanteile kaufen. Man darf sich sogar zu diesem Zweck zusammentun oder Firmen gründen. Wenn Spekulanten hier in Reykjavík Quotenanteile anhäufen wollen, ist das erlaubt. Wenn sie ganze Regionen ausradieren und die Menschen von dort in eine vorteilhaftere Konsumregion verfrachten, wie irgendein Volkswirtschaftler, mit dem wir geredet haben, es ausdrückte, ist das vollkommen in Ordnung. Diejenigen, die die Einkaufszentren bauen, sind auch im Besitz der Quoten. In diesem Land können sie ungehindert und problemlos schalten und walten, wie es ihnen passt. Es handelt sich um einen Anschlag auf eine ganze Region, aber das ist anscheinend allen egal.«
»Und niemand trägt die Verantwortung, wie üblich.«
»Genau.«
»Kalmann und Kumpane siegen.«
»Kalmann und Kumpane siegen immer. Aber es bräuchte nicht so zu sein. Die Quotenbesitzer in den Fischerdörfern an der gesamten Küste könnten sich dagegen zur Wehr setzen, wenn sie wollten. Sie bestimmen nämlich die Geschicke der ländlichen Regionen. Sie müssten sich der Verantwortung stellen, die mit dem Besitz von Quotenanteilen verbunden ist. Solange sie das nicht tun, siegen Kalmann und Kumpane.«
»Birta hat sich gerächt.«
»Das hat sie getan.«
Janus lächelte bitter und blickte auf seine Beinprothese.
»Ich bereue eigentlich nichts. Manchmal verspüre ich Schmerzen, die schlimmer sind als alles, was ich in der Räucherkammer erlebt habe. Aber dann vergehen sie wieder, und ich komme zurecht.«
Dann bat er Erlendur, ihn ins Zimmer zurückzubringen.

Sigurður Óli hatte Janus ebenfalls oft besucht. Er leitete jetzt die Ermittlung, und Janus half ihm nach Kräften, was Herbert und Kalmann betraf. Die Papiere, die Janus in Herberts Haus gefunden hatte, waren von großem Nutzen, aber immer noch gab es viele offene Fragen.

Eines Tages stattete Sigurður Óli Janus zusammen mit Bergþóra einen Besuch ab. Die beiden lebten seit einiger Zeit zusammen. Sigurður Óli hatte Janus gesagt, dass er und die Frau, die Birta auf dem Friedhof gefunden hatte, zusammen seien, und Janus wollte sie unbedingt kennenlernen. Er bat Sigurður Óli, das Zimmer zu verlassen, damit er sich unter vier Augen mit Bergþóra unterhalten konnte. Sigurður Óli tigerte eine geschlagene Stunde auf dem Krankenhausflur auf und ab und zerbrach sich den Kopf darüber, was die beiden so lange zu bereden hatten, Leute, die sich nie zuvor getroffen hatten.

Als Bergþóra aus Janus' Zimmer kam, standen ihr Tränen in den Augen. Sigurður Óli hatte keine Ahnung, was zwischen ihnen vorgefallen war, aber er ließ sich dadurch nicht aus der Ruhe bringen. Er wusste, dass er früher oder später die Wahrheit zu hören bekommen würde.

Zweiundvierzig

Einige Zeit später machte Janus seine ersten Gehversuche, und eines Tages rief er Erlendur gegen Abend an und bat ihn vorbeizukommen. Janus war jetzt in der Reha-Klinik am Grensásvegur. Als Erlendur dort eintraf, wollte Janus von ihm zum Friedhof an der Suðurgata gefahren werden. Erlendur war zwar anzusehen, dass diese Bitte ihn überraschte, aber das war auch seine einzige Reaktion. Er führte Janus aus dem Krankenhaus zum Auto und machte sich zusammen mit ihm auf den Weg zur Suðurgata.

Erlendur fuhr auf den Bordstein hoch und stoppte den Wagen direkt vor dem Friedhofstor. Er hielt die Tür für Janus auf, der sich auf ihn stützte, und so betraten sie gemeinsam den Friedhof. Es war kalt geworden, und Erlendur durchfuhr ein leichter Schauder. Der trockene Herbstwind fegte die Blätter durch die Gegend. Außer ihnen befand sich niemand auf dem Friedhof. Man hörte von fern den Verkehrslärm auf der Hringbraut. Sie blieben vor dem Grab von Jón Sigurðsson stehen. Janus trat einen Schritt vor und hielt sich an dem schwarz angestrichenen Eisengitter fest, mit dem das Grab eingefasst war.

Sie standen eine ganze Weile unbeweglich da. Erlendur sah sich die Grabstätte an, aber Janus schien völlig abwesend zu sein, tief in seine eigenen Gedanken versunken.

Und dann erzählte er Erlendur von Birta.

Er war zu Hause in seiner Kellerwohnung in Breiðholt, als Birta nach Hause kam und die Tür mit ihrem Schlüssel öffnete. Es war bereits spät am Abend. Sie streifte sich sämtliche Kleider ab und ging unverzüglich ins Bad, wo sie ihre Spritze aufbewahrte, den Löffel und das Feuerzeug und den braunen Plastikschlauch, den sie sich immer um den Oberarm band. Aber den benutzte sie im Augenblick nicht, denn sie konnte sich nicht mehr in die Ellenbeuge spritzen. Sie setzte die Nadel zwischen den Zehen an und am Nabel. Kalmann hatte reichlich bezahlt. Der Milchbart hatte sie von Kalmanns Ferienhaus abgeholt, und er hatte das Heroin für sie dabeigehabt. Manchmal hatte Kalmann sie auch gebeten, sich den Schuss bei ihm zu verabreichen, damit er den Anblick auskosten konnte; manchmal gehörte das zum Spiel dazu.

Sie setzte sich auf den Deckel der Toilette, erhitzte das Zeug auf dem Löffel, und als es flüssig geworden war, zog sie es in die Spritze, die sie sich in den Nabel stach und langsam und mit sicherer Hand leerte. Die klare Flüssigkeit drang in sie ein, der Kick kam augenblicklich. Ihre Muskeln entspannten sich, und sie zog die Nadel wieder heraus.

Janus erschien in der Tür und beobachtete, wie sich Birtas Gesichtszüge entspannten. Die Spritze fiel ihr aus der Hand, und sie saß mit geschlossenen Augen und ausgestreckten Armen und Beinen auf der Toilette. Er schaute zu Birta hinunter und sah den leichenblassen Körper, die Blessuren und die Wunden. Auf dem Boden lagen ihre Sachen, die sie von sich geworfen hatte, der schäbige Pullover, die zerrissene Strumpfhose, der grüne Minirock und die Schuhe mit den groben Sohlen. Aus irgendwelchen Gründen, die Janus nie begriffen hatte, spritzte sie sich immer nackt, doch das konnte ihn nicht aus der Ruhe bringen. Er sah sie immer mit den gleichen mitleidigen Augen an. Er betrachtete das ungepflegte Gesicht mit dem dicken Make-up um die Augen und die Lippen, die

geschwollen waren und geblutet hatten. Er sah auf die blauen Flecken an den Armen, den schmalen, weißen Körper, das dichte Haar, das schon einige Tage nicht mehr gewaschen worden war. Die blauen Flecken am Hals erweckten den Anschein, als habe Kalmann versucht, sie zu erwürgen.
Sie öffnete die Augen.
»Ich hab's diesem Arschloch gesagt. Er war in mir drin, und er kam gerade, da hab ich mich aufgerichtet und ihn angeschrien, dass ich Aids hätte und er mit Sicherheit auch und dass er genau wie ich sterben würde. Du hättest die Visage von diesem Sadisten sehen sollen. Er rastete total aus. Ich habe ihm gesagt, ich hätte außer ihm mit niemandem geschlafen, seit ich wusste, dass ich positiv bin. Mensch, hättest du bloß die Visage von diesem Arschloch sehen können! Ich war mir nicht sicher, ob er loskotzen oder Dünnschiss kriegen würde.«
»Und dann hat er zugeschlagen«, sagte Janus, der Birtas Redeweise kaum ertragen konnte. Er nahm die Nachricht mit erstaunlicher Gelassenheit auf. Es schien ihn kaltzulassen, was Birta sich selber oder anderen antat. Sie war eine Unbekannte für ihn geworden.
»Überhaupt nicht. Er ist vor mir zurückgewichen, als hätte ich Lepra«, erklärte sie.
Sie stand auf, ging ins Schlafzimmer und legte sich ins Bett, sie fühlte sich schon viel besser, sie war imstande, es mit der ganzen Welt aufzunehmen, hunderprozentig in Ordnung, super in Form. Er ging hinter ihr her. Er hatte noch keine Entscheidung getroffen, als er sich zu ihr aufs Bett setzte. Die kam ganz plötzlich, wie von selbst.
»Weshalb hast du ihn infizieren wollen?«, fragte er.
»Der hat es verdient gehabt.«
»Aber du bringst ihn damit um. Birta, du bringst doch keine Menschen um! Was ist eigentlich los?«

»Wieso machst du dir Gedanken darüber? Du hast oft genug mir gegenüber gesagt, du würdest ihn und Herbie am liebsten umbringen. Du weißt alles über ihn, du weißt, wie er ist. Du weißt, was er in den Westfjorden gemacht hat, wie er Mädchen wie mich behandelt und wie er und Herbie das mit dem Schmuggel gedeichselt haben. Wie er ihm dabei geholfen hat, den Drogenhandel aufzubauen. Du wolltest ihn doch auch umbringen, das hast du verdammt oft selbst gesagt. Ich hab es für dich getan. Außerdem krepiert der ja bestimmt nicht, sei doch nicht so blöd. Reiche Kerle wie der finden schon Mittel und Wege. Der wird noch viele, viele Jahre leben und krepiert erst als alter Knacker. Aber mich vergisst er bestimmt nicht.«

»Weshalb tust du so etwas?«, fragte Janus.

Birta gab ihm keine Antwort.

»Weshalb?«

»Ich hab dir gesagt, du sollst nicht solche dämlichen Fragen stellen«, sagte sie. »Du hättest den Gesichtsausdruck von dem Fiesling sehen sollen. Ich dachte, du würdest dich freuen.«

»Kannst du nicht auf eine einfache Frage antworten? Warum willst du nicht darüber reden? Warum hast du nie darüber reden wollen?«

»Ach, Schnauze.«

»Weswegen bist du so versessen auf dieses elende Leben im Sumpf? Wir sind doch beide gleich, wir sind gleich, wir stammen aus demselben Dorf. Guck mich an, ich bin doch nicht so geworden. Warum bist du so?«

»Wir sind nicht gleich.«

»Nein, du setzt dir einen Schuss in den Bauchnabel.«

»Soll ich dir sagen, warum ich drücke? Willst du das wirklich wissen? Ich mach das, weil ich mich dann wie ein Mensch fühle. Kannst du das verstehen? Wie ein Mensch! Wenn ich

gedrückt habe, fühle ich mich wie ein Mensch. So ist das. Oh Mann, lass mich doch endlich in Ruhe und verpiss dich!«
Ganz plötzlich war er sich seiner Sache sicher. Das hier musste ein Ende nehmen. Er hatte mehr als zwei Jahre zugesehen, wie sie sich mit jedem Tag mehr kaputtmachte, und egal, was er unternahm, egal, was er sagte, er schaffte es nicht, diesem Selbstzerstörungstrieb etwas entgegenzusetzen. Als Aids hinzukam, war es sowieso nur noch eine Frage der Zeit, wann der Tod sie holen würde. Sie dachte nicht logisch. Sie wollte nicht zum Arzt, sie wollte nicht ins Krankenhaus. Und jetzt hatte sie begonnen, diese Krankheit als Rache einzusetzen. Er wusste keine andere Lösung. Das musste eine Ende nehmen.
»Du bist doch meine Freundin?«, sagte er und nahm ein Kopfkissen zur Hand.
»Was?«
»Ich bin jedenfalls immer noch dein Freund und werde es immer sein. Das musst du mir glauben. Ich tu das, weil ich dein Freund bin. Ich weiß, dass ich dir einen Gefallen damit tue.«
»Was meinst du eigentlich?«, fragte sie mit geschlossenen Augen.
Er presste das Kissen fest auf ihr Gesicht und drückte zu. Birta reagierte nicht gleich, aber dann schlug sie um sich, fuchtelte und strampelte mit Armen und Beinen. Als sie einen Versuch machte, sich aufzurichten, drückte er sie mit aller Kraft nieder. Nach kurzer Zeit wurde ihr Gestrampel weniger, sie hörte auf, um sich zu schlagen, und dann lag sie auf einmal ganz still da. Er hielt ihr das Kissen immer noch vors Gesicht, bis er sich überzeugt hatte, dass es genug war.
Er wusste, dass sie tot war, aber er spürte immer noch ihre Anwesenheit im Zimmer. Er spürte ihre Nähe. Er erinnerte sich, wie es war, zu sterben. Es gab kein Licht mehr, keine

gleißende Helligkeit, keinen langen Gang und keine Wärme, nur kalte Finsternis, und dorthin hatte er Birta geschickt. Er richtete sich auf, drehte sich halb um und blickte zur Decke, als erwartete er, ihr Gesicht über sich zu sehen. Er sah nichts, spürte aber, dass sie bei ihm war.

»Verzeih mir«, sagte er und schaute nach oben.

Er blieb auf dem Bett sitzen, bis das Gefühl ihrer Nähe verschwunden war.

Erlendur hatte der Erzählung schweigend gelauscht. Janus sprach mit leiser Stimme und legte manchmal Pausen ein, setzte aber immer wieder neu an, bis er das gesagt hatte, was er sagen musste. Erlendur stand neben ihm und beobachtete, wie das Laub raschelnd und knisternd hin und her gefegt wurde.

»Todesrosen«, sagte Erlendur.

»Was?«, fragte Janus.

»Die Bäume tragen die Farben des Herbstes. Die Farbe des Todes.«

Sie schwiegen eine Weile.

»Ich hab sie in eine Decke gewickelt, ins Auto gelegt und bin quer durch die Stadt hierher gefahren. Ich wollte, dass ihr sie findet, aber nicht zu Hause bei mir«, sagte Janus. »Ich war völlig außer mir. In der Nacht habe ich versucht, einen klaren Gedanken zu fassen. Ich bin mit dem geklauten Auto zum Flughafen nach Keflavík, um euch auf eine falsche Fährte zu locken, und dann zu Fuß durch die Lavafelder zurück.«

»Du wolltest dich nicht mit der Polizei in Verbindung setzen?«

»Ich wollte Rache, glaube ich. Ich wollte mich irgendwie an Herbert und Kalmann rächen. Es ging mir darum, dass jemand für das büßte, was ich Birta angetan habe. Findest du das nicht merkwürdig?«

»Ich glaube, ich verstehe, was du meinst. Meine Tochter … Nein, lassen wir das lieber.«
Sie standen immer noch reglos in der Abenddämmerung.
»Hast du Birta geliebt?«
»Ich glaube, ja. Ich weiß nicht, was es war. Ich habe versucht, ihr zu helfen, aber es war hoffnungslos. Ich habe alles getan, was ich konnte, aber nichts hat getaugt. Und auf einmal hatte sie angefangen, sich mittels ihrer Krankheit zu rächen. Sie war überhaupt nicht mehr sie selbst. Aber das war vielleicht nicht der Hauptgrund. Birta hatte nicht mehr lange zu leben. Ich sah keine andere Lösung. Ich wollte ihren Leiden ein Ende machen.«
»Was wirst du jetzt machen?«, fragte Erlendur nach einigem Schweigen.
»Das hängt davon ab. Wahrscheinlich werde ich zum Schluss wieder in den Westfjorden landen, in Reykjavík habe ich nichts verloren. Mit dieser Stadt verbindet mich nichts. Wirst du jetzt irgendetwas in die Wege leiten?«
»Ich bin nicht mehr mit dem Fall befasst.«
»Aber sie wissen, dass ich Birta hierhin gebracht habe.«
»Du solltest Sigurður Óli deine Geschichte erzählen.«
»Manchmal glaube ich, dass ich durchdrehe. Ich habe sie vergöttert, seit wir Kinder waren, denn sie gab mir alles, was sie besaß. Ich habe versucht, dasselbe für sie zu tun, aber ich glaube, sie hat nur noch sich selbst geliebt, nachdem das Gift die Oberhand gewonnen hatte. Das hat sie ganz oft auch selber gesagt. Es hatte den Anschein, als sei sie sich im Klaren darüber gewesen, wie sie war, aber sie konnte oder wollte nichts daran ändern. Ich kapiere das nicht. Ich begreife sowieso nichts mehr. Begreife nicht diese sinnlose Zerstörung.«
Sie machten kehrt und gingen wieder zum Auto zurück.
»Nur noch eins zum Schluss«, sagte Erlendur. »Wie bist du

auf die Idee gekommen, Birta auf das Grab von Jón Sigurðsson zu legen? War es wegen der Westfjorde?«

»Jón Sigurðsson?«

»Ja.«

»Jón Sigurðsson?«, wiederholte Janus.

»Weißt du nicht, wo du sie hingelegt hast?«

»Ich habe sie auf die Blumen gelegt.«

»Du hast Birta auf das Grab von Jón Sigurðsson gelegt. Du weißt doch, der Unabhängigkeitskampf und das alles.«

»Unabhängigkeitskampf? Da war alles voller Blumen, und ich habe sie auf die Blumen gelegt. Wer war Jón Sigurðsson?«

Als sie mit langsamen Schritten den Friedhof verließen, warf Erlendur noch einen Blick zurück auf die Kupfervignette mit Jóns Kopf im Profil und glaubte einen vorwurfsvollen Ausdruck in der Miene des Freiheitshelden zu entdecken. Er zuckte mit den Achseln, und wieder kam sie ihm in den Sinn, diese bohrende Frage:

Wo haben die Tage deines Lebens ihre Farbe verloren?

auf die Idee gekommen, Birta auf das Grab von Jón Sigurðsson zu legen? War es wegen der Westfjorde?«
»Jón Sigurðsson?«
»Ja.«
»Jón Sigurðsson?«, wiederholte Janus.
»Weißt du nicht, wo du sie hingelegt hast?«
»Ich habe sie auf die Blumen gelegt.«
»Du hast Birta auf das Grab von Jón Sigurðsson gelegt. Du weißt doch, der Unabhängigkeitskampf und das alles.«
»Unabhängigkeitskampf? Da war alles voller Blumen, und ich habe sie auf die Blumen gelegt. Wer war Jón Sigurðsson?«

Als sie mit langsamen Schritten den Friedhof verließen, warf Erlendur noch einen Blick zurück auf die Kupfervignette mit Jóns Kopf im Profil und glaubte einen vorwurfsvollen Ausdruck in der Miene des Freiheitshelden zu entdecken. Er zuckte mit den Achseln, und wieder kam sie ihm in den Sinn, diese bohrende Frage:

Wo haben die Tage deines Lebens ihre Farbe verloren?

»Ein Krimi voll ungeheurer Spannung, die an Hitchcock erinnert.« WESTDEUTSCHE ALLGEMEINE ZEITUNG

Arnaldur Indriðason
ENGELSSTIMME
Island-Krimi
Aus dem Isländischen
von Coletta Bürling
384 Seiten
Gebunden in Buchleinen
mit Schutzumschlag
ISBN 978-3-7857-1551-2

In einem angesehenen Hotel in Reykjavík wird der Portier erstochen aufgefunden, als Weihnachtsmann verkleidet. Ein rätselhafter Mord, den Erlendur und seine Kollegen von der Kripo Reykjavík aufklären sollen, ohne die internationalen Gäste zu verschrecken. Island darf nicht zu spannend und zu abenteuerlich sein! Um den Tod des Mannes schert sich niemand, kein Mensch will etwas mit ihm zu tun gehabt haben.
Erlendur quartiert sich kurzerhand im Hotel ein, um den Beweggründen auf die Spur zu kommen. Wieder einmal reichen die Fäden weit in die Vergangenheit zurück …

Kommissar Erlendur Sveinsson ermittelt in seinem fünften Fall.

editionLübbe

»Zweifellos Arnaldur Indriðasons bisher bestes Buch!« MORGUNBLAÐIÐ

Arnaldur Indriðason
KÄLTEZONE
Island-Krimi
Aus dem Isländischen
von Coletta Bürling
416 Seiten
Gebunden in Buchleinen
mit Schutzumschlag
ISBN 978-3-7857-1567-3

In einem See südlich von Reykjavík wird ein Toter entdeckt. Der Wasserspiegel hatte sich nach einem Erdbeben drastisch gesenkt und ein menschliches Skelett sichtbar werden lassen. Es ist an ein russisches Sendegerät angekettet. Ein natürlicher Tod ist ausgeschlossen. Hat man sich hier eines Spions entledigt?
Erlendur, Elínborg und Sigurður Óli von der Kripo Reykjavík werden mit der Lösung des Falls beauftragt. Ihre Nachforschungen führen sie in das Leipzig der Nachkriegsjahre, wo eine tragische Geschichte um Liebe, Verlust und berechnende Grausamkeit ihren Anfang nahm …

Kommissar Erlendur Sveinsson ermittelt in seinem sechsten Fall.

editionLübbe

Kommissar Erlendurs siebter Fall – psychologisch ausgefeilter Krimi in frostiger Atmosphäre

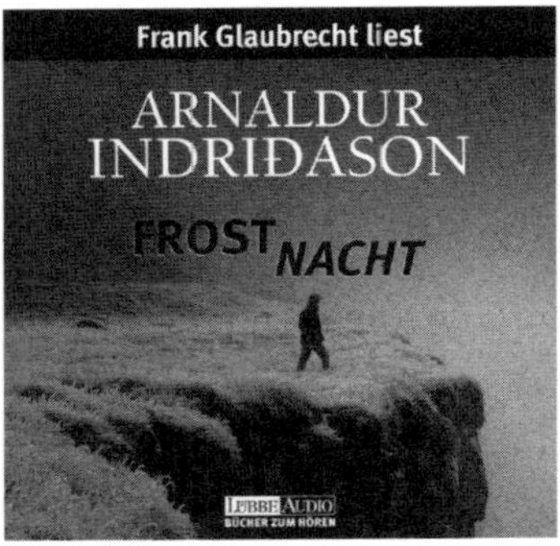

Arnaldur Indriðason
FROSTNACHT
Sprecher:
Frank Glaubrecht
4 CDs, ca. 253 Minuten
ISBN 978-3-7857-3290-8

Der Leiche eines Kindes wird in der Parkanlage eines Wohnblocks entdeckt. Es ist ein frostiger Januartag, und die herbeigerufenen Beamten der Kripo Reykjavík sind schockiert: Der kleine, dunkelhäutige Junge liegt mit dem Gesicht nach unten, im eigenen Blut festgefroren, offenbar brutal ermordet. Erlendur, Sigurður Óli und Elinborg nehmen die Ermittlungen auf und fördern grausame Ereignisse aus der Vergangenheit zutage.

Frank Glaubrecht ist einer der erfolgreichsten Synchronsprecher Deutschlands, der bekannten Stars wie Al Pacino, Jeremy Irons, Pierce Brosnan und Richard Gere seine markante Stimme leiht.

Lübbe Audio

Ísafjörður
Hjafneyri
Arnarfjörður
Flókalundar
WESTFJORDE
Flatey
Breidafjörður
Stykkishólmur
Ólafsvik
Snæfells-
jökull
Skagafjörður
Sauðárkrókur
Blandá
Reykholt
Langjökull
Borgarnes
Hvalfjörður
Akranes
Geysir
Hvítá
Gullfoss
Þorsá
Reykjavík
Hafnafjörður
Keflavík
Hveragerði
Hekla
Selfoss
Kleifarvatn
LANDMANNALAUGA
Mýrdals
0 25 50 km
Vestmannaeyjar
ISLAND